JN330165

典《てん》獄《ごく》と934人のメロス

坂本敏夫

講談社

典獄《てんごく》と934人のメロス／目次

主な登場人物　6

横浜刑務所見取図　8

序章　十一時五十七分、東南見張り哨舎　11

第一章　獄塀全壊　17

ネズミの大移動／大地震発生／十二時十分、第六工場／南風／司法省行刑局／横浜ハ大震災ニシテ今ノ所全滅ト思ハル／火災発生／解放断行

第二章　少女、悪路を走る　91

無実の囚人／身代わり／大桟橋／朝鮮人を引き渡せ／囚人自治／米一粒たりとも

第三章　囚人、横浜港へ　177
天使降臨／知事の信書／喝采／視察調査／典獄を孤立させよ／工作

第四章　典獄の条件　253
看守と女学生／立ち上がる囚人／看守の反乱／典獄の手紙／黄金の繭／海軍カレー／司法省大臣室

終章　解放囚の奇跡　339
二人の典獄／媒酌人／後日談

あとがき　352

主な参考文献　356

日没までには、まだ間がある。私を、待っている人があるのだ。少しも疑わず、静かに期待してくれている人があるのだ。私は、信じられている。私の命なぞは、問題ではない。死んでお詫び、などと気のいい事は言って居られぬ。私は、信頼に報いなければならぬ。いまはただその一事だ。走れ！　メロス。

——太宰治『走れメロス』より

典獄《てんごく》と934人のメロス

主な登場人物

椎名通蔵《しいなみちぞう》36歳　東京帝国大学法科卒。横浜刑務所典獄(刑務所長)。刑罰の目的は社会復帰教育にあるという教育刑主義を信奉している。

福田達也《ふくだたつや》25歳　囚人。海軍退役後、無実の罪を着せられて服役中。

福田《ふくだ》サキ18歳　福田達也の妹。高等女学校生徒。達也を父親代わりとして慕っている。

野村幸男《のむらゆきお》53歳　典獄補。看守からの叩き上げのナンバー2。若い典獄に反感を抱いている。

影山尚文《かげやまなおふみ》45歳　文書主任。典獄の秘書官役だが、まとまりの悪い幹部の取りまとめに腐心する。

茅場宗則《かやばむねのり》48歳　戒護主任。全囚人を受け持つ筆頭主任としてナンバー3の座にある。野村に追随する反典獄派。

坂上義一《さかがみぎいち》39歳　会計主任。最も若い幹部職員。椎名の忠実な部下として司法省への伝令役を任される。

天利作治《あまりさくじ》　45歳　戒護部門の看守部長。中間管理職である看守部長を取りまとめ、典獄と囚人たちとの信頼関係を取り持つ。

山下信成《やましたのぶなり》　34歳　看守。第六工場の担当。囚人たちからの信頼が厚く、福田達也の無実を信じ早期の仮出獄を後押ししている。

山口正一《やまぐちしょういち》　45歳　囚人。粗暴な問題受刑者として千葉刑務所に移送される予定だったが、復旧作業に活躍する。

青山敏郎《あおやまとしお》　24歳　囚人。兄貴分と見定めた福田達也に倣《なら》い、一人前の社会人として更生しようと決心している。

河野和夫《かわのかずお》　40歳　囚人。元外国航路の船員でボイラーマンの経歴を持つ。男気に富み、囚人仲間から一目置かれている。

注―登場人物は実名で表記した。例外として、個人名が特定されることによって本人ならびに子孫の方々の名誉を傷つける可能性がある人物については仮名にした。なお、無実の囚人と家族については実名を用いた。

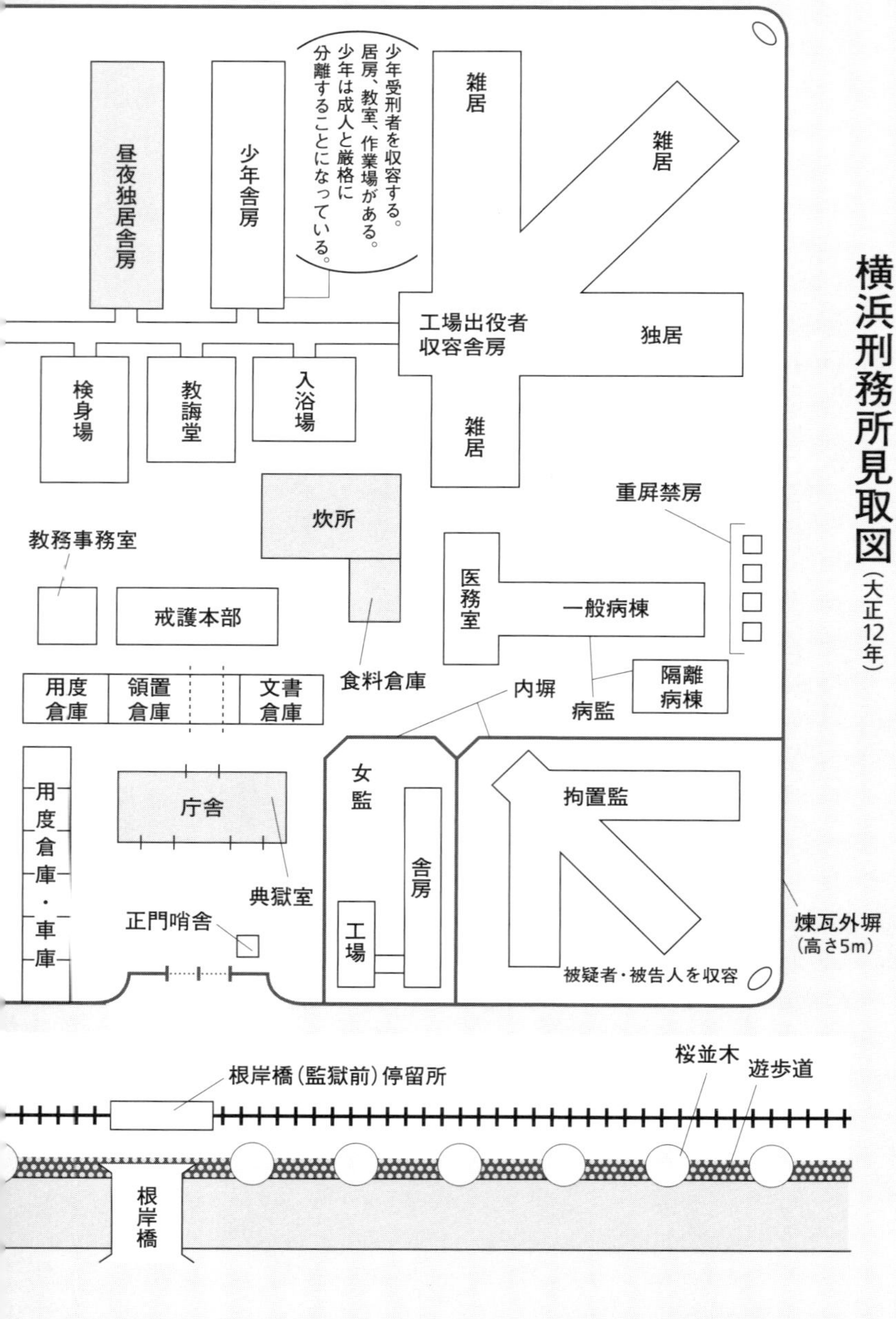
横浜刑務所見取図
（大正12年）
少年受刑者を収容する。居房、教室、作業場がある。少年は成人と厳格に分離することになっている。
昼夜独居舎房
少年舎房
雑居
雑居
工場出役者収容舎房
独居
雑居
検身場
教誨堂
入浴場
炊所
教務事務室
食料倉庫
重屏禁房
医務室
一般病棟
戒護本部
隔離病棟
病監
内塀
用度倉庫
領置倉庫
文書倉庫
用度倉庫・車庫
庁舎
典獄室
正門哨舎
女監
舎房
工場
拘置監
被疑者・被告人を収容
煉瓦外塀
（高さ5m）
根岸橋（監獄前）停留所
桜並木
遊歩道
根岸橋

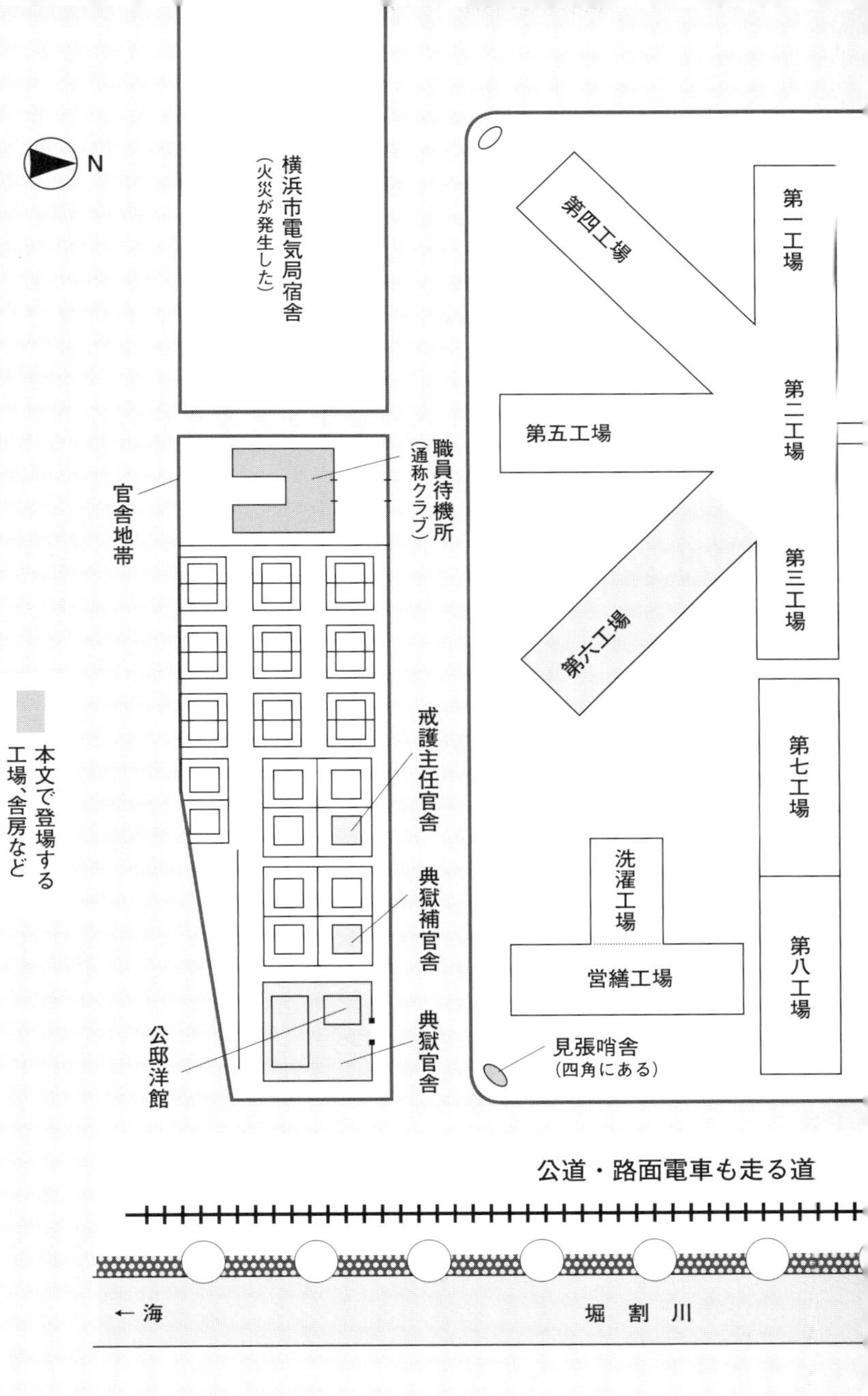
N
横浜市電気局宿舎
（火災が発生した）
職員待機所
（通称クラブ）
官舎地帯
戒護主任官舎
典獄補官舎
典獄官舎
公邸洋館
本文で登場する工場、舎房など
第四工場
第一工場
第五工場
第二工場
第三工場
第六工場
第七工場
洗濯工場
営繕工場
第八工場
見張哨舎
（四角にある）
公道・路面電車も走る道
← 海
堀　割　川

序章　十一時五十七分、東南見張り哨舎

「雷か⁉」

横浜刑務所の若い看守・立花一郎《たちばないちろう》は哨舎《しょうしゃ》を出て空を見上げた。積乱雲はなかった。夜勤に続き午前五時四十分から、ここ東南角の見張り勤務に就《つ》いている。

〈正午の交代まで、あと三分……ようやく官舎に帰れる〉

睡魔に襲われ、たまらず時計を見たときに、遠雷のような不気味な音を聞いたのだ。

〈何だ、これは？〉

戦慄を覚えた直後、足の裏が突き上がり、宙に浮いてから地面に叩きつけられた。大地は波打ち、まっすぐ伸びる高さ五メートルの煉瓦塀《れんがべい》はぐらぐらと横に波打ちながら、さらに上下に大きく揺れた。

〈この世の終わりか、いつまで揺れるのか……〉

塀は金属を裂くような音から、鞭《むち》を唸《うな》らせるような音に変わった。縦揺れと横揺れが同時に来て、大きく左右に振られると縦に亀裂が入り、煉瓦がはじけ飛び、塀は土台を残して宙に浮いてから真下に落ちて砕けた。立花は塀から少しでも離れなければと、必死に逃げようとしたが立つことも転がることもできなかった。

〈下敷きになって死ぬ！〉

もはやこれまでと観念すると、官舎にいる新妻の無事を真っ先に祈った。しかし、次の瞬間には、職責を全《まっと》うしなければという気持ちが湧《わ》き起こった。

上半身を起こし、地面に両手をついて、しっかりと監視の目を開いた。手の甲と肩にこぶし大の煉瓦が当たった。縦揺れから、大きな横揺れに変わった。

ギーギーという材木が軋《きし》む音が重なり合って迫ってくる。上体を起こし、地面に膝を突いた。視界に入る工場と舎房のすべてが大きくうねっている。立花は集中力を切らさず東西二六〇メートル、正門まで延びる南北一五〇メートルの塀を交互に視線内に入れて警戒する。

大地は激しく揺れ続けている。

工場と舎房の揺れは大変なものだ。恐ろしい光景だった。今まさに、何百という命が建物の下敷きになり奪われようとしている。立花はカッと目を見開いて、すべてを記憶にとどめようとした。

揺れが収まると囚人たちが次々に工場から飛び出し、崩れた塀に向かって塊となって突進してきた。

立花は慌てて立ち上がった。呼《よび》子《こ》笛《ぶえ》を吹鳴《すいめい》し、赤い手旗を振った。「塀に近寄るな！」という合図である。塀がなくなったのだから、その気になれば脱獄は意のままだ。

ところが、囚人たちは塀の手前にある広場に留まった。かねての訓練どおり避難場所として指定されていたところで腰を下ろしたのだ。最初に避難を完了させたのは、立花の見る限りでは第六工場だった。一度現れた第六工場担当看守の姿がどこかに消えた。立花は避難場所に走った。担当看守がいない状況を現認した以上、放置はできない。

立花は、看守として叩き込まれている保安原則、「視線内戒護《かいご》」を全うしようと囚人たちの避難場所に走り、見張り勤務者として構内全体を見ると同時に、担当看守に代わって彼らを監視する任務にも就いたのだ。

「戒護」とは刑務官に与えられた権限で、囚人を逃がさないための監視、逮捕、検束といった実力行使ができる強力なものである。


間もなく、外塀に向かって走る囚人が視界に入った。立花は走った。そして、また転んだ。囚人は素早い動きで瞬く間に崩れた煉瓦の山に取り付いた。

〈逃がしてはならぬ!〉

と、立花はまた起き上がって走った。足場を崩したのか、いったん佇《たたず》んだ囚人だったが、次のアタックで瓦礫《がれき》の頂上に立った。間隔はまだ三〇メートルほどある。

万事休す!

立花は、せめて逃げる方向を見定めようと、自分も崩れた塀の上に立とうとした。だが、あと一歩のところで手を掛けた煉瓦が剝離《はくり》し、瓦礫の隙間《すきま》に足を落とした。

頂上に立った囚人は福田達也《ふくだたつや》である。

一気に塀の外に飛び出そうとしていた福田に、どこからか鋭い言葉が浴びせられた。

「福田！　福田達也！　本物の犯罪者になるのか！」

声の主は第六工場の担当看守・山下信成《やましたのぶな》である。
福田の足がピタリと止まった。

第一章　獄塀全壊

ネズミの大移動

大正十二年（一九二三）九月一日午前四時、神奈川県横浜市根岸町《ねぎしちょう》（現在の横浜市磯子区丸山《いそごくまるやま》）にあった横浜刑務所の炊所《すいじょ》では炊事夫《すいじふ》が異様な光景を目にした。

食料倉庫の扉を開けると、ネズミが大きな塊となって飛び出してきて、そのまま下水溝に逃げ込んだのだ。百や二百ではすまない数だったと、担当看守に報告した。

報告を受けた看守は当日の工場日報に、「ネズミ大量発生、至急駆除ノ要アリ」と記した。

横浜刑務所は、安政五年（一八五八）に江戸幕府が米国など五ヵ国と締結した不平等極まりない通商条約の改正に向けて新築の計画がなされ、奇《く》しくも改正条約施行半年前の明治三十二年（一八九九）二月に竣工した。

刑務所の敷地面積は東京ドーム二個分に当たる九万平方メートル。そのうち七万七〇〇〇平方メートルが高い煉瓦塀によって外界と遮断隔絶《しゃだんかくぜつ》した刑務所本体で、南北三〇〇メートル、東西二六〇メートルの塀の中には事務棟、舎房、工場など、木造平屋建ての建物が適度の間隔を保って合理的に配置されている。

治外法権の撤廃と関税自主権の獲得を柱とする条約改正の条件のひとつに、監獄の世界レベルへの改善が日本政府に突き付けられていたが、新築した横浜刑務所は欧米の監獄をはるかに凌駕《りょうが》し、百年後でも通用する近代的な刑務所として竣工した。

囲障《いしょう》の南は官舎地帯で一戸建ての幹部住宅と、長屋建ての一般職員住宅が並び、西は受刑者に耕作させる畑、東は堀割川に沿って幅二〇メートルの公道があって路面電車が走っていた。北は民有地で住宅と畑がある。

この日は荒天で夜が明けた。

早朝から風速一五メートル以上の南風が吹き、にわか雨があった。

典獄《てんごく》・椎名通蔵《しいなみちぞう》はこの日も、いつものとおり午前五時三十分に官舎の典獄公邸を出た。典獄とは監獄の長、今で言えば刑務所長のことである。

そのころ、戒護本部では早出の看守部長一〇人の登庁点検が行われていた。

椎名は公道の大通りを渡り、堀割川沿いの歩道を歩いた。正門までは約一五〇メートル。ゆっくり歩いても三分とかからない。

土手を兼ねた遊歩道には受刑者の手によって植えられたソメイヨシノが三〇〇本余り並木を作っていて、木々の緑が赤煉瓦の塀に美しく映えている。花見の時季は出店が連なる名所でもあった。

刑務所正門前には『根岸橋（監獄前）』と名付けられた路面電車の停留所があるので、面会人には便利な刑務所である。

椎名は根岸橋に着くと、再び大通りを渡り、刑務所の正門前に立った。雨合羽《あまがっぱ》を着て、ズック製の手提げカバンを持っていた。カバンの中には妻が作った弁当と前日役所から持ち帰った書類が入っている。

椎名は雨合羽のフードを剝《は》いで門衛の看守に顔を見せる。雨合羽を着用しフードを被《かぶ》ったときの顔見せは、職員以外の者の外部からの侵入や囚人の逃走防止のために行うもので、典獄といえども厳守しなければならない保安管理の遵守事項である。

椎名は、およそ三〇メートルの前庭を抜け、庁舎中央入り口から右奥の典獄室に入る。広さおよそ四〇畳、床は寄木張《よせぎば》りである。

書架を背に金襴《きんらん》の布で覆われた執務机と幅広の脇机が六畳ほどの絨毯《じゅうたん》の上にL字に置かれている。室内の中央には応接用の紫檀《したん》のテーブルと六脚の肘付きの椅子があり、その真上にはシャンデリアが吊り下げられていた。

カバンを脇机の上に置くと、椎名は構内の巡回に出た。まずは病監に向かう。病人の容態を確認してから、拘置監、昼夜独居舎房を経て工場を一回りし、最後に女監を視察するのだ。

典獄室に戻ったのは、午前七時を回っていた。

文書主任・影山尚文《かげやまなおふみ》が報告にやってきた。文書主任は典獄の秘書としての職務もある。例によって定型化された朝の報告がなされる。

「おはようございます。本日の開房人員は総員一一三五名、異状なく点検を終了しました。満期釈放が四名で間もなく釈放準備に入ります。入所予定はありません。したがって本日の在監人員は一一三一名、内訳は男子受刑者一〇三八名、女子受刑者三一名、男子未決拘禁者六〇名、女子未決拘禁者二名であります。裁判出廷は男子被告人六名が予定されています。典獄殿の外出予定、来庁予定者はともにありません。以上報告いたします。何かご指示はございませんか」

「九時から会議を行うことにする」

椎名の指示に対する返事はただちに戻ってこなかった。

「月の初日だから各自懸案の進捗《しんちょく》状況と今月の目標を発表するように伝えなさい」

椎名は重ねて指示を与えた。

「はあ」

影山は、いかにも気乗りのしない返答をした。

横浜刑務所典獄は、格の高い刑務所として代々ベテランの典獄を迎えていた。四ヵ月前の五月、前任者が退官を前に札幌に帰郷転勤したが、その後任として経験年数十二年、しかも現場第一線の経験が一切ないという三十六歳の椎名がやってきたのだから、幹部職員は横浜刑務所の格が落ちたのかと訝《いぶか》った。

典獄の格落ちは自分たちの格落ちを意味するから、次の栄転は期待できないかもしれない、そんな不安と不満が、年長の幹部たちの間で囁《ささや》かれていたのである。

会議メンバーは、典獄、典獄補、主任八名（文書、会計、用度、戒護、作業、考査、教化、医務）、作業技師、教師、戒護主任補佐各一名の総勢一三名である。

午前九時十分を回っても典獄補・野村幸男《のむらゆきお》と戒護主任・茅場宗則《かやばむねのり》は会議室にやってこなかった。影山は会議室前の廊下に出た。

週に一度行う定例の会議でも十分遅れはいつものことだ。影山は、典獄補の部屋を覗いたが不在だった。さらに五分経って、ようやく戒護本部に通じる扉が開いて、典獄補と戒護主任が現れた。

「お急ぎください、すでに十五分以上遅れています」

「文書主任、慌てるな。どうせ学士典獄の下らない話だ」

野村がうそぶく。二人は、さらにゆっくりとした足取りで歩を進める。

影山は全員が着席したのを確認してから、典獄室の扉を叩いた。

会議テーブルについた椎名は開口一番、

「文書主任、会議は何時から行うと指示したか」

「九時であります。申し訳ありません」

影山は謝った。

遅れた張本人である野村と茅場はそらとぼけている。

「五分前の精神が欠けておる。上官たる諸君にそれがないのに、看守の登庁点検だけは五分前に参集せよとやかましいと聞く。戒護主任、なぜ会議では定刻も守れんのか」

名指しされた茅場は野村を見た。野村は渋い表情で下を向いたままだ。茅場は答えようとしなかった。

「まあ答えたくないのならそれでよい。時間を守るのは刑務官の基本的心得の中でも最も必要なことだと私は思うが、そうではないのか」

椎名は厳しい表情のまま会議メンバー一二人の顔を見回したが、場の空気は白々しい。

椎名の典獄としての権威を感じ敬服しているのは、椎名と同じ三十代の会計主任・坂上《さかがみ》義一《ぎいち》だけのようだ。

「では、はじめよう」

椎名の一言を受けて影山の司会により会議は始まった。

各主任の業務報告は人員の確認と異常の有無程度のありきたりのもので、懸案事項の報告も、問題受刑者の動静《どうせい》報告もなされなかった。

主任以外の他の出席者も、ほとんど無言で下を向いている。活気のない、いつもの雰囲気である。息の詰まるような沈黙が支配した。

影山は椎名の顔色をうかがいながら「そろそろ」と、会議の終了を椎名に促した。

「丙種の移送上申の認可はまだ来ぬか」

「はっ⁉」

椎名の予想外の質問に影山は戸惑った。

野村は「ふん……」などと聞こえよがしに鼻を鳴らして、にやついた。

椎名は表情を強ばらせ、「山口正一《やまぐちしょういち》のことだ」と言った。粗暴凶悪で集団処遇が困難な受刑者を丙種と分類し、地域ごとに一ヵ所に集める。横浜刑務所の該当受刑者は本省である司法省行刑《ぎょうけい》局《きょく》の認可を受けた後に千葉刑務所へ送ることになっている。

前任の典獄が残していった『典獄引継簿』によれば、山口は工場で同僚受刑者と喧嘩を繰り返し、止めに入った看守に怪我《けが》を負わせる傷害事件を起こしたので移送上申をしている、と認《したた》めてあった。

「山口ですか⁉　認可はまだです。戒護主任さん、彼の動静はどうですか」

影山の頭の中に山口正一の顔貌《かおかたち》は浮かんでいないようだ。

影山は人事と文書、それに名籍《めいせき》という、受刑者と被疑者・被告人の入出所事務を受け持っている。直接、囚人を処遇する立場にないので、一〇〇〇人余りの囚人の顔と名前まで覚えようとしたことはない。誰だかわからないので、質問の矛先《ほこさき》を茅場に振ったのだ。

「独居担当職員には従順で、独居にいる限りは、問題ない」

茅場は影山に向かって偉そうに言った。

茅場には、典獄補に続くナンバー3《スリー》という自負がある。同じ階級の『看守長』であり、役職も同じ『主任』である影山はじめ他の主任たちに、まるで部下に対するように接する。

茅場が典獄・椎名をあからさまに無視していると見てとった野村がクスリと笑った。

椎名は野村を見た。

野村は厳しい表情の椎名と目が合うとバツが悪そうに下を向いた。典獄補・野村は出世欲と自己顕示欲の強い男だが、その実、いたって小心者であることを椎名は見抜いていた。会議の席上、偉そうな態度を取り、椎名に反抗的な言動をするのは部下たちの目を意識してのことなのだ。陰で椎名のことを、

「帝大を出たら、ふつうは判事検事になるだろう。典獄になったということは、頭の悪い、無能な若造だからだ」

と言い、いちいち椎名の指示命令にケチをつけていた。その手前、恰好《かっこう》をつける。難儀な幹部であるが、組織のチームワークがうまく嚙み合ってこそ良好な刑務所運営ができるのだから、この男をいかに活かすかということを椎名は考えていた。

野村よりも始末に困るのが茅場である。

囚人は力で抑え込む。言ってきかないものは物理的な力を加える。とくに受刑者には、社会に迷惑をかけた分しっかり償ってもらう、という考え方を持っていて、善良な市民に代わって十分

懲らしめるのが刑務官の仕事だと、看守が囚人に対して殴る蹴るの暴行を加えても見て見ぬふりをし、ときには自らも暴力を振るう。

囚人を預かる戒護主任たるもの、「厳しい怖い！　鬼の戒護主任」と呼ばれることが名誉であると思っているのだ。どうやら、司法関係者が旨《むね》とする『秋霜烈日《しゅうそうれつじつ》』（刑罰の厳しさのたとえ）の意味を履《は》き違えているようだ。

椎名は事あるごとに、

「囚人に対する暴力は絶対にいかん」

と口が酸《す》っぱくなるほどたしなめるが、茅場は口先では「わかりました」と言うものの、いっこうに改めようとする気配はない。

それどころか、「自分は百戦錬磨の保安の専門家です。（現場を知らぬ典獄は）中のことには口を出さず、この戒護主任にお任せください」と、面と向かって言い放ったこともある。

「戒護主任、問題ないのなら山口正一の移送上申を取り下げたらどうだ。検討しなさい」

問題になっている山口は累犯受刑者で刑務所入りは三回目。前科身分帳によると、過去二回の服役はいずれも仮釈放で出所している。喧嘩などの反則履歴はなかった。

それが、なぜ横浜で喧嘩を繰り返し、ついには傷害事件まで起こしてしまったのか。椎名は巡回中に担当・斎藤権次《さいとうごんじ》看守に調査を命じた。昨日のことである。

すると、斎藤の顔色が変わった。何か事情があって、斎藤はその実態を知っている。ただちには言えないということは職員がからんだ事情なのだろう。椎名は独り言のように、

「職員に怪我をさせたというが、そうではなかろう」

とつぶやいて、斎藤の前から離れた。

椎名の頭の中では、その時の様子がはっきりと映像として浮かんでいた。

囚人同士の喧嘩口論は日常茶飯事だ。それが刑務所らしいところでもある。非常通報で工場に駆けつけた刑務官が取っ組み合っている受刑者の間に割って入り喧嘩を止め引き離した。戒護本部に連行した後で山口は看守の暴行を受けたのだろう。怪我をしたのは看守ではなくて山口だったはずだ。

看守の一方的な暴行をもみ消す意味で、書類上、山口を凶暴な囚人に仕立てあげ、看守にも傷を負わせるほど暴れまわったことにした。これが椎名の推理だった。

今朝、斎藤看守が「昨日の件ですが……」と言って、事の真相を明かしてくれた。椎名が予想したとおりだった。椎名は近々、山口の移送上申を取り下げようと、この会議で話題にしたのだ。

時刻は十時になろうとしていた。

「明日九月二日は二百十日に当たる。私は農村で育ったから稲作では最も大事なこの時期、台風など暴風雨を避ける祭りをしたものだ。自然災害の備えは常に怠ってはならない。本日は月の初日というだけではなく厄日のこともあって会議を開いた。各自気を引き締めて部下と受刑者の指導訓育に当たられたい」

椎名はうつむいている部下を見回す。返事すらしないのはいつもの会議の雰囲気だが、この日は、なぜか怒りがふつふつとわいてくる。

「聞いておるのか？　今朝の炊所のネズミの件を披露せよ。戒護主任！」

椎名は語気を強めた。

「…………」

茅場は「ネズミ!?」と仏頂面で言うと、首を傾《かし》げた。おそらく巡回もしていないので、報告を受けていないのだろう。

「炊所に訊きに参るがいい」

椎名は席を立った。


椎名はこの日二回目の巡回に出た。

五月に着任して四ヵ月、毎日二回から三回構内をくまなく巡回する。いつしか囚人たちも典獄の巡回を楽しみにするようになり、典獄に声を掛けてもらいたいという思いを強く持つ者もいて、作業に熱が入っていた。木工品、印刷物、縫製品の製作など数字で結果が表れる作業成績は一五〇パーセント以上という、工場担当が驚くほどの伸びを示していた。

朝とは逆の順路で巡回した。工場をひと回りしてから昼夜独居舎房に来た。監房の鉄格子検査に当たっていた刑務官が二人、椎名を見かけると大声で「異常ありません」と言って敬礼をする。およそ三〇メートル離れている二人に椎名は「ご苦労さん！」と言って敬礼を返した。

大地震発生

午前十一時五十分、椎名は巡回を終えて典獄室に戻った。

弁当を食べ終わり、女子職員がいれてくれた茶を飲んでいるときに、遠くで雷が落ちるような音と不気味な波長を伴う地鳴りを聞いた。

いやな予感がして立ち上がろうとした。

その時だった。床が突き上がり壁に密着させていた書架が一メートルほど前にずれ、大きく前後に揺れてから床に叩きつけられた。机が飛ばされ、椎名も前後左右、上下に跳ねる。

午前十一時五十八分四十四秒、関東大震災が発生した瞬間である。

つかまる物もなければ、揺れに逆らって踏ん張ることもできない。重量のある什器《じゅうき》に当たらないように身を転がすのが精一杯だった。

上下の揺れから前後左右に変わる、激しい揺れが続く。窓ガラスが弾け、天井が裂けた。長い揺れだ。天井が波打ち、梁《はり》が悲鳴を上げた。大きく揺れていたシャンデリアが落下し、カットガラスが飛び散った。

揺れが収まった。とにかく外へ！　廊下に出ると避難する職員であふれていた。庁舎から脱出した椎名の目に飛び込んできたのは、正門の無惨《むざん》な姿だった。

強固な石造りの門柱が倒れ、鉄製の扉が折れ曲がり、左右に延びる外塀が姿を無くし煉瓦の山になっている。

庁舎を飛び出した文書、会計など事務職看守は口々に「戒護応援だ！」「急げ」と、自らを鼓舞するように大声を発しながら戒護区域に消えていった。

看守の制服を着ているものは、事務職員であっても、天災地変、火災、暴動、騒擾《そうじょう》などの非常時には囚人たちがいる現場に走る。命令を待たずに自己の判断で駆けつけることが服務の基本になっている。

〈とにかく落ち着かなければ！〉

椎名は動かずに報告を待つことにした。

未曾有《みぞう》の非常時である。

椎名のキャリアは、わずか十二年、典獄という刑務所トップばかり歴任している。他人から見れば順風満帆《まんぱん》に違いないが、現場経験がなく、まして非常時の危機など臨場《りんじょう》したことがない。

頼りになるのは、刑務官として三十年前後の勤務経験がある典獄補・野村と戒護主任・茅場だろう。二人とも看守からの叩き上げである。数多くの刑務所で勤務し、いずれも囚人を受け持つ戒護主任を長くつとめている。だが、現場を知らない椎名のことを、「帝大出の学士典獄さん」とあてこすり、会議の席上でも、露骨に不敬な態度をきめこむ。

このとき、庁舎前庭に立つ椎名の横浜刑務所は、すべての外塀を喪失していた。


椎名通蔵は山形県寒河江《さがえ》（現・寒河江市本楯《もとたて》）の出身である。家は代々庄屋だった豪農で、椎名は長男として大事に育てられた。

明治四十三年（一九一〇）、東京帝国大学の法科政治学科を卒業すると、誰も予想していなかった司法省監獄局属（事務官）を拝命する。帝大を出て監獄に勤めることは尋常ではない。そもそも、当時の職業としての監獄官吏は役人の中では最下層、獄卒《ごくそつ》という卑しい仕事というのが一般的な評価だったのだ。椎名の親類縁者、友人知人にも監獄官吏はいない。志望の動機は定かでないが、判検事になった学友の話によると、刑の目的は応報でなく、教育による犯罪者の更生にあるという刑事法助教授の講義に深く感銘を受けたのではないかということだった。

椎名は最初の帝大出の監獄官吏である。卒業の翌明治四十四年、文官高等試験に合格し、典獄の道を歩むことになった。二年間の見習いを経て、大正二年（一九一三）二月、二十六歳の若さで滋賀県大津市の膳所《ぜぜ》監獄典獄として赴任、在任六年余を経て、大正八年四月に茨城県水戸市の水戸監獄典獄に異動。そして四ヵ月前、大正十二年五月に横浜刑務所の典獄としてやってきたのだ。

暴動、集団脱獄、囚人同士の派閥抗争による殺傷事件など刑務所の重大事故には一度も遭遇していないので、異常な事態下の囚人たちの心理を想像することもできない。

〈塀もなくなり、刑務所としての設備がすべて崩壊した今、どうすればいいのか……〉

椎名は、幹部が無事でいてくれることを祈りながら、典獄である自分の位置を全職員に知らせ、報告を待つべきだと判断し、半壊した戒護本部前の広場に移動した。

四囲の状況は刻々と変わる。揺れが襲うたびに、建物が潰《つぶ》れていくのだ。


一一〇〇人余りの囚人と一四〇人の職員がどうか無事であってほしい。椎名は念じながら断続的に襲う揺れに耐え、報告を待った。

真上から照りつける陽光がまぶしい。

再び、ゴーという地鳴りがして大きな揺れがきた。膝をつき、地面に手をつこうとしたが、身体は一個の塊となって宙に浮き、転がった。

前方で昼夜独居舎房が土煙をあげて潰れ、屋根の落下と同時に瓦が周囲に飛び散った。

十二時十分、第六工場

第六工場では担当看守・山下信成《やましたのぶなり》が雑役夫・吉本龍男《よしもとたつお》とともに、逃げ遅れた囚人の名を呼び続け、救出のタイミングを探っていた。柱や梁《はり》など崩れ落ちた木材が障害となり、完全に屋根が落ちてからしか救出の方法はない。

「必ず助け出す。潰されないようにして、じっとしていろ！」

山下は怒鳴る。

地震発生時の工場の恐ろしさときたら、まさに筆舌に尽くしがたいものだった。

昼食を済ませ午後の作業はじめの号令を掛けて間もなく、突如襲ってきた激震に数十本の杉材の柱で支えられていた大工場の屋根が大きく揺さぶられた。

麻袋の縫製で高額の作業収入を稼ぎ出す第六工場の担当・山下看守は、全体をくまなく見渡せるようにと、高さ一・八メートルほどの台上に設《しつら》えられた担当執務机（通称・担当台）から板張りの床に振り落とされた。

「落ち着け！　身を守れ！」

と叫び、受刑者を避難させるために、施錠されている扉を開けようとした。

立つこともできない激しい揺れである。幸い受刑者らも立てないので一気に押し寄せてくることはない。長い揺れが続いている。

「揺れが収まったら、訓練したとおり、一班から順に出て避難場所に走れ」

天井は音を立てて揺れ続けている。弓なりになり、太い梁がひきちぎれんばかりである。

ようやく扉を開けることができた。

「頭上に注意して避難しろ。一班！」

指示された班員は役席《えきせき》から飛び出し出口に向かって走った。また襲ってきた強い揺れに屋根瓦が落ち始めた。

受刑者たちはもう指示を待てなかった。

第二班以下の五〇人余りがいっせいに出入り口めがけて飛んできた。ほとんどが転げながら出口にたどり着いたという有り様だった。

残された者がいないか工場内を回っているときだった。

山下の目の前で梁と屋根が落下しはじめた。今度ばかりは梁も柱も持ちこたえられないだろうと、山下はよろけながら出口に向かい、工場の外に飛び込むようにして転げ出た。待ち構えていた三人の囚人に抱えられ工場を離れると、轟音と土煙を上げながら屋根が落ちた。工場の建物はすっかり瓦礫の山と化してしまったのである。

間一髪だった。

避難場所まではおよそ三〇メートル。全員避難できたようだが、念のためと、点呼をとった。三人も欠けているではないか。下敷きになってしまったのか……。

各班長に居ない者を報告させる。不明者はすぐにわかった。

「私は、三人を探しに行く。皆はここを動かずに待っていてくれ」

山下の言葉に、囚人たちの多くが自分も手伝うと声を上げた。

「わかった。工場はあのとおりで、まだ崩れそうで危ない。後で皆に手伝ってもらうから、それまではここで待っていてくれ」

雑役夫・吉本だけを連れて、山下は工場に戻った。


十一時五十六分、昼夜独居舎房の担当看守・斎藤権次は、ゆっくりと歩を進め、各房内を覗いていた。

突如、ゴーという地鳴りとともに激震に襲われた。幅約七メートルの土間の中央廊下は大蛇の背のようにくねりながら隆起し、壁と扉が上下に波打った。

斎藤は土間に投げ出された。

昼夜独居舎房は木造平屋建て東西七〇メートル、左右に三〇房ずつ独房がつらなっている。この日の収容人員は五〇人。斎藤は腰に提げていた手のひらほどの大きさのT字形の鋼鉄製の舎房鍵を右手でしっかり握った。

独居舎房は各独房の壁が柱を補強する形になっているので、刑務所建物では地震には最も強いはずだ。

〈落ち着け！〉

斎藤は自らに言い聞かせ、いちばん奥の房から開けることにした。

舎房の出入り口は東側にあり、観音開きの門戸は激震で錠が外れ片側に大きく開いていた。

順に開扉を始めた。飛び出してきた囚人には布団を頭から被《かぶ》らせて一気に中央廊下を走らせる。

木材がきしみ、窓ガラスが震え、揺れが襲うたびに、囚人たちの悲鳴と怒声が入り交じった。強い揺れが来ても、斎藤は開扉を続けた。四つん這いになり、転げ回りながら次の房扉に取り付いた。

天窓が弾けガラス片が降ってくる。

「布団を被って身を守れ！　わしはここにいる。お前たちをここから出すまで離れないから待っていろ」

斎藤は力の限りの声で叫んだ。枠がきしみ斎藤の力だけではびくともしない扉があると、

「錠は解いた。思い切り扉を蹴って出てこい」

と言って、蹴りに合わせて房扉を引いた。

房を出た囚人たちの中には開扉を手伝おうとする者もいたが斎藤はそれを制した。

「早くここを出ろ！　これはわしの仕事だ。布団を被って外に出るんだ」

待ちきれない囚人たちは扉をさかんに足蹴りする。残すところ重拘禁房一〇ヵ房になった。この扉は特別頑丈に作ってある。錠だけでなく止め金具もはめてあるのだ。粗暴な問題受刑者、規律違反を犯した取り調べ中の者、懲罰執行中の者を入れている。十二時十分を回った。最初の激震と同じくらいの激しい長い揺れに襲われた。破れた天窓から、ズレ落ちた瓦がバラバラと落ちてきた。斎藤は必死に扉を開け続けた。

ついに舎房の西側から四分の一ほどが轟音とともに潰れた。あと七ヵ房だ。

「担当《オヤジ》、わしはいいから早く逃げなさい」

止め金具に手を掛けた斎藤に視察孔から大声が発せられた。丙種受刑者の移送上申をしている

山口正一だった。

「何を言うか。お前の気持ちはありがたい。だが、わしの仕事はお前を助けることだ」

斎藤は怒鳴るように言うと、金具を外し錠のロックを解いて取っ手を回した。力いっぱい引くが開かない。

「山口、蹴飛ばせ！」

激しい揺れと扉が開くのが同時だった。斎藤は扉でしたたか額と腕を打って、廊下に転がった。山口は房から飛び出すと、斎藤を抱き起こし、前に立って未開扉の房の止め金具を外しはじめた。

「まだか、まだか、早く開けろ！」

絶叫する囚人たちに、

「待たせたな。オヤジが今くるから扉が開いたら布団を被って出口に走れ」

と声を掛ける。

舎房は奥からドミノ倒しのように崩れて迫ってくる。すべての止め金具を外した山口は自分の房に入って布団を取り出すと、それを大きく頭上に広げ最後の房の扉に取り付いた斎藤看守の頭上を覆った。ガラス片と屋根瓦が落ちてきた。

今まで当たらなかったのが不思議だった。

最後の房の扉を開いた。懲罰中の囚人は腰を抜かしていた。斎藤と山口は囚人を抱え起こした。山口は囚人を肩に担ぎ、出口に走った。後に続いた斎藤は、よろける山口を支えようとしたが、右手は上がらなかった。

十二時十五分、三人が外に転げるように飛び出した直後に舎房は轟音とともに壊滅《かいめつ》し、土煙が舞い上がった。同時に、その轟音をかき消すほどの歓声が湧き上がった。

昼夜独居舎房に収容されていた囚人たちが、斎藤看守に駆け寄り取り囲んだのだ。

斎藤の額は割れ、右腕も骨折していた。

南風

十二時二十分、庁舎前庭にいた椎名の元に戒護部門の第一報を届けに来たのは、看守部長の天《あま》利作治《りさくじ》だった。

「典獄殿、茅場主任の指示並びに、私の見聞したことを急ぎ報告いたします。外塀すべて倒壊、舎房は雑居、独居とも全半壊。受刑者を収容できる状態ではありません。全工場ほぼ全壊。建物の下敷きになった職員、数名。受刑者数十名。詳細は不明。拘置監、女監、病監は全員が避難したと思われます。緊急応援に駆けつけた事務所職員一五名は、倒壊した外塀の内側に等間隔に立って立哨《りっしょう》警備に当たっています。非番者三〇名は交代後、救助、警備に割り振る予定とのことです」

「そうか……わかった。見てのとおり庁舎も壊滅だ。まずは最低でも非常持ち出しの重要書類を取り出さなければならない。落ち着いたら、事務職員を戻すよう主任に伝えてくれ」

「了解しました」

天利の的確な報告によって、椎名は被害と現状を大まかにつかんだ。

看守部長は戒護部門の組織力強化のために司法省の通達によって設けられた階級で、中間監督者である。横浜では看守定員一二六人の中から、一八人を看守部長に登用していた。

横浜刑務所生え抜きの彼らは、ここが自分たちの施設、まさに一所懸命ここを護ろうとする思い入れが強い。それにくらべて、転勤族である看守長以上の役職にある幹部は、三、四年したら他施設に異動する。在任中は大過なく過ごしたいという腰掛けである。

俸給の面から見れば、看守部長の俸給月額は看守長の半額程度だから、その貢献度は非常に高いといえる。

物価高騰で増俸された『判任官等俸給令』（大正八年）、『奏任及び判任待遇監獄職員給与令』（大正十一年）によると、看守長が月額八五円から一六〇円、看守部長が五〇円から八〇円、看守は三〇円から七〇円と規定されている。

ちなみに、典獄は高等官で年俸制。椎名通蔵は高等官三級俸を下賜《かし》されたので、年俸三一〇〇円であった。

高く分厚い塀に囲まれていた構内には木造の庁舎、舎房、工場、用度倉庫などが所狭しと建ち並んでいたが、今はもう、まともな建造物は何ひとつ残っていない。

工場地帯では各所で下敷きになり、取り残された受刑者を救出するたびに大きな歓声があがっている。職員が吹く笛もあちらこちらから鳴り響く。吹鳴《すいめい》の短・短・長（ピッ・ピッ・ピー）というリズムは危険を知らせ、注意を喚起するものだ。

「典獄の采配いかんで囚人もわれわれも生死が決まる。ぜひ迅速《じんそく》的確など指示を！」

椎名は背後から声をかけられた。

典獄補・野村が文書主任・影山に支えられ立っていた。

〈この非常時になんという言い草だ。典獄補として何をすべきか考えろ！〉

椎名は、怒りを抑えて、

「被害状況の取りまとめを、お願いしたい」

と指示をした。

「私は怪我をして動けないので、誰か適当な者に……」

と、これも無責任に答える。

怪我の様子を質問したが、何も答えず、長身の文書主任に「医務に連れて行ってくれ」と言って、椎名に背を向けた。


十二時三十分、椎名は正門の瓦礫の山に上った。三メートルほどの高さがある。

構内の全域と官舎まで見渡せた。

崩れた煉瓦塀は長い直線の堤に変わっている。南側にある二二棟の官舎は屋根瓦の損壊程度で倒壊はまぬがれていた。

工場は七棟すべてが全壊、押しつぶされていた。

横浜市内は方々で火災が発生しているようだ。刑務所から望む東北の丘陵から北西の丘の上空に黒煙が舞い上がりはじめていた。

方向を南に転じると、遠くに黒煙が見える。おそらく横須賀だろう。

これらの黒煙はやがて天高く広がり、火焔《かえん》も二〇〇メートルほどに達し三昼夜以上も燃え続ける大火災になるのだった。

椎名は「警備本部設営完了！」との報告を受けて移動した。

戒護本部の前のわずかな空き地に机が置かれ椅子が並べられていた。周囲には瓦礫が散乱している。影山と茅場が椅子を並べて話をしていた。椎名に気づいた影山が席を立ち、敬礼をした。

茅場は視線の端に典獄を認めているのだろうが、手元の紙に目を落としたままだ。

「戒護主任、その後人的被害は明らかになったか？」

椎名が先に茅場に声を掛けた。

茅場は、さも、今気づいたような顔をして立ち上がり、手にした罫線《けいせん》入りの和紙に目を落とした。

「在所人員一一三一名、内横浜地裁出廷六名、これは安否不明です。点呼により無事を確認した者は一〇三〇名。骨折等の重傷者が一一名います。行方不明が九五名です。行方不明者は全員が建物の下敷きになっていると思われます。死亡者がいないとも限りません。逃走者はおそらくゼロです。今、文書主任から典獄補が骨折の重傷を負ったとの報告を受けました。医務の様子を見てきます」

茅場は報告を終えると、「では」と言って立ち去った。

「職員はどうなっている」

椎名は影山に訊いた。

「数名が行方不明ですが、まだ正確にはわかりません」

「典獄補は君が助け出したのか？」

「はい、避難の際、部屋を覗くと部屋の隅で膝を抱えておられ、当職を見ると『助けてくれ』と……。担いで助け出しました」

影山の顔は笑いを堪《こら》えているように見えた。

「どこを骨折したのだ？」

「医務主任の話では、脛《すね》にヒビが入ったのだろうと。典獄補は副木《そえぎ》を当ててもらっておられました」

「治療道具と薬品は無事なのか？」

「看病夫《かんびょうふ》はじめ受刑者たちが掘り起こしています」

椎名は刑務所の南側、一キロほど先に火災の煙が上がるのを見た。

〈朝から強い南風が吹いている。住宅が密集しているわけではないが、延焼のおそれがないとは言えない。これはまずい〉

昨夜来の荒天をもたらした台風はまだ能登半島付近に居座っていた。明け方風向きを南に変えた強風によって、北側の横浜市街地の火勢は増すばかりだ。その大火災に吸い込まれる空気の流れで、南風はさらに強くなる。

〈刑務所構内は、倒壊建物はじめ可燃物の山だ。ここに火が回ったら、ひとたまりもない……〉

椎名は強い語気で影山に命令を下した。

「天利看守部長に私の命令だと言って、受刑者を五、六十人事務所の非常持ち出し応援に差し向けるよう伝えよ。そして、坂上会計主任には持ち出しの指揮を執るように伝えること。以上、大至急掛からせよ」

何が起こっても、けっして失ってはならない物が、ほとんどすべて、瓦礫の下に埋まっている。

身分帳、点検簿、領置金基帳《りょうちきんもとちょう》、領置品基帳、勾留更新簿《こうりゅうこうしんぼ》、刑執行指揮書綴《けいしっこうしきしょつづ》り、各種会計帳簿、現金金庫、一〇丁の騎兵銃と二〇丁の拳銃、それに弾丸、手錠などの戒具《かいぐ》、職員の人事記録、給与簿……等々。

焼失したら刑務所の機能を果たせない。釈放日すらわからなくなってしまうのだ。椎名は再度、南の空を見た。

〈至急取り出さなければ！〉

事務所棟は、すべて木造建物。どこかに類焼すれば、またたく間に火の海になる。

司法省行刑局

司法省は明治十八年（一八八五）に建てられた煉瓦造りの地下一階、地上三階の建物である。現在も皇居桜田門前に当時のままの威容を誇っている。

揺れが収まると、大部屋に出てきた司法省行刑局長・山岡万之助《やまおかまんのすけ》を総務課長と書記官らが囲んだ。

掛け時計は、ほぼ十二時を指して止まっていた。

「局長、お怪我はございませんか」

総務課長が声をかけた。

天井の漆喰《しっくい》が落下するなど、激しい揺れに生きた心地がしなかったのは山岡だけではなかったようだ。控訴院検事を経て本省に入った総務課長も顔面は蒼白になっている。

三〇人ほどが執務する大部屋は、書架が倒れ、机の上の物が床に散乱していたが、怪我人は出ていない。

「刑務所の被害状況をただちに調査せよ。まずは、市谷《いちがや》刑務所と小菅《こすげ》刑務所だ。政治犯と凶悪犯が脱走したら大変なことになる」

山岡は筆頭書記官・永峰正造《ながみねしょうぞう》に命じた。

市谷刑務所は東京拘置所の前身で未決囚と死刑囚を収容、折から共産党結党事件の政治犯を多数収容していた。また、小菅刑務所は、刑期十二年以上、無期までのいわゆる凶暴凶悪な受刑者と政治犯を収容していた。

山岡の脳裏には真っ先に、小菅の典獄・有馬四郎助《ありましろすけ》の顔が浮かんでいた。なぜ有馬かというと、信仰心のあつい耶蘇《やそ》（キリスト教徒）典獄で、ときには監獄法や司法省の指示命令を無視し、思うままに受刑者処遇を展開し本省の統制がきかない問題典獄という札付きだったからである。

永峰は受話器を取った。交換台には繋がるが、外線は不通だった。帝都の電話局は壊滅していた。

山岡万之助は明治九年（一八七六）長野県岡谷近郊の小村の農家に生まれた。

小学校を出てからは、家業の農作業に従事していたが向学心やみ難く、二十歳のときに上京。

神田の簿記学校を経て日本法律学校（後の日本大学）に入学し、二年後の明治三十二年（一八九九）に卒業するが、その年の司法官試験を受験。わずか二年の勉強で見事に合格し、司法官試補《しほ》に採用された。

明治三十四年判事に任官。三十九年からドイツ・ライプチヒ大学に留学して刑法、刑事訴訟法、刑事政策を学んだ。明治四十二年暮れに帰国。検事として復職するとともに母校で刑法と刑事政策の教鞭もとるようになった。大正三年（一九一四）、司法省に入省。参事官、官房保護課長を経て、大正十年六月に監獄局長に就任した。

山岡は官房保護課長時代、少年法と矯正院法（後の少年院法）の成立に尽力している。ここで初めて、犯罪少年を刑罰によって処分するのではなく、善良な社会人に導くため一定の期間、教育的プログラムを受けさせ社会復帰させるという保護処分が取り入れられたのである。

大正十一年四月、山岡は刑事政策の第一人者としての看板どおり、行刑制度調査委員会を発足させ、監獄の改革に着手する。

まずは、暗いイメージを与えている呼称の変更だった。『監獄』を『刑務所』と呼び変え、教育的行刑への布石を打った。

次なる目標は、累進的処遇の導入、仮出獄基準の策定だ、と豊多摩刑務所など在京の刑務所で試行をはじめた矢先の大災害だった。

午後二時、山岡は永峰を連れて司法大臣室に入った。緊急の省議のために呼ばれたのだ。震災前の八月二十四日に加藤友三郎《かとうともさぶろう》首相が急逝、二十八日に山本権兵衛《やまもとごんべえ》に組閣命令が出たが、組閣が難航していたことから、大臣席には大審院長（現在の最高裁長官にあたる）・平沼騏一郎《ひらぬまきいちろう》が座っている。

山岡は直々に刑務所の被災状況について報告を求められた。

通信手段がない中で、市谷刑務所からだけは、つい先ほど使者によって第一報が届けられていた。山岡は、随伴した筆頭書記官・永峰に「詳細を報告せよ」と命じた。

「僭越《せんえつ》ながら行刑局書記官・永峰正造が報告させていただきます。報告を受けた刑務所は未決監の市谷刑務所のみですが、煉瓦塀の一部、約六〇間が倒壊。煉瓦煙突が倒れ炊所を直撃。ボイラーによる炊飯調理は不能になりました。また、第一震が収まるや、全職員が舎房に駆けつけ、手分けして、およそ五分で房扉をすべて開け、収容者全員を構内空き地に避難させており死傷者なし、であります」

「脱獄は？」

平沼は永峰を睨《にら》むように凝視したまま質問した。

「脱獄ですか。それはないはずです」

「ないはずだと！　いいかげんな報告をするな。塀が倒壊したのだから、何をおいても、まず、それを確かめるべきだろう」

平沼は語気を強めた。

「は、はい。申し訳ありません」

永峰は全身を硬直させ顔色を変え、上体をほぼ九〇度倒し頭を下げた。

山岡も「申し訳ありません。ただちに調べます」と言って頭を下げた。

「囚人が脱獄すれば、市中はどのような混乱になるか想像もつかぬ。ともかく、一刻も早く被災したであろう全刑務所に伝令を走らせ、全容を明らかにすべきだろう。なぜ報告を待っているのか」

平沼の恐ろしい迫力に省議メンバーは息を呑んだ。

「豊多摩刑務所の過激思想犯、小菅刑務所の長期重罪犯がどうしているか、誰もが気になるところだ。大至急調査の上、報告に参れ」

平沼は顎をしゃくって永峰の退室を指示した。


小菅刑務所典獄・有馬四郎助は激震発生の際、典獄室で免囚《めんしゅう》保護事業関係者の応対をしていた。免囚とは刑務所出所者のことで、この日は、無期懲役囚の仮出獄に当たり、帰る場所がない出所者の受け入れを依頼していたのだ。

有馬ほど受刑者個人に深く関わる典獄はほかにいない。受刑者とのエピソードは山ほどある。ここ小菅でも、鉄格子を切断し脱獄した受刑者が逮捕されて戻された際に、「よく帰ってきてくれた！」と涙を流し手を握った。脱獄囚は有馬の手を両手ではさみ号泣。以後すっかり改心して工場の指導補助という担当刑務官の手足になって働く模範囚になったという逸話もある。

小菅刑務所は、明治新政府が帝都整備のために造った大煉瓦製造所に由来する。

明治政府は西南戦争などの国事犯を収容するために、内務省直轄の監獄を北海道・樺戸《かばと》、九州・三池に建てるのだが、それらを府県所管の『監獄署』と区別するために『集治監《しゅうちかん》』と命名した。

囚人ならば微々たる工賃で酷使できる。煉瓦製造は囚人作業にはまさに最適と、この大煉瓦製造所を東京集治監に改め、煉瓦の大量生産に当たらせたのである。

明治二十一年（一八八八）、東京集治監は自前の煉瓦を使用して大改築を行う。綾瀬川と運河で囲んだ二一万八〇〇〇平方メートル余の広大な土地を造成。中央看守所を中心に五翼の舎房が伸びる放射状獄舎と南面並列に並ぶ工場群、それに看守宿舎などが建てられた。

それが震災時の小菅刑務所である。

有馬はこの時、五十九歳。小菅刑務所に着任したのは大正四年（一九一五）一月だから九年目に入っていた。

横浜ハ大震災ニシテ今ノ所全滅ト思ハル

関東大震災の震源は横浜市の南西五〇キロ、相模湾の海底一三〇〇メートルである。マグニチュードは七・九。相模湾の海底を貫く相模トラフがフィリピン海プレートに引きずられて断層破壊が生じたのである。

長さ二四キロ、幅二キロから五・五キロにわたり一〇〇メートル以上も陥落した衝撃だった。六十四年前の安政六年（一八五九）に開港し国際貿易港として、めざましい発展を遂げてきた横浜の被害は甚大だった。

丘陵と谷《やつ》と呼ばれる低湿地に囲まれ、大岡川と中村川沿いに伸びる市街地。横浜港沿いの商館や官庁が集中する中心地の煉瓦造りの建物はことごとく地震で倒壊し、多数が生き埋めになり圧死した。
多地点で同時発生した火災の猛烈な火力は旋風を発生させた。旋風の威力は凄まじく、火の気のないところでも、熱風によって可燃物が発火。市街地をなめつくし、壊滅的な被害を生じさせたのである。

横浜市の前身は、およそ七十年前の嘉永七年（一八五四）、日米和親条約締結の際、東インド艦隊司令長官マシュー・C・ペリー提督の応接所となった横浜村である。当時は半農半漁の戸数約一〇〇戸の小村だったが、開港によって栄え、大正十二年（一九二三）、この年は戸数九万八八四〇戸、人口四四万一〇四八人を数える大都市として新年を迎えていた。

諸外国の艦船が入港する横浜港は日本の玄関口としての機能を担い、石炭や重油といった燃料を供給する基地であった。うずたかく野積みされた石炭が何ヵ所にもあり、海岸沿いには外国資本の巨大な重油タンクが林立。広大な石油会社敷地には、船舶への積み込み用に小分けされ露天に置かれているドラム缶は数千本に及ぶ。

横浜を最初に襲った上下動は、大建築物も民家もたちまち倒壊させ、瓦葺《かわらぶき》家屋は屋根の重みによってほとんどが押しつぶされてしまった。

海岸通りから関内《かんない》方面には美しい洋館が立ち並んでいた。これら商館や大商店の建物は明治二十年ごろに建てられた煉瓦造りが多く、耐震が十分考えられていなかったことと、埋め立て地という脆弱《ぜいじゃく》な地盤だったことから、最初の激震によって、ほとんどが潰れてしまった。次々に襲う余震によって形を崩し、元の建物の景観を思い起こさせるものは皆無なほどに醜い瓦礫と化していった。

猛火に包まれるまで原形を止めたのは、耐震耐火の建造物である神奈川県庁、横浜市役所、中央電話局新庁舎、横浜正金《しょうきん》銀行くらいだったが、猛火に追われ逃げ込んできた多数の市民によって大混乱が起きる。

とくに正金銀行にあっては、ここなら助かると、避難民が殺到。銀行側は火の手を避けるために鉄の扉を全部おろしてしまった。やがて銀行内にも火が回る。今度は建物の外に逃げようと、行員が扉を開ける。そこに避難民がなだれ込んだのだ。折り重なって焼け死んだ人は二〇〇人にのぼった。

ちなみに正金銀行は現在、神奈川県立歴史博物館として保存活用されている。

横浜地方裁判所では最も広い法廷で労働争議の審理が行われていた。所長判事、検事正はじめ判事、検事、弁護士、それに廷吏、訴訟関係者、新聞記者、傍聴人が一瞬のうちに崩れた瓦礫に押しつぶされた。他にもそれぞれの部屋で裁判所職員の多くが生き埋めになっていた。


この日、正午出港予定のカナディアン・パシフィック社の汽船エンプレス・オブ・オーストラリア号（二万一八六〇総トン）がメリケン波止場の大桟橋《おおさんばし》から内外の客一千余人を乗せ、バンクーバーに向けて、まさに出港しようとしていた。

湾内には大小百数十隻の船が錨《いかり》を下ろし、小型汽船や艀船《はしけぶね》を曳《ひ》く小蒸気船がポンポンと快音を発して行き来していた。

隣の新港埠頭《ふとう》では、翌日北米に向かう東洋汽船のコレア丸（一万一八一〇総トン）のほか、大阪商船パリイ丸、ロンドン丸、日本郵船三島丸が繋留《けいりゅう》されていて、盛んに荷物の積み込みが行われていた。この新埠頭には国鉄の横浜港駅があった。東洋汽船と日本郵船の大型客船が出港する日は、東京駅から直通列車が運行される。翌日には洋行者と見送り人を乗せた列車が水上に浮かぶ土手のような線路道を通って横浜港駅に到着することになっていた。

間もなく正午。大桟橋では出港合図の汽笛が鳴らされた。甲板から色とりどりの別れのテープが投げられ互いに手を振り合う。

突如、激震に見舞われ、見送人など桟橋に群がっていた数百の人々と数十台の自動車が海に投げ出されるように海中に没した。大桟橋は無惨《むざん》にも半ばから折れて一部は海没してしまった。客船に助け上げられた人はわずかだった。

新埠頭も激震によって使い物にならなくなっていた。桟橋は陥没や海没によって用をなさず、貨物用の大型クレーンは倒壊または傾いて停泊中の船体に当たり大きな損傷を与えた。

こののち港内は、海岸付近で起こった大火災によって阿鼻叫喚《あびきょうかん》の地獄と化す。

中小の船は飛んでくる火の粉を避けるために、いっせいに錨を上げ逃げ出す。避難民が火に追われて埠頭に押し寄せたときには岸壁付近に船は一隻もいなかった。

繋留されていた艀船は岸壁の崩壊で流されるか沈没するかで、火に追われた避難民は海に飛び込むしか逃げ道はなかった。なだれをうって身を投げる人々。それを見て、救助のために船が戻ってきたが、助けられた人は溺死者よりもはるかに少なかった。無数の溺死体は中村川から流されてきた遺体とともに港内を埋めることになる。

港までの地上は一面の火の海になった。スタンダード石油会社の八大タンクに納められたガソリンや重油など五〇〇〇万ガロンに火の手が回るのも時間の問題になっていた。油が流れ出せば湾内は火の海になる。港内の船は危険を知らせる霧笛《むてき》を鳴らし湾外に避難をはじめた。

やがて、ライジングサン石油会社の倉庫で火災が発生した。次々に爆発炎上するドラム缶に大型タンク。ついに八大タンクも爆発した。タンクから流れ出た重油は河口から海に入り、小型船、艀船さらに海上に浮遊する梱包された荷物などさまざまな物を包み込み延焼した。多数の避難民を乗せた小船も渦巻く火焰に包まれた。

横浜市の死者行方不明者はおよそ二万七〇〇〇人、重軽傷者一万一〇〇〇人、倒壊家屋は二万五〇〇〇戸。火災による焼失家屋は六万二六〇〇〇戸にのぼった。

第一震直後から多数の船舶がいっせいに無電を打ち始めた。

東洋汽船のコレア丸無線電信局技師・川村豊作《かわむらとよさく》もその一人だった。船上より全市が猛火に襲われているのを目撃、通信無線機に向かった。ところが、横浜港上空は在港船舶間での無電のやり取りなどで飛び交う電波で蜂の巣をつついたような状況だった。

これでは正確な無電の発受信ができないと、重大な責任を負う覚悟で「ＳＯＳ」の符号を放った。船舶の遭難信号ＳＯＳが空中にとんだときは、各無線電信局はあらゆる通信を中断して次に発せられる遭難位置と状況を聞き取る義務がある。

川村はＳＯＳを打ち続けた。ほどなく他局の無電がピタリと止んだ。川村は『こちらはコレア丸無線電信局　銚子無線電信局応答願う』と符号を打つ。『こちら銚子無線電信局　コレア丸どうぞ』と返信があった。

時刻は十二時三十分。川村は勇躍して第一信を打電した。

横浜ハ　大震災ニシテ　今ノ所　全滅ト思ハル
救援ヲ　頼ム

ただちに銚子から『オール　ライト』の返信が届いた。

このやり取りを聞いていた三島丸、ロンドン丸、パリイ丸の無線電信局からも第二、第三の情報が発せられた。


震災発生時、神奈川県庁にいた神奈川県警察部長・森岡二朗《もりおかじろう》は、鉄筋コンクリート造りの県庁舎に避難のため押し寄せた群衆を、「ここも、火が回るのは時間の問題!」と、部下とともに避難誘導し、全員無事に退避させた。

警察部長とは、現在の県警本部長の役職に当たり、当時は知事と同じ内務省人事で異動発令されていた。森岡は救援依頼の通信手段は船舶による無線電信のみと判断し、火の中をくぐり抜け、午後三時ころ港にやってきた。

岸壁と桟橋は逃げ場を失った避難民が船による救助を受けようと押しかけていた。その数二〇〇〇人から三〇〇〇〇人といったところであった。

大型船舶は火を避け、沖に錨を下ろしている。小型船が数隻、沖の船と行き来し避難民を大型船に送っているが、避難民はわれ先にと押し合い大混乱していた。森岡は、危うく海上に落とされそうになった子どもを助けたことから、この場の整理誘導を行う決心をした。

「落ち着け。押し合うな。私は警察部長の森岡二朗だ。女と子どもをまずはじめに避難させる」と怒鳴り続けながら、人ごみを押し分け桟橋で救助を待つ列の先端にたどりついた。森岡を手伝う男たちも十人二十人と集まり、無秩序状態で混乱していた桟橋上の整理誘導はたちまち成功した。

森岡がコレア丸に乗船できたのは、午後八時だった。森岡はただちに無線室に赴き、川村に協力を要請。快諾を得て、紙と鉛筆の提供を受けた。


次の文を発信願います。

大阪府知事宛・兵庫県知事宛・大阪朝日新聞社宛・大阪毎日新聞社宛

本日正午地震起り、引き続き大火となり、横浜全市火の海と化す。死者幾万なるを知らず、水食糧なし、至急救援を乞ふ　　神奈川県知事

無電は銚子無線電信局を通じて大阪と神戸に送られた。

さらに、午後十時には停泊中の全船舶にあて、

明朝六時に米を全部炊きて陸に持参すべし、市民への炊き出しなり

と打電させた。

森岡の電文が大阪、神戸に着くころにはサンフランシスコに『横浜に大震大火あり』との報が伝わっていた。福島県双葉郡富岡町と相馬郡原町に造られた磐城《いわき》無線電信局の局長・米村嘉一郎《よねむらかいちろう》は三十八歳の通信官吏であった。

彼はコレア丸、三島丸、ロンドン丸、パリイ丸などから発する無電を傍受し、未曾有《みぞう》の大震大火と判断。これをサンフランシスコに送電したのだ。横浜には二〇〇〇人以上の米国人が居住している。他人事《ひとごと》ではない。英国人その他の外国人も多数居住または在留しているはずだ、と、サンフランシスコの電信局は米国内及び欧州に向けて一報を発信、たちまち全世界に横浜壊滅の報が伝わったのだ。

米村はわが国最強の能力を持つ無線電信機の前に座し続けた。彼の英語力は貧弱だったが、ほかに英語を解する者はいなかったので、世界各地から磐城局に届く呼号信号の回答を一人で行った。さらに、コレア丸など船舶からのもの、あるいは大阪、神戸などの無線電信局から発信される情報を傍受すると自己の判断で世界に発信すべきか否かを選択し、発信すべきものはただちに英訳にとりかかった。しかしながら、辞書と首っ引きでもそう簡単に訳せるものではない。まさに米村は三日三晩不眠不休で海外に向け、情報を提供し続けたのである。

八十八年後、双葉の名は、東日本大震災で発生した巨大津波による原発事故で、ふたたび全世界に知られることになる。

火災発生

午後一時、横浜刑務所の西南に隣接する電気局宿舎のほぼ真ん中の長屋から黒煙が一筋立ちのぼった。みるみる煙は広がり火の手もあがる。強い南風に煽《あお》られ、左右の棟にも燃え移った。

誰が発したのか、「火事だ！」という声に、南側の塀の前に避難していた受刑者たちがいっせいに立ち上がり、看守の指示を待たずに火災現場に向かった。崩れた塀を乗り越える柿色の服の集団を数人の看守が追う。

構内中央に構えた臨時の警備本部には椎名と茅場らがいた。そこからはおよそ一四〇メートル。火災がなければ集団脱獄を看守が追いかけているように見える。

茅場は「うおっ！」と一声叫ぶと、倒壊した戒護本部から取り出した木箱のひとつをバールでこじ開け拳銃を取り出した。木箱には錠前を二個取り付けてあったが、錠前の鍵を保管していた金庫は取り出せなかったので、蓋を壊したのだ。茅場は弾丸を込め始めた。

「何してる！　やめろ！」

椎名は大声を発し、茅場の前に立って拳銃をつかんだ。すでに実弾が二発か三発装填《そうてん》されている。暴発したら死傷するおそれがある危険極まりない行動だ。茅場は拳銃を離した。ただ驚いたのだ。

「典獄、拳銃を操作しているときはそばに来たらいかんのですよ」

「武器の使用は絶対に認めない。携帯することも許さん」

「脱獄防止と護身用です」

「射殺するなら逃がしたほうがましだ。塀がなくなった刑務所で頼りになるのは心だ。お互いを対等の人間であると認める信頼関係じゃないのか。主任が今までやってきた、力で抑える管理はもうできないと肝《きも》に銘じるべきだ」

「…………」

茅場は拳銃から弾丸を取り出すと拳銃を箱に収め、荒々しく蓋を被せた。無言のまま顔面を引きつらせ、左の腰に提げたサーベルを手で押さえながら全力疾走に入る。そして囚人たちが乗り越えた場所に取り付くと瓦礫の向こうに姿を消した。

火の粉が舞い上がりはじめた。消火の方法がないのだから間もなく構内に類焼する。

椎名も小走りで火災現場に向かった。進むにしたがって風が熱くなる。崩れた塀の上に立った。電気局宿舎は燃え盛っている。数十人の受刑者が勇敢にもその中に飛び込み、人命救助と家財の搬出を行っていた。

官舎地帯にも囚人たちの姿があった。ざっと数えても二〇〇人以上の囚人が構外に出ていた。柿色の囚人服があふれる中に白い制服の看守と官舎在住の女と子どもがあちこちにいて、みな必死の体《てい》で動き回っている。

受刑者たちの一隊は官舎への延焼を防ぐために看守とともに建物の取り壊しに着手していた。受刑者たちの動きは一人として止まっていない。各戸から家財を運び出し、風上の空き地に運ぶと、すぐに引き返してくる。典獄官舎にも囚人が出入りしていた。妻子の姿もちらっと確認できた。

椎名は、このときあらためて自分の行刑に対する考えに確固たる揺るぎない自信を持った。囚人に鎖と縄は必要ない。刑は応報・報復ではなく教育であるべきで、その根底に信頼がなければならないと考え実践してきた。小菅の有馬四郎助は信仰の力で囚人の心をつかみ、一方、横浜の椎名は刑事学由来の教育刑思想で囚人の信頼を築いた。

椎名の収容者処遇の思いは、仙台の第二高校時代に芽生えていた。

地元の同級生の自宅を訪ねるときに古城《ふるじろ》という地にあった宮城監獄の前をよく通った。現在の宮城刑務所である。

堀と土塁に囲まれた監獄は伊達政宗《だてまさむね》が晩年隠居するために建てた若林城の跡をそっくり譲り受け、建てられていた。堀の外に広大な農地があり、そこで働く囚人たちは二人ずつ鎖でつながれていた。それは、脱走を防ぐための措置だと素人でもわかった。人間性を認められない囚人たちを気の毒に思い、心を痛めたものだ。

大学では判事や検事を目指す学友から、なんで監獄官吏になりたいのだと首を傾げられたが、うまく答えられなかった。

今なら明快に答えられる。

自分は犯罪者を処罰することより、犯罪者を更生させ国の役に立つ人間に育てることを選ぶ、と。

火災現場で全体の指揮をとる戒護主任・茅場のはたらきに、椎名は目を止めた。

囚人に対する暴力的な取り扱いも止むなしと黙認し、処遇改善の指示には、いちいち反発してくる。そんな日頃の茅場とはまったく別の姿であった。彼の時宜《じぎ》を得た的確な指示で、電気局宿舎の住人を救出したし、官舎の居住者にも、囚人にも怪我人は出ていないようだ。

水道は止まり水を使えないのだから消火方法は江戸の火消しと同じ「破壊消火」しかない。取り壊し道具のとび口は消防ポンプ小屋に置いてあるが、小屋は倒壊した工場の下敷きになっている。それでも茅場は今、官舎地帯に建つ最も大きな建物・職員待機所の柱にロープを掛けさせ、引き倒そうと、陣頭指揮に当たっていた。

ここは他施設の護送出張職員や非常時における官舎外の職員を宿泊させる建物で、旅館の造りに似た豪奢《ごうしゃ》な建築物である。脱獄防止と共に類焼を防ぐ防火壁の役割も担っていた外塀が倒壊しているので、ここが焼ければ、またたく間に構内にも火は回る。建具をすべて外してから二〇人余りの囚人が、掛け声とともにロープを引いた。

それにしても火災の火力は強烈だ。三〇メートル離れた位置でも熱くてじっとしていられない。舞い上がった火の粉は強風に乗って北に流れ、刑務所の敷地内に落ちる。火の粉と灰が雪のように降り注ぎはじめていた。

やがて、あちこちで悲鳴と怒声の混じった叫び声が起こりはじめた。ついに構内にも火の手があがったのだ。下敷きになった同僚を救おうと折り重なった材木や瓦を取り除いている囚人たちの身も危うくなってきた。

救出活動の中止と撤退避難を命じなければならない。椎名は火の粉が降る中、臨時の警備本部に向かった。

途中で上衣に火のついた囚人が目の前に飛び出してきて転がった。作務衣《さむえ》様の上衣である。打ち合わせを細紐で二ヵ所結わえ付けて着用するのだが、固く結んでいて解けないのだ。看守が帯剣の鞘を払い、紐を切った。燃える上衣が脱ぎ捨てられた。囚人は軽い火傷を負っただけで助かった。

看守は第六工場・麻袋縫製工場の担当・山下信成であった。

「山下君、救出活動を中断して受刑者を風上の安全な場所に避難させせよ！」

椎名は大声で指示をした。

山下は無言で頭《かぶり》を振った。椎名は「気持ちはわかるが、これ以上被害者は出せない。命令に従え！」と言い放ってから、臨時の警備本部に向かった。

山下は典獄の後ろ姿に短い敬礼をすると瓦礫の山を登り、梁が重なった部分の隙間から工場内に入った。もう、瓦礫の上で指揮をとるゆとりはない。いつ火に包まれるかわからないのだから一刻の猶予もならない。

揺れが来るたびに形を変える瓦礫の山は、いったん中に入れば出られなくなる可能性がある。だが、そんなことは百も承知である。行方不明三人のうち一人は救出した。まだ取り残されている二人を何としても救出したい。隙間を右に左に動き、進退を繰り返して名前を呼んだ。

「青山！　佐伯！　聞こえるか」

「オヤジさん青山です。助けてください！」

「青山あきらめるな！　佐伯、無事なら返事をしろ！」

佐伯の返事はない。

「吉本！　聞こえるか？」

頭上にいる雑役夫・吉本受刑者に向かって大声を出した。

「はい」

「よく聞け、元気のいいのを何人か残して、ほかの者は避難させろ！　典獄殿の命令だ」

「上のことは心配せずに任せてください。われわれにとっての典獄は山下のオヤジさんだから見捨てるわけにはいきません。ガッハッハッハ」

吉本は豪快に笑った。命懸けの状況の中で笑い声とはありがたいものだ。

「よし！　この山下典獄、殉職はせんぞ。ワッハッハ」

山下も大声で笑った。

見上げれば頭上三メートルぐらいのところに数人の影、さらに全体に人影が見え、みな動き回っている。降りそそぐ火の粉を追い、火がつかないように踏み消しているのだろう。

この日の縫製工場就業人員は八〇人。うち無事に逃げ出した七七人と独居を脱出した一人が加わり素手で瓦礫と材木を取り除きながらの救出活動を行っていた。

午後一時半を回ると、火の手があちこちであがり、呼子笛が絶え間なく吹鳴されるようになった。吹鳴のリズムは退避避難という緊急時の誘導合図だ。

「青山！　オヤジがそばまで助けに行っている。これ以上迷惑を掛けるな。焼き殺されたくなかったら、じっとしていないで自分で上がってこい！」

頭上の囚人が叫んだ。しばらくすると、上で歓声が起きた。

「オヤジさん！　戻れますか？　青山が上がってきました」

吉本の声だ。

「よし、わかった」

山下は、佐伯を見捨てなければならない現実に戻ると申し訳ない気持ちでいっぱいになった。

佐伯は工場でいちばんの年長者だった。五十歳過ぎの前科前歴のない初入《しょにゅう》受刑者は珍しい。魔が差したとしか思えない傷害致死事件で入所した男であった。洋服の仕立屋でミシンを踏めるというので山下が引き取ったのだが、将来を悲観して自殺を企てたこともあった。ただ、五月に着任した椎名典獄から声を掛けられ、人が変わったように明るくなった。つい数日前も、「まじめに服役して仮出獄を目指します」と言っていたので不憫《ふびん》でならない。

「佐伯！　返事をしろ！」

山下は大声で二度佐伯を呼んでから、工場を脱出した。


午後二時。構内はあちこちで火の手があがり、全所避難が必要になった。警備本部も間もなく移動しなければ火に包まれる。

椎名は会計主任・坂上義一の報告を受けた。

「庁舎も類焼し、持ち出しは断念しました。すでに持ち出した書類、資材、現金などすべての物を塀の外の公道・電車道に運び出させています」

焼失を避けるためには構外しかなさそうだ。椎名は、

「わかった。職員を使って、この木箱もそこに持って行き、職員数名を残して監視させせよ」

と武器弾薬を持ち出させた。

医務主任が走ってきて、避難をはじめた患者の群れを指差して言った。

「典獄、病人を塀の外に避難させます。構内は焼き尽くされるでしょう……」

看病夫と率先して赴いた受刑者四、五十名がその後に続く。戒護主任に看護応援を命じられた女囚たちが、病人と負傷者を介助しながら塀の外に向かっていた。

「薬品と資材を運び出したいので、大至急受刑者を貸してください」

「わかりました。指揮を頼みます」

医務主任は、「では」と一礼すると踵《きびす》を返した。

椎名の命令を受けた看守が右往左往する受刑者の群れに、「医務へ応援を！」と叫ぶと、受刑者五、六十人が「よし！」と声を上げて走った。医務主任の陣頭指揮で診療台、医療機材、薬品などの資材が運び出された。想像をはるかに超える量だった。

戒護部門からは看守部長の天利が報告にやってきた。

「典獄殿、報告します」

煤《すす》で真っ黒になった天利の顔は、目だけが異様に光っていた。白い夏の制服、制帽は全体的に煤で黒ずみ、ところどころ焦げている。ズボンの太もも付近は掻き傷で破れ血が滲んでいた。

「工場からの救出は、すべて断念しました。受刑者と看守、それぞれ若干名が瓦礫の下にいます。無念です……」

「…………」

椎名は無言で頷《うなず》く。

「受刑者四、五百名で、火を避けながら、倒壊した洗濯工場ならびに雑居舎房から布団、毛布を取り出させ、風上で類焼のおそれがない構内東南角の広場に運ばせています。必要な枚数は確保できていると思います」

「そうか。食料はどうだ？」

「倒壊した炊所では用度主任が指揮を執っています。炊所受刑者の他、百五、六十名が食材、鍋釜、食器類の取り出しに当たっていましたが、煙突の倒壊によって損壊著しく多くは取り出せませんでした。間もなく猛火に包まれると思いますが、井戸だけは護りたいと、周囲にある可燃物を取り除き、飛び散った煙突の煉瓦を集め井戸を囲っています。

　また、営繕工場にも受刑者五〇名余りを動員し、倒壊した工場及び倉庫内からトタン板、材木、釘、丁番などの建築補修材料と大工道具を可能な限り取り出しましたが、残念ながらスコップ、ツルハシ等の土木工具は取り出すことができそうにありません。以上、報告いたします」

　天利の敬礼を受けて、椎名は、

「ご苦労さん。引き続き安全第一で監督指揮を頼む」

　と言って敬礼を返した。

　午後二時四十五分には工場、舎房、炊所、戒護本部、庁舎、女監、病監、拘置監、倉庫すべての建物に火が回った。安全な場所は構内では東南の隅と正門あたりだけになった。受刑者の約半数、五〇〇名ほどが東南の隅に避難。そこには布団や食料などの物品も置かれていた。残り半数は負傷者や病人も含め、刑務所東側の塀の外の公道に避難した。

　新たな警備本部は正門があった位置に机と椅子を移して設けられた。刑務所の塀と堀割川の間にある幅二〇メートルほどの公道には路面電車の軌道もあるが、並行する二つの線路が浮き上がったり、折れ曲がるなどしている。それを見た職員と囚人たちは、悲鳴に近い声を上げた。地震の規模の大きさに驚いたのである。

椎名は火災が発生した時点で囚人たちの解放を考えた。監獄法には次のような条項がある。

第二十二条　天災事変《てんさいじへん》ニ際《さい》シ監獄内《かんごくない》ニ於《おい》テ避難《ひなん》ノ手段《しゅだん》ナシト認《みと》ムルトキハ在監者《ざいかんしゃ》ヲ他所《たしょ》ニ護送《ごそう》ス可《べ》シ　若《も》シ護送スルノ遑《いとま》ナキトキハ一時之《いちじこれ》ヲ解放《かいほう》スルコトヲ得《う》　解放セラレタル者《もの》ハ監獄又《また》ハ警察官署《けいさつかんしょ》ニ出頭《しゅっとう》ス可シ
解放後二十四時間内ニ出頭セサルトキハ刑法《けいほう》第九十七条ニ依《よ》リ処断《しょだん》ス

天災事変に際し囚人の避難も他所への護送も不可能であれば、二十四時間に限って囚人を解放することができる。そして、その決定は典獄に委ねられていた。

椎名は考えた。

〈交通機関が破壊され通信も遮断されているのだから囚人を他所へ護送することはできず、軍の支援なども期待できない。もっとも軍の出動は囚人たちとの軋轢《あつれき》を生み出しかねず両刃《もろは》の剣《つるぎ》と言うべきだろう。

それはともかく、現実的に食事の供与はままならず、何より火災が迫りつつあるのに消火する術《すべ》がない。風向き次第では焼き尽くされるのを待つ以外にない状態である。このまま囚人たちを刑務所に縛りつけておくわけにはいかない。解放だけが唯一の合理的な手段であろう……〉

ただし解放には別の危険が伴う。

このたびの震災から二百六十六年前、明暦の大火によって江戸市中がほぼ焼失した。牢奉行・石出帯刀《いしでたてわき》は獄中者を焼死させてはならぬと切腹を覚悟で切り放しを決行した。それが、解放の起源である。

しかし、避難させるための釈放が「脱獄だ」と誤って伝えられ、浅草門の門衛が門を閉めたことにより行き場を失った避難民二万数千人が圧死、焼死するという痛ましい結果となる。

たかだか一五〇人ほどの囚人でも、牢を抜けた脱獄囚の一団と思われて起きた悲劇である。柿色の囚衣を着た一〇〇〇人にも及ぶ集団が巷に出れば未曾有の大混乱を引き起こす可能性は十分ある。

そして、何人還ってくるか、である。おそらく多数の未帰還者が出るだろう。結果として犯罪者を逃したという非難を受ける。もちろん、その責任を取る覚悟はできている。だが何百人という未帰還者が出た場合、その責任をわが身ひとつで負うことで赦《ゆる》されるだろうか。司法省の上層部にも責任は及ぶことになるだろう。

司法省が解放後にその事実を知ったら激怒するに違いない。横浜刑務所の幹部職員全員が何がしかの責任を負わされることも十分考えられる。

椎名はひとしきり考えられる限りの可能性を予測してみた。しかし一〇〇〇人規模の解放という前例などないのだから、いくら考え抜いてもきりがない。かといって結論の先延ばしは最悪の結果を生むことにもなる。

椎名は腹をくくった。

〈日本国の法律が解放という条項を定め、その権限を典獄に委ねている以上、自分が全責任を負って決断するしかない。今考えるべきはどんな試練があっても解放を実現させ、その後、帰還者たちの受け入れが終わるまで職務を全うすることである〉

午後二時五十分、椎名は典獄補・野村幸男と戒護主任・茅場宗則を呼んだ。

野村は松葉杖をついてやってきた。今まで、重傷を負った囚人、職員とともに野外病床にいたのだ。

「見てのとおり、塀は崩れ、建物は間もなく灰燼《かいじん》に帰す。近隣に避難の場所などないので解放以外に取るべき道はないと思料《しりょう》されるが、他に取るべき道があれば申してみよ」

二人は驚いた様子で顔を見合わせた。

「典獄補！」

返事を促すが、野村は口を真一文字に閉じたままだ。

「戒護主任はいかがかな」

「解放ですか⁉」

監獄法二十二条の『解放』という規定は茅場の頭にはまったくなかったとしか思えないような驚き方だった。

椎名は十年前の膳所《ぜぜ》監獄を思い出した。典獄として最初に赴任した刑務所である。受刑者に対する処遇は場当たり的で、単に前例を踏襲しているとしか思えなかった。間もなく、刑務官たちが職務の基本法令である監獄法すら学ぶ機会を与えられていなかったことを知ったのだ。

幹部を集めて、看守の研修を行うように指示を与えると、「看守に法律は無用！　われわれ上官の指示を忠実に履行すればすべてうまくいきます」と提案を一蹴された。無知の部下を動かすのだから、幹部たちは監獄官練習所で学んだ小難しい法律の知識など無用と思ったのだ。看守もまた「犯罪者は我慢するのが当たり前、それが償いだ」と、いつの間にか監獄法など無用の長物と思って見向きもしなくなっていたのである。

椎名は自ら講師となって、看守と看守部長を対象に勉強会をはじめた。監獄法と監獄法施行規則を印刷して教材にし、逐条《ちくじょう》解説からはじめる。予想をはるかに超える反響で一気に知的レベルが上がり、幹部のほうが部下を抑えきれなくなって教えを請いに来るようになった。向上心と向学心は生まれつき人が持っている特性だと、深く納得した。

看守による弁論大会までできるようになった。しかもテーマは処遇論や刑罰論など帝国大学で学ぶような高度な刑事学の分野にまで踏み込んだが、高等教育を受けていない看守たちが見事に期待に応えてくれた。いつしか学ぶ気風が自然と囚人にまで浸透した。無知は犯罪を招くが、教養と知への渇望は更生につながる。

膳所監獄出所者が刑務所に舞い戻ってくる比率（再犯率）は他施設に比べると格段に低くなった。

「解放は典獄の権限で許されるのでしょうか？　本省の許可を取る必要があるのではないですか」

典獄補・野村がようやく口を開いた。

椎名は返事をしなかった。監獄法の規定は典獄の権限を規定しているものだから、すべては自分の判断で行い責任も取る覚悟だ。すると野村は妙案を思いついたとばかりに胸を張って続けた。

「本省から海軍省にお願いしてもらって、軍艦で他の刑務所に移送するというのが私の考えです」

「私もそれが最善の策と思います」

茅場も同調した。

「明日にでも実現できればいいが、それは無理だろう。食事はどうする？　今夜は我慢させるとしても明日はそうはいかないだろう」

二人は下を向いた。現実の問題はそこにある。

「解放して何かあったら、その責任はすべて私にある。問題が起こったときは、貴職らは当職が命じた解放を思いとどまるよういったんは止めたと報告しよう」

二人は言葉を発しなかったが、そういうことならば了承すると、椎名の目を見て小さく頷《うなず》いてみせた。

「では、午後五時に会議メンバーと看守部長に説明する。午後六時には負傷者も含めて全囚人に解放を告知する。それぞれ欠席者のないよう集めてほしい」

「わかりました」

茅場が答える。

「文書主任」

椎名は傍らの影山を見た。

「今のことをすべて議事録として記録しておきなさい。もしものときの責任の取らせ方に役立つだろう」

「はい……」

影山はあわてて、上衣の胸ポケットから刑務官手帳を取り出した。

野村と茅場は席を立った。

解放断行

午後三時、椎名は会計主任・坂上に油紙で包んだ封書を手渡した。皇居桜田門前にある司法省に行くよう命じたのだ。

「会計主任、焦らずともよい。身の安全に十分配慮しながら行ってくれ。この状況だ。夕暮れを待って解放するつもりだ。現状を訊《き》かれたら、そう答えよ」

「夕暮れですか」

「そうだ、柿色の囚衣《しゅうい》が目立ってはまずかろう」

「はい、わかりました。……なるべく早く届けるように努めます」

「まずは口頭でこの有り様を伝え、水、食料と医薬品を大至急送ってほしいと申せ」

「了解しました」

坂上は勇躍出立した。

椎名は公道上に避難した囚人とともにいた昼夜独居舎房の担当看守・斎藤を見舞った。

斎藤は囚人たちが瓦礫を積み上げて作ったベンチに横たわっていた。

「あの地震でよく収容中の全房を開扉し全員無事に脱出、避難させてくれた。衷心《ちゅうしん》より感謝する」

「典獄殿、もったいないお言葉」

斎藤は起き上がり、姿勢を正した。

「この斎藤、無様《ぶざま》なことに怪我をして、肝心なときに十分な奉公ができないことを深くお詫びいたします」

斎藤は頭を下げた。目に涙を溜めている。

過去の天変地異とそのとき発生した火災によって犠牲になった囚人の多くは独居房に拘禁されていた者という記録が残っている。房の施錠を解き開扉することができず、閉じ込められた状態で圧死または焼死したのだ。

「ところで、斎藤殿、問題受刑者を多数担当されていたので聞きたいのだが……」

「はい、何なりと」

「本日午後六時過ぎに、全受刑者を解放することにした」

「解放ですか？　一時釈放するということですね」

「そうだ。斎藤殿は監獄法を勉強されたのか？」

「はい、私が拝命したときは典獄殿の講義を何日も受けたものです。こんなことができるのかと、驚きました。たまたま解放という条文が記憶に鮮明に残っていたということです。ほかは忘れました」

斎藤は笑った。

「そうか、それなら話が早い。二十四時間後には戻ってこいという規定だが、みすみす犯罪や非行を起こす囚人まで無条件で解放せよという規定ではないと解釈している。そこで聞きたいのだが、斎藤殿が担当した受刑者の中で、これは危ない、解放すべきでないという者がいたら教えてもらいたい」

「…………」

斎藤は考え込んだ。即答できないということは問題のある囚人がいるのだ。椎名はゆっくり立ち上がり周囲を見た。

二人を見ている受刑者が五人十人と増えてきた。斎藤を慕う独居に収容されていた者たちだろう。

「典獄殿、何かしでかしたら私が責任をとります。全員解放してやってください」

意を決したように言って斎藤が頭を下げた。

「わかった。そうしよう」

椎名は小さく微笑んでその場を去った。構内の火勢はますます強くなっている。燃え尽きるのを待つしかない状況である。

午後四時、裁判所に出廷していた被告人六人が戻ってきた。看守も運転手もついていない。年長の被告人が状況を説明した。

裁判所は一瞬のうちに潰れ、建物の中にいた者は全員下敷きになったらしい。待合室にいた彼らも埋もれたが、出廷戒護の任にあたった堀池運作《ほりいけうんさく》看守に救出された。まもなく猛火が襲来、救助作業を続ける堀池に刑務所への帰還を命じられる。何とか火勢を逃れ、無事にたどり着いたが、命の恩人である堀池看守の安否が気がかりだと顔を曇らせた。

「そうか、よく無事で戻れたな。よかった。それで、市中の様子はどうなっている。ことごとく火の海か？」

天高く黒煙が上がっている空を見てから椎名は質問した。

「大岡川と中村川に挟まれた市内一帯は焼き尽くされていると思います。私の家族と親類縁者もみな焼け出されているはずです。無事を確かめたかったのですが、市中に向かえば遅かれ早かれこちらが巻き込まれ焼死するのは必至と諦めました。ああ……」

椎名はその様子を見て、囚人たちに家族の無事を確かめさせるためにも、解放は適切な措置であると確信した。不安や心配事が高じれば脱獄という手段に出るのも人情というものだ。刑を務めにきている刑務所で刑を増やしてはならない。

「典獄殿」

文書主任・影山が椎名に声をかけた。

「出廷業務に当たっていた護送車の運転手と看守二名が行方不明ということになります」

「…………」

椎名は無言で影山の顔を見て頷いた。言葉には出さなかったが、どうか無事でいてくれ、と念じた。

影山は六人の被告人に向かって、

「よく戻ってきた。このまま逃げてしまおうとは思わなかったのか」

と、表情を緩めて訊くと、そのうちの一人が他の五人の顔を見回してから、

「そんなことをしたら男じゃありません。いや〝人間失格〟ですよ」

と言って笑顔を作った。

それにしても、御影石をふんだんに使って、いかにも堅牢そうだった裁判所が全壊したというのは驚きだった。


被告人たちを解放した堀池看守は、助け出した判事とともに烈火と熱風を逃れるため、川に飛び込んだ。堀池は判事を励ましながら翌朝まで水の中で無数の死体とともに浮遊し、港湾に流され、早暁《そうぎょう》ようやく外国船に発見され助け上げられたのだ。

堀池は九月四日、刑務所に帰還。判事は司法省に出頭し横浜地裁の惨状を報告している。


午後五時、会議メンバーと、看守部長一八人が集められた。空はまだ青い。名実ともに青空会議がはじまった。

この時点での人的被害を影山が発表した。

「本日の収容人員は一一三一名です。死傷者はすべて受刑者で被告人は全員無事です。死亡三八名、死因は焼死五名、圧死三三名。重軽傷六〇名うち重体一〇名。職員は死亡三名、死因は焼死二名、圧死一名です。重軽傷一八名、行方不明が裁判出廷勤務に就いた三名です」

つづいて椎名が会議の趣旨について語った。

「見てのとおり構内は、ほぼ灰燼《かいじん》に帰してしまった。おそらく焼き尽くされるだろう。典獄である本官は監獄法第二十二条に基づく解放を断行することにした。

解放は全員を対象とする。ただし、負傷者はじめ留まることを希望する者もいると思うが、それは本人の希望どおりとし、二十四時間に限っては自由に行動させる。食事の給与はできないことを告知する」

椎名は全員をくまなく目で追った。皆の表情は凜《りん》としていた。

「質問があれば、その都度《つど》手をあげてほしい。よろしいか」

一様に頷いたのを見てから話を続けた。

「さて、われわれは解放中の二十四時間内に食料、衛生資材、建築材料、衣服などを可能な限り調達しなければならない。電話、電報は不通。通信手段として唯一可能性があるのは船舶の無線である。必要があれば軍艦、商船などを、個別にあたることにする。

司法省には、会計主任に第一報を認《したた》めた文書を持たせ出立させた。救援物資の目録も添付してあるので、早ければあす夜には多少の物資を受け取ることができるかもしれない。

だが、明日の夕刻には解放した囚人が戻ってくる。囚人たちに不安を抱かせないことが、逃走の防止と平穏な収容を維持する唯一の手段だということを念頭に置いて、典獄補が作成した分担表に基づき各自鋭意、物資の調達に尽力されたい。一両日は自力で調達して、しのがなければならないと思っている。

一〇〇〇人近い囚人の解放は前例がない。解放の断行に当たって事前に警察に通知をして混乱を避けたいと思う」

椎名はここで明暦の大火の悲劇を説明し、言葉を続けた。

「似たようなことにならないよう、県警察部と近隣警察署に、解放するとした通知を届けてもらう。六人の看守部長にお願いする。人選は済ませてあるので、あとは文書主任の指示に従ってほしい。市内は火の海になっていて県庁、警察署のいくつかは火に包まれていることと思う。自己の判断で警察が機能していないと思ったらただちに帰還するように。無理をして火の中に飛び込むことがないように、よろしいな。

なお、塀の倒壊からすでに五時間が経過しているが、一人の逃走者も出していないということは、ひとえに諸君の人徳と日頃の深い温情による処遇があってのことと感謝する。おそらく古今東西このような奇跡ともいえる実績はないであろう。復旧、復興まで気持ちを引き締めて一糸乱れぬ連携と和を維持し続けてほしい。以上だ。質問はないか？」

看守部長数人がゴソゴソと小声で話し合い、何か言いたそうにしていた。

椎名は看守部長の中では長老の天利を名指して発言を許した。

「解放については意見も質問もありません。ただひとつだけ申し上げたいことがあります。われわれ看守部長を拝命しているものは、旧施設・戸部《とべ》の神奈川県監獄署の勤務を経験しています。旧施設は江戸時代の牢屋敷のような監獄でした。あるとき、十数人に逃げられるという大脱獄がありました。脱獄囚が泥棒や強盗をはたらいたので、当局、市や地域住民からも厳しい叱責を受けました。今度もそんなことになりはしないかと、実は内々、我ら看守部長は話し合いをしておりました。

今まで誰一人逃げなかったのは、今はここにいるべきだと思ったからにほかならないと思います。真の人情の発露はこれからです。このまま収容が長引けば、必ず脱獄が起きます。今、いったん解放しておけば、戻ったものは絶対に逃げ出すことはしないでしょう。解放は大歓迎であります。

われらは自信をもって彼らを信頼します。それに対し、彼らは信頼に応えるでしょう。それは、解放が囚人たちを信頼している何よりの証《あかし》だからです。二十四時間で還ってこない者は、かなりの数にのぼるかもしれません。しかし、信頼された事実があるのですから犯罪には手を染めないと思います。日頃、囚人と心を通わせているわれわれは今回の典獄殿の決断に衷心より感謝申し上げます」

看守部長たち全員が立ち上がった。

「典獄殿に対し敬礼！」

天利の号令でいっせいに敬礼をした。

椎名は平常心を装い、表情を変えずに敬礼を返したが、心中は感動でいっぱいだった。

午後六時、一千余の囚人たちが、担当看守と看守部長の指揮の下、倒壊した塀の煉瓦を朝礼台程度の高さに積み上げた台の前に集まった。構内は、幾分火勢は弱まったが、鎮火にはほど遠い。

夕闇が迫っていた。台上に登った椎名の顔がほころんだ。解放の時刻を六時半にすると決めて正解だった。囚衣の色が目立たなくなっている。闇のおとずれは間もなくだ。

「今から聞き逃したら困る大事な話をする。後方の者、聞こえるか？　聞きづらい者は手を上げなさい」

椎名は可能な限り大きな声でゆっくり話した。数人の手が上がった。

「全体に少しずつ前に出なさい」

囚人たちは、しゃがんだままズルズルと音を立てて前との間隔をつめた。第六工場の受刑者は山下看守の指示で規律正しく四列の縦隊を作っていた。椎名は全体をゆっくり二度見回してから話しはじめた。

「まず、三つのことに対して感謝したい。はじめに人命救助をしっかり行ってくれたこと。次に職員の指示に従い秩序を守ってくれたこと。そして、見てのとおりいつでも逃げられる状態だったのに、ここにとどまってくれたこと。心から感謝する。ありがとう」

椎名は頭を下げた。多くの囚人たちが頭を下げて応えた。

「わが国には実にありがたい、このような非常時に一時釈放できるという制度がある」

ざわついた。椎名は、笑顔を作って話を続ける。

「監獄法第二十二条の規定により、本日午後六時三十分諸君を解放する。解放とは二十四時間に限り無条件で釈放するということだ。明日の午後六時三十分までに、ここに必ず戻ってきてもらう。期限に戻らなかったときは逃走罪として罰せられることになるので、時間は厳守すること。よいな」

今度は歓声があがり、喧騒《けんそう》状態になった。手をいっぱいに広げて静粛にするようにと合図を送る。波が引くように静かになった。

「しばし、静粛に聞いてほしい。裁判所から還ってきた者の話によると、市内は壊滅状態で阿鼻叫喚の地獄絵だという。われわれは火災に遭ったとはいうものの五体満足に生かされている。ありがたいことだ。

とにかく感謝の気持ちをもって、良心に従い正しい行動をしてほしい。着衣はそのままだ。柿色の囚衣で襟には番号と名前まで書かれている。間違いがあれば名前を覚えられ官憲に告発されるだろう。反対に善行を尽くせば、いい人として記憶され、感謝されるだろう。

解放とは、江戸時代に行われた『切り放し』という制度が引き継がれたものだ。江戸中が焼き払われ、一〇万人以上の死者を出した明暦の大火というのがあった。このとき初めて行われたものだが、逃げ出した者はいなかった。以後、法度《はっと》になり、今に引き継がれている。火事場どろぼうという言葉を聞いたことがあると思うが、江戸の大火のたびに庶民が暴徒と化し、掠奪《りゃくだつ》、強奪をしたという記録が残っている。今、市内で似たようなことが起こっていてもおかしくない。ただでさえ蔑《さげす》まれ偏見の目で見られる姿ゆえ、諸君は官憲や庶民から手痛い扱いを受けるかもしれない。

いや、正直に申そう。諸君らを法律の規定によって一時釈放に処すると、警察署には通知したが、一般の住民は知らない。脱獄囚と思われるのが自然であるゆえ、恐れられ、得物《えもの》をもって攻撃されたり、逮捕監禁される、というおそれもないとは言えない。だが、どんな状況に置かれても堂々と善行を通してほしい」

椎名は横浜市方面上空を指差した。黒煙が高々と巻き上がっている。

「あのとおりの市中ゆえ家族親族が被災している者も多数いることだろう。衷心よりお見舞いを申し上げる。親兄弟、妻子、親戚縁者などの安否を尋《たず》ね、諸君の無事を見せるとともに、可能な限り孝行、復旧の手伝いをしてきなさい。

行くあてがない者はここにとどまってもよいが、食事の給与はできない。われわれだけではない。何万、何十万という被災者も同じだ。ひもじい思いをしているときこそ品性が出るという。二、三日経てば、必ず救援の品が入るはずだからともに我慢して復旧に力を尽くそう。以上だ。質問があれば手を上げなさい」

ひと呼吸おいてから思い思いの交談で騒がしくなった。

一人が手を上げてから立ち上がり「お訊きします！」と、大声を出した。またたく間に、静かになった。

「一時釈放になるのはありがたいことですが、二十四時間では留守宅や父母の元まで行って安否を確認するいとまがありません」

みなの最も気になることだったのだろう、「そうだ、そうだ」と相槌《あいづち》が打たれた。

「よい質問だが、時間は厳守だ。法律には二十四時間と明記されている。必死になって駆け戻ってきなさい。明日の午後六時半までに必ず戻ってくること。これは命令だ」

椎名の例外を認めない厳格な回答に、場は騒然となった。茅場戒護主任はじめ幹部職員は顔色を変え殺気立った。暴動や騒擾《そうじょう》といった取り返しのつかない事態にでもなったらと、不安を覚えたのだ。

「静粛に！　静かにしろ！」

影山が怒鳴った。

しかし囚人たちは影山を無視。騒ぎは、さらに大きくなった。椎名は壇上で全体を見回しながら成り行きに任せていた。表情は穏やかなままだ。不平不満は誰にでもある。聞く耳持たずと封じ込めれば、いずれは爆発する。思いを口にさせ聞くだけ聞いてやれば、答えは「否」でも納得するものなのだ。

各工場担当看守と看守部長が囚人たちの列の中に入って「静粛に！」と呼び掛けた。ようやく静けさが戻った。椎名は上衣のポケットから懐中時計を取り出した。六時十分を指していた。

「明日のちょうど今ごろ、午後六時半までに必ず戻ってきなさい。日没後のこの暗さが目安だ」

椎名は眉間に皺を寄せ厳しい顔を作った。今度は静粛が保たれた。

「法を守ることが人の道の基本である。どんなに酷《ひど》い悪法でもしかり。社会の安寧秩序《あんねいちつじょ》を維持する目的で人の手によって作られたものが法律だ。諸君は法を破ったからここにいて自由にならぬ身を悔やんでいるのだろう。二十四時間を厳守して世間の信頼を取り戻すのだ。明日の午後六時三十分までに帰らなかったときはどうなるのか。よく聞きなさい。先ほど、逃走の罪になると言ったが、刑罰は懲役一年だ」

椎名はここまで言うと、表情を元の穏やかなものに戻した。

「たとえ二十四時間を越したとしても、刑が増えることを覚悟して戻って参れ。どうしてもここに戻れないときはほかの刑務所に出頭し『横浜刑務所解放囚なにがしは、椎名典獄の命令により出頭しました』と申し出よ。よいな！　以上だ」

質問をした受刑者が立ち上がり、

「わかりました。横浜刑務所解放囚それがしは必ず明日の午後六時半までに戻って参ります。たとえ定刻をすぎる事情が発生したとしても、戻って参ります。刑が増えても務めるならば、ここ横浜で務めたいと思っております」

受刑者は、深々と頭を下げた。椎名は懐中時計をかざし、

「時刻はこの時計ではかる。それでは、横浜刑務所典獄・椎名通蔵は監獄法第二十二条の規定に基づき、在監中の諸君を、明日九月二日午後六時三十分まで解放する」

と、言い渡した。正確な時間は午後六時十八分だった。

椎名はあらためて囚人たちを見回し、ひとりひとりの顔と名前を脳裏に刻みつけた。

〈いま自分は確信を持って彼らを信頼している。しかし喧騒の巷《ちまた》に一歩踏み出せば、彼らはさまざまな不慮の事態に遭遇することだろう。意に反して帰還がかなわぬ者も出てくるかもしれない。たとえ刻限に間に合わずともいい。この横浜刑務所にたどり着けずともいい。どうか無事に生き延びて、いつかどこかでその姿を見せてくれればいい――〉

いつしか椎名は、手塩にかけたわが子を戦地へ送り出す父親の心境になっていた。

囚人たちも椎名がひとりずつ目を合わせてくるのに応じ、それぞれ小さく頷いて椎名を見つめ返す。そして、この慈愛に満ちた典獄がいつの間にか自分たちの本当の父親になっていたことを悟った。

椎名は解放囚全員を確認し終えると直立不動の姿勢を取り直し、挙手の敬礼をしてから壇を降りた。

静寂が流れた。

喜び勇んで塀の外へ飛び出して行くはずの囚人たちは、座り込んだまま動き出そうとしない。

椎名が自分たちに示してくれた信頼をしばらくみなで共有していたい気持ちもあったし、実際のところ外界に対する警戒心もあった。しかしそれ以上に、椎名に背を向けて立ち去ることが、どうしてもためらわれたのである。

「担当看守に出立の意思を告げてから帰宅するように」

茅場戒護主任と看守部長たちが声をかけ、二度、三度と出立を促す。

刻一刻と陽が傾いてゆくなか、椎名は崩れた正門跡に立ち、囚人たちを見送る態勢を取った。

「行け！」という合図である。

これを機にようやく数人が立ち上がったのは椎名の解放宣言から二十分後。全員が椎名に深く一礼しつつ刑務所敷地を後にしたのは、およそ三十分後のことだった。

おびただしい数の柿色の囚衣が、わずかに消え残った夕陽に映えて遠ざかってゆく。椎名にはこのうえないほど切なく、そして美しい情景に感じられた。

解放囚の数は九三四人。その後、戒護主任に提出された名簿によると死亡者三八人を含め、重傷者、重病者、並びに居残り囚人の数は一九七人。合計すると当日の収容人員一一三一人にぴたりと符合した。

解放囚は公道に出たところで三方向に分かれた。左に折れて市内に向かう者が最も多く、およそ半数以上の五、六百名、刑務所正面の半壊した根岸橋を渡って根岸の競馬場方面に向かった者は一〇〇名ほど。右に折れ、横須賀、鎌倉、茅ヶ崎、小田原、伊豆方面に向かった者が二、三百名だった。

市内に向かった集団は、中村川まで来て進路をふさがれた上に、市内のあまりの惨状に言葉を失ったまま立ちつくした。多くは、しばらく佇《たたず》んでから山手への道を登る者と中村川上流に向かう二手に分かれた。そのままそこに長い時間留まり、深夜になってから、もうどこにも行けないと早々に刑務所に引き返した者もいた。

解放囚が刑務所を出たあと、椎名は全職員を集め、

「明朝定時までに出勤すること」

とだけ言って退庁を命じた。椎名のほか、幹部職員全員と官舎居住の職員が刑務所に残り、夜を明かすことにした。

第六工場担当看守・山下信成は、足早に刑務所敷地を出ると、電車道を北上。保土ケ谷の自宅には向かわず駆け足で市内を目指した。受刑者たちの前で見せていた沈着冷静かつ温情に溢《あふ》れる穏やかな顔ではなかった。必死の形相で燃え盛る建物の傍《そば》を駆け抜け、くすぶり続ける市街地を片時も休まず、全壊したという裁判所に向かった。

山下の妻は横浜地方裁判所の電話交換手として勤めていたのだ。帰還した出廷被告人が全壊した裁判所の様子を語ったときには耳を疑った。そんなことは有り得ないと打ち消したのだが、今は違う。実際に目にする市内の惨状によって、現実を受け入れなければならないという気持ちになっていた。

午後三時に椎名の信書を携えて横浜刑務所を出立した会計主任・坂上義一が西日比谷（現在の

霞が関）の司法省にたどり着いたのは、午後十時を回っていた。

建物がどうなっているのかと心配してきたが、赤煉瓦造りの司法省は無事だった。大きな損傷はなさそうだ。日比谷公園が緩衝となり、火の手も日比谷一帯までで延焼は免れていたのだ。

司法省周囲の大通りは避難民で埋め尽くされていた。どうやら皇居前広場を目指したものの、すでに人であふれていたのだろう。人と家財を満載した無数の大八車が空を焼く火災の明かりに照らされてはっきり見える。

疲労困憊《こんぱい》の体に鞭打って、坂上は人ごみをかき分け、ついに司法省の前庭に足を踏み入れた。前庭は臨時の執務場所になっている。建物の倒壊をおそれて机と椅子を持ち出したのだろう。

ところどころ焼け焦げた白い木綿の制服姿の坂上は、「行刑局長はどちらですか」と聞き回った。意外にも局長は庁舎二階の局長室に踏みとどまっていた。

「横浜刑務所の看守長・坂上義一、ただいま典獄の信書を持って到着しました」

扉が開け放されロウソクの明かりがもれている局長室の前室に入り、大声を出した。

「しばらく廊下で待っていなさい」

若い事務官がドアを開け、顔を出して言った。行刑局は在京の小菅刑務所、巣鴨刑務所などの被害状況の報告を受け、その対応策をあれこれと話し合っている最中だった。

局長以下八人の官吏が会議をしている。「脱走を食い止め、暴動が起こったときの対処のためにも武器が必要だ」「陸軍から小銃と拳銃、弾丸の管理換えを受けられないか」などと、もっぱら警備の話題が中心だった。

坂上は「至急、局長殿に報告したいのです」と言って動かなかった。

事務官は部屋から出てきて、両手を坂上の胸に当て、押し戻そうとしたが、あわてて手を引き、一歩下がって鼻をつまんだ。悪臭に耐えられなかったのだ。

坂上は、わざと汗で湿った脇の下から胸のあたりを事務官に押し付けて腹に力を入れた。

「貴様、無礼は許さんぞ！　横浜どころではないのだ。極悪人ばかりを収容している小菅が酷《ひど》いことになっている。巣鴨も市谷もしかりだ。火急の処理が終わってから聞く」

事務官は顔を歪《ゆが》め怒鳴った。坂上は立っているだけで精一杯の状態だったが、事務官の対応に怒りがこみ上げ、体中が熱くなった。

一刻も早く本省に！　と横浜の猛火の中を突き抜け、避難民を掻き分け、ようやく多摩川にたどりついたものの橋は落ちていた。伝令の職務を全うしようと、迷わず、くの字に折れ曲がった長い鉄道の鉄橋に取り付いた。落ちてはならじと、それこそ一時間以上かけて渡ったのだ。何とか無事に帝都に入ったが、今度は火焔から逃れる避難民が延々と続く大道を逆行した。押し戻されることもたびたびあったが、今、ようやくの思いでやってきたのだ。

坂上は「失礼！」と大声を出して、事務官を右に払って部屋に入った。

「横浜刑務所は外塀全壊、建物は火災によって焼き尽くされ囚人一〇〇〇人余りが無戒護状態です」

「なんだって！」

司会役をしていた書記官が怒鳴った。行刑局長はじめ全員が立ち上がった。

「囚人は逃げたのか⁉」

局長の隣に座っていた筆頭書記官・永峰正造が詰め寄った。

「待ってください」

坂上は上着のボタンを外し、腹に巻きつけた油紙の包みを取り出した。熱い空気の塊が部屋に放たれた。焦土に漂っていた焼死体の異臭も入り混じる。坂上自身も鼻が曲がるような悪臭だった。油紙をぎこちなく外す。握力もなくなるほど疲労の極に達していたのだった。

「典獄から局長閣下あての信書です」

と言って、両手で捧げ持った。坂上はここに来るまでに何度か余震で転んだ。瓦礫に足を取られ、膝と手のひらは傷だらけになっている。

「よこせ」

永峰は息を止め、苦虫を嚙み潰したような顔で、血と煤と泥にまみれた坂上の手から封書を奪い取った。封筒から信書を取り出し、局長に手渡すと、鬼の形相を坂上に向けた。

「どうなっている。囚人は散り散りに逃げたのか」

「さあ……」

「どういうことだ」

「私が出てくるまでは、逃走者はありませんでした」

「…………」

永峰の表情が幾分か和《やわ》らいだ。行刑局の非常時対策はまずは脱獄の防止が第一番ということなのだろう。

「私が刑務所を発ったのは午後三時ですから、それまでの話です。今はどうなっているかわかりません」

「貴様！　何だ、その言い草は……」

「典獄から水と食料それに医薬品の支援を賜《たまわ》ってこいと、厳しく指示を受けてきました」

坂上は、それだけ言うと、その場に膝を折ってから前のめりに倒れた。

局長から信書を読むように指示された永峰は罫紙の二枚目を読み始めると、かっと目と口を開いたまま、全身を震わせた。

「局長！　横浜は一〇〇〇人の囚人を……」

と言って絶句した。永峰から信書を受け取った行刑局長・山岡万之助が目を通す。そして、おもむろに口を開いた。

「横浜刑務所は夕刻、解放を断行したようだ」

ざわめいたが、すぐに静寂が支配した。

「一人の逃走者も出していない小菅の頑張りが水の泡ではないか」

山岡が声を抑えてつぶやくように言うと、場の空気が一変した。

「局長！　一〇〇〇人もの横浜の囚人が市中へ出たのですから、脱獄の噂は根も葉もないものとは言えなくなりました。責めは……」

永峰がうなった。

たびたび、内務省関係者から「市谷刑務所の政治犯が逃げたらしい。また、巣鴨では暴動の末破獄された、といった囚人脱獄の情報が入ってきたが、真偽を問う」との照会があったのだ。永峰は、「ただいま調査中」と回答を留保していた。

局長・山岡と元警察官僚の永峰は共に日本法律学校の出身である。刑務所勤務の経験はないが、山岡は後輩の永峰を筆頭書記官に抜擢《ばってき》し、右腕として手元に置いていた。

何とも言えない落胆の空気は大きな余震で一掃された。ガタガタと揺れる書架を抑え、三本のロウソクが吹き消され、テーブル中央に置かれたランプが消された。長い不気味な揺れが収まると火が灯された。

山岡は永峰に、「横浜にも救援物資を手配せよ」と言った。

「…………」

返事をしない永峰に山岡は構わず、さらに一言付け加えた。

「すでに囚人一〇〇〇人が混乱した市中に解き放されている。とんでもないことが起きたら、その責任は典獄だけでは済まぬ。われわれも覚悟が必要だな」

「そのとおりです。知らぬこととは言えません」

永峰が返事をした。この時、永峰は、床に倒れうつ伏せでのびている横浜刑務所会計主任・坂上義一に気づいた。

「まだいたのか。こいつを外に出せ」

永峰は事務官に命じた。事務官が坂上の頬を叩く。何度上体を抱えて起こしてもいっこうに目を覚まそうとしなかった。見るに見かねて、局長を除く永峰ら高官が席を立ち、坂上の手足と肩を持ち上げて廊下に担ぎ出した。

明け方、目を覚ました坂上はとんでもない言葉を耳にするのだが、この時はまさに昏睡の状態で夢の中にいたのである。

被害状況の取りまとめを命じられた事務官は巻紙に『横浜刑務所被災状況』と記してから、椎名の文書から所要事項を抜き書きした。

巻紙には、報告があった施設順に概要が書かれていた。

『市谷刑務所』

典獄・大野數枝《おおのかずし》

建造物の被害

　煉瓦塀六〇間余倒潰《とうかい》

　炊所煉瓦煙突倒潰により炊所内部も全潰す

　工場二棟　半壊

収容人員　千二十名のところ死傷なし。

炊事は空き地に土を掘って釜を据付ける。水道は断水も井戸水を使用し炊き出し可能。

『小菅刑務所』

典獄・有馬四郎助

建造物の被害

　煉瓦塀倒潰

　工場十三棟全潰、二棟半壊

　監房全て半壊

収容人員　千二百九十五名のところ死者三、重傷十三
職員一名重傷
外塀倒潰するも混乱に乗じて逃走を企てる者なし。
軍隊の出動を望む。当方で陸軍省に要請済み。

『豊多摩刑務所』
典獄・寺崎勝治《てらさきかつじ》
建造物の被害
　煉瓦塀倒潰七ケ所　延べ五〇間
　監房屋根墜落一ケ所
収容人員　九百二十人のところ死者、重傷者なし
隣接する『中野電信隊』に来援を求める。
（注：俗称・陸軍中野学校、正式名称『後方勤務要員養成所』が、この中野電信隊の跡地にやってきたのは、昭和十三年暮れである）

『巣鴨刑務所』
典獄・大月義平二《おおつきぎへいじ》
建造物の被害
　工場、舎房の屋根瓦落下多数

収容人員　二千二百八十五名。全員無事

『浦和刑務所』
典獄・秋山要《あきやまよう》
建造物の被害
工場四棟　全潰
庁舎全潰、監房屋根瓦全部剝落《はくらく》
収容人員　工場就業者三百七十一名のところ死者二、重傷十五
職員　死傷なし

『横浜刑務所』
典獄・椎名通蔵
建造物の被害
煉瓦塀倒潰
舎房、工場、庁舎等建物すべて全半壊の後焼失
収容人員千百三十一名のところ死者三十八名、重軽傷六十名うち重体十名
職員　死亡三名　行方不明三名　重軽傷十八名
午後六時三十分　解放

第二章

少女、悪路を走る

無実の囚人

椎名通蔵が断行した解放の詳細な記録は、横浜刑務所はもとより、旧司法省にも残されていない。当時の新聞、雑誌、グラビア誌、さらに今日もなお書き続けられ出版されている単行本、大型写真書籍には、横浜刑務所の囚人が解放されると強盗、強姦、殺人など悪の限りをつくし、横浜だけでなく帝都・東京の治安も悪化させたと書かれている。

震災直後から、横浜市が個人の体験記を募集し、学校、事業所、役所などに被災状況を照会して編纂した『横浜市震災誌』にも死傷者と建物等の被害状況が書かれているのみである。

さらに、二四〇人が帰還せず逃走したことになっている。

つまり、これらが史実として現在までに伝えられているすべてである。

筆者は、昭和四十六年（一九七二）、当時の横浜刑務所長の紹介で山岸妙子という女性刑務官に出会った。彼女の母・サキは、本書に登場する無実の囚人・福田達也の妹である。その縁で筆者はサキと運命的な面会を果たし、震災が福田一家にもたらした数奇な運命と、隠蔽《いんぺい》されていた衝撃の史実を知ることになった。

山岸妙子は幼いころから、母・サキに震災をめぐる物語を何度も聞かされていた。サキはいつも次のような言葉から話をはじめたという。

「本当に悲惨な出来事ばかりだったけれど、母さんはあのとき、何度も何度も神様に味方してもらったのよ……」

サキが聞かせた物語は、妙子に刑務官という職を選ばせたのだった。

あの大震災の日に、横浜刑務所でいったいなにが起きていたのか、なぜいっさいの公文書から、その日の記録が消えてしまったのか……それ以来、筆者は、その真実に至るまでの旅をつづけることになったのである。


福田サキは震災当時十八歳。上溝《かみみぞ》の鳩川《はとかわ》実科高等女学校（現・神奈川県立上溝高等学校・相模原市）で被災した。

サキが生まれ育った溝村《みぞむら》は八王子から相模原一帯の養蚕農家を取りまとめる組合と製糸工場があり、米国への生糸輸出によって得た莫大な富によって潤っていた。

サキの母方、父方双方の祖父は戊辰《ぼしん》戦争にも関わっていたが、終戦後間もなく相模野へ入植し養蚕農家になった。福田家の三男だった父・福田勝之助は獣医師となり、母・静《しず》は高等小学校を出て養蚕組合「漸進舎《ぜんしんしゃ》」の事務員となる。明治三十一年（一八九八）、二人は見合いで結婚し間もなく達也を授かった。

明治三十七年（一九〇四）暮れ、父は獣医として日露戦争に出征。その時、達也が六歳、長女のサキはまだ静のお腹にいた。

ところが明治三十八年、父は旅順の戦いで戦死。静は二十六歳の若さで寡婦になってしまう。静は再び漸進舎の社員となって働き、二人の子どもを育てていたが、大正三年（一九一四）に第一次世界大戦がはじまると生糸相場は暴落。静の給与も減額されて一家の生活は一気に苦しくなる。

達也は実業学校を卒業してすぐに兵役を志願。横須賀海軍海兵団に入隊した。しかし折からの軍縮政策によって三年で退役を余儀なくされ、母と同じ漸進舎で働きはじめた。達也に災難が降りかかったのは、その直後である。漸進舎で公金紛失事件が発覚し、その余波で達也は公金窃盗の容疑を掛けられ逮捕されたのである。

達也にとっては青天の霹靂《へきれき》だった。

静は、漸進舎の理事で出納役である岡崎善次郎《おかざきぜんじろう》に達也が嵌《は》められたのだと思った。公金の紛失ではなく、岡崎の使い込み、つまり横領事件だと信じていたので、達也はすぐに無罪放免されるものと思っていた。社員の間でも、遊び人として評判のよくない岡崎が使い込みをごまかすために達也を窃盗犯に仕立てたと囁《ささや》かれていた。

静には、もうひとつ岡崎を疑う根拠があった。それは、長年にわたって男女の付き合いを迫る岡崎を、無視し続けた自分への逆恨みである。娘のサキの目から見ても母は確かに美しく、その上、気丈だった。静は岡崎への疑念を口にすることはなかったが、母娘とも、達也は無実であるとの思い、確信は揺らぐことはなかった。

静は長州萩の由緒ある武家の血筋を引いていた。刑事の事情聴取を受けた際、臆することなく達也の無罪放免を訴えた。達也も暴力的な取り調べに耐え、自白の強要には頑として屈しなかった。

しかし、警察はこの地域の有力者である岡崎の訴えを一方的に聞き入れて調書を作成送検し、検事は容疑否認のまま達也を起訴した。

第一審の横浜地裁は懲役三年を宣告。達也は母に弁護士費用などの負担をこれ以上かけたくないと一言の相談もせずに控訴を断念し、そのまま刑に服したのだった。

達也は横浜刑務所で服役。ここで担当看守・山下信成と出会った。

山下は達也の実直な人柄と陰日向《かげひなた》ない服役態度を見て無実を信じた。

「人の裁きには時に誤りもあろう。しかし恨みに捉われていても道は開けない。刑務所は自己を磨く場と考えよ。大きな目で世の中を見るのだ」

山下は達也をそう励まし、何くれとなく目を掛けながら早期の仮出獄に向けて後押しをした。

一方、達也も山下の期待によく応え、その後、山下の上申が効を奏し大正十二年九月中に仮出獄が許されることになっていた。刑の満了より、およそ十ヵ月早く釈放されるのだ。

ところが八月初旬、達也の早期出獄を妬《ねた》んだ一受刑者の理不尽な挑発に乗り、殴り合いの喧嘩を起こしてしまう。

仮出獄を前にした受刑者が意図的に喧嘩を売られることは、よくあることだ。喧嘩は重大な規律違反で、いかなる事情があろうと両成敗。懲罰を受ければ仮出獄は自動的に取り消されるから、仮出獄に縁のない受刑者が嫉妬して喧嘩をふっかけ、出獄の邪魔立てをするのである。

達也は工場担当・山下看守からはどんな挑発があっても我慢するよう注意され、たび重なる嫌がらせに耐えていたのだが、同じ受刑者による三度目の挑発に乗ってしまった。

男は口汚く罵《ののし》っても、胸倉をつかんでも喧嘩にもならない達也に対し、ついに暴行を加えてきたのである。いきなり顔面を殴りつけられた達也は殴り返しこそしなかったが相手を工場の中央廊下に組み伏せた。非常通報で駆けつけた看守たちから見れば、紛れもない殴り合いつかみ合いの喧嘩である。問答無用、達也は八月中旬に軽屏禁罰一月《けいへいきんばつひとつき》を言い渡された。

サキは後に達也から、懲罰中に脱獄を考えていたという話を聞き大きな衝撃を受けた。幾度も禍《わざわい》に遭う不遇な兄に対する、つらい思い出をサキは妙子に告白している。

「私は女学校に進学させてもらい、母と貧しくても堅実な生活を送っていたのです。でも刑務所では、私たちが村八分に遭って食うや食わずでいる、という根も葉もない噂を兄に吹き込む人もいたようです。兄は私たちのことが心配で居ても立ってもいられなかったのでしょう。一日でも早く帰って私たちを護りたいと思っていたのに、つまらない喧嘩をしでかした自分が許せなかったのです。独房でひたすら黙想するというのが懲罰中の毎日だそうですが、兄はその間自分を責めつづけ、仮出獄がだめなら脱獄だ！　と、本気で思いつめたそうです。私はその心情を想像すると今でも泣けてきます」

達也は脱獄の妄想に駆られている真っ最中に大地震と遭遇した。

独房の中央に正座し、沈思黙考していると、突然地鳴りが近づき、轟音とともに床が突き上げられた。

達也は転げ回った。置き便器が床で跳ね回って糞尿を撒《ま》き散らす。長い上下動が収まると、大きな横揺れに変わった。

達也は圧死を覚悟する。扉が開かない密室の恐怖は大変なものだった。揺れが続く中、房扉が次々に開けられている。達也の房も、倒壊寸前に開けられた。達也は独居舎房担当・斎藤権次看守の指示に従って、布団を頭にかぶり舎房の外に飛び出した。

命からがら脱出した福田達也は目の前の光景を見て思わず「わっ！」と声を上げた。塀が崩れ落ちていて、隣接する民家や刑務所官舎の屋根が見えるのだ。

〈なんで誰も逃げないのだ！〉

崩れた塀は簡単に乗り越えられる。一気に走れば一分とかからずに外に出られる。それなのに、誰ひとり逃げ出そうとはしていない。それどころか避難場所として指定されていた塀の手前で工場を出た連中が留まっている。

実に不思議な光景だった。達也は〈俺は違う！〉と心の中で叫ぶと、天佑だ！　脱獄だ！と、ただそれだけを思った。

刑期の満了まで待たなければならないのなら脱獄しかないと考え続けてきたのだから、もう止められない。その上、もともと自分は無実の身で、刑務所に居ることが間違いなのだ、という思いも湧いてくる。

足は勝手に動いた。

達也は塀に向かって何食わぬ顔をしてゆっくり歩いた。塀までは三〇メートルほどの距離になった。駆け出そうと思ったときに大きな揺れに足を取られて転がった。達也は伏せたまま揺れが収まるのを待った。視線の先には崩れ落ちた塀があった。乗り越える場所に目星を付け、足を掛ける場所まで決めておいた。

揺れが収まった。達也は跳ねるように起き上がると、走った。目指した場所に取り付いて足を掛けた。しかし瓦礫はもろく、真夏の海岸の乾ききった砂山に乗ったようにズルリと足が滑り、瓦礫とともに落ちた。

立ち止まって足場を探す。若い看守が笛を吹きながら近づいてくる。達也は大きな塊を見つけ飛び乗った。今度は難なく上ることができた。

頂上に立った。「よし！」と、声に出して塀の外に降りようとしたその時、鋭い声で呼び止められた。

「福田！　福田達也！　本物の犯罪者になるのか！」

声の主は縫製工場の担当看守・山下であった。およそ一五メートル離れた第六工場、その倒壊した屋根の上に立っていた。

達也はひるんだ。山下だけは裏切ることができない。同時に母の顔を思い浮かべた。いかなる理由があろうと、母は達也が進んで法を破ることを許さないだろう。

達也は上体を前のめりにして何とか踏み止まると塀の中に向きを変え、瓦礫の山を迷わずに下りた。

そのまま山下のもとに走った達也は、閉じ込められた受刑者の救出に加わったのである。

典獄の解放の宣告を受けたにもかかわらず、なかなか立とうとしない囚人たちの中で、最初に立ち上がったのが第六工場の列の最後尾に座っていた福田達也と青山敏郎《あおやまとしお》だった。

一ヵ月近い独房での拘禁生活で達也の着衣は異臭を放ち、髭は伸び放題のみすぼらしい姿だった。山下看守は周囲にも十分聞こえる大声で達也に話しかけた。

「二年前にお前の母親から、息子の無実を信じて出獄を待っているという手紙をもらっている。どうぞ厳しく躾《しつ》けてくださいとも書かれてあったが、書き出しの宛名は『福田達也の担当先生殿』とあった。息子を思う母親の気持ちが察せられてジーンときたぞ。ともかく実家に帰って無事な顔を見せてやれ。酷《ひど》い被害に遭っているかもしれないから気をつけて行ってこい」

山下は力いっぱい達也の尻を叩いた。

山下は青山にも声を掛けた。達也に言うのとは反対に肩を抱くようにして耳元でささやいた。

「くれぐれも邪心を起こすなよ。俺は信じているからな」

「は、はい……」

青山は顔を赤らめた。

青山は万引き、コソ泥の常習犯である。年齢は二十四歳。小柄な優男《やさおとこ》である。いつの間にか身についてしまった手癖の悪さには自分でも辟易《へきえき》していたのだが、今度こそ最後と思いつつ犯行をくり返し、奉公先の酒屋の帳場から現金を盗もうとしてついに現場を取り押さえられた。過去の罪状が芋づる式に洗い出され、初犯ながら懲役二年の実刑が宣告された。

青山が配属されたのは第六工場。工業用ミシンで麻袋を縫製する作業を課せられた。班長を務めていた海軍出身の福田達也の男らしさに憧《あこが》れ所作を見習い、青山は達也を兄貴と呼んで慕っていた。自分の性格を作り変え、悪癖から縁を切って悔い改めたと自分自身に言い聞かせている。

二人は堀割川沿いの電車道を北に向かった。道路はあちらこちらで隆起または陥没していて、敷設されたレールは上下左右に大きく曲がり飛び出していた。二人が向かう方向は一面紅蓮《ぐれん》の炎が屏風《びょうぶ》のように左右に伸びている。その上をモウモウと舞い上がる黒煙がうずを巻いていた。火災によって起こる突風は、燃え盛る木片や火を吹くトタン板を大変なスピードで上空高く舞い上げた。やがてそれらは燃え尽きハラハラと地上に降りそそぐ。

中村川河畔でたたずんだ。川向こうは一面火の海だった。まさに横浜市街地は壊滅状態なのだ。中村川には無数の遺体が浮いていた。おそらく火災から逃れ水に入ったものの、溺れ死んだか、熱風を吸って窒息死したものだろう。

「兄貴、俺は戻るよ」

「戻るって刑務所にか？」

「いや、実家は藤沢なんだ。市内を見てから戻ろうと思ったので兄貴についてきた。じゃあ、明日の六時半に刑務所で」

青山はくるりと向きを変えて、来た道を戻った。

達也は中村川をさかのぼり、大岡川を渡った。サキと母の顔を思い浮かべると同時に走りはじめていた。軍隊で身に付けた歩幅の短い耐久走法だ。大岡川との合流地点で、ついに息が切れ、両足にピクリと腓返《こむらがえ》りの予兆を感じ立ち止まった。

闇が迫る中でも、川面にはたくさんの屍《しかばね》が浮いているのがわかった。遺体は、より黒い塊として立体的に迫ってくる。母子と思われる女性と幼子《おさなご》の遺体をいくつも目にしていたが、ここにもそれと思われる影がある。将来の夢も希望もすべてを奪われた彼らのことを思えば、体がきついなどとは言っていられない。

実家のある溝村までは直線で約三〇キロメートル、このように遠回りすれば、四〇キロになるか五〇キロになるか見当がつかない。

しかし、どのようなことがあってもたどり着いて、定刻までにまた戻るしかない。

達也は着物の裾を腹の前で締め直すと、「行くぞ！」と声を出して自らを鼓舞し、再び走りはじめた。

一ヵ月近く独房で座り続けたためか、足腰は弱っている。走っては歩き、また走っては歩きを繰り返しながら進んだ。足元はいつの間にか漆黒《しっこく》の闇になっていた。

達也は脱獄を考えはじめてからは、頭の中で詳細な仮想逃走劇を繰り返していた。

塀を飛び越えたら、畑の中を月が出る前にひたすら西に走り、弘明寺《ぐみょうじ》、平戸《ひらど》を経て渋谷村に入る。ここまで来たら漸進舎の受け持ちだった契約養蚕農家が点在するので、そのうちの一軒で自転車を借りる。もちろん無断でだ。

さらに綾瀬村から座間村を通るのだが、この一帯は自転車で走り慣れている。

月明かりがあれば、集落と田畑の中を最短距離で溝村を目指すことができる。相模川の土手に突き当たれば、自宅までは二キロほどだ。小走りと自転車で片道三時間を見込んでいた。

しかし、状況は変わった。ありがたいことに解放によって合法的に自由になった。

達也は公道を堂々と人目を気にせずに走っていた。出立の経路は違ったが、大岡川を渡ったら西に向かい綾瀬村を目指すつもりだ。その先は仮想脱獄で考えたとおりの経路となる。

囚衣の柿色は、脱獄を防止するために月明かりでも色彩を放つように特殊な色素成分が混入された染色なのだ。異容な着衣で坊主頭の男が走っているのを見れば、刑務所から逃げ出した脱獄囚と思うのが当たり前だ。一般住民は、解放された囚人などとは夢にも思わない。そんな人命保護の制度があることなぞ知るわけがないからだ。

先刻から数名の男たちが達也を尾行していた。治安を守るという名目で急遽《きゅうきょ》結成された自警団の連中である。約三十分走っている間に、尾行集団は一〇人ほどに増えていた。前ばかり見ている達也はまったく気づいていない。

東海道に出たところで自警団の通報を受けた巡査に、

「おい、貴様どこから来て、どこに行くのか？　名を名乗れ！」

と誰何《すいか》された。

「…………」

達也は息を整えた。刑務所からは、まだ七、八キロの地点だ。

いつの間に集まったのか男たちに取り囲まれていた。フーと、深呼吸をしてからゆっくり、はっきりとした言葉で返事をした。

「高座《こうざ》郡溝村の福田達也と申します。横浜刑務所の解放囚です。明日の午後六時半までに帰ってこい、と言われ釈放されたのです」

「何をとぼけたことを。そんなことがあるわけない。脱獄囚だな」

ちょび髭を蓄えた中年の巡査は眉間に皺を寄せて言った。

「この野郎！」

右横にいた男に小手を返され腕をねじ上げられた。手首、肘、肩に激しい痛みが走る。なんという馬鹿力だ。身体は前のめりになる。うつ伏せに倒されそうになるのを必死に耐える。激痛に顔を歪めながらも巡査の顔を見て説明した。

「刑務所は建物も塀もすべてくずれ落ち、その後焼けて全員が解放されました。警察署にも連絡が入っていると思います。確認してください」

「市内の大火は見ればわかる」

巡査は東の空を指差した。

また地面が揺れた。断続的に襲う余震も、動いているときは足元がふらつくといった程度でしか感じないが、このように立っていると体全体で感じる。実に気味が悪い。

みな思いは一緒なのだろう、取り囲んだ者たちの多くはその場にしゃがみこんだ。

「でかい揺れだ。気をつけろ」

達也の腕をねじ上げた男が言った。偉そうな言い方だが、どうやら臆病者らしい。よろよろと前後左右に揺られると、手を離し「ひゃー」と声にならぬ叫びを上げ、達也の足元にうずくまるや、すぐに地面に両手をついて伏せた。

揺れが続く。長い揺れだ。巡査も堪えきれずに、しゃがみこんだ。立っているのは達也だけになった。揺れを膝で吸収し均衡をとる。海軍で小型艦船に乗船していたときの身のこなしを身体が覚えていたのだ。

揺れが収まると、元気を取り戻した男たちが、達也を取り巻く。達也は左右の腕を取られ、足蹴を受けた。

取り巻きの後方には木刀や棒などの得物を持った若者が、命令があれば襲いかかろうと身構えていた。

「もうやめておけ！　みな、下がれ」

巡査の怒気を含んだ一喝に男たちは達也から離れた。巡査は、捕り縄を上着のポケットから取り出した。

「確認するまでだ。おとなしくしていろ」

と、言いながら丁寧に巻かれた縄を解いて伸ばした。

巡査は長さ三メートルほどの麻縄の中ほどに小さな輪を作り、そこに達也の右手首を通して背中で押さえると、一方の縄を背後から首に回して、ぐいと引いた。この方法は喉が圧迫されるので右手は難なく一〇センチほど上がり、筋肉が張って動かせなくなる。次に左手首に縄を巻き、右手の上に引き上げた。ここまではあっという間の早業《はやわざ》だった。達也は逮捕術によって捕縛《ほばく》されたのである。

巡査は男たちに大声を発した。

「みなの衆、ご苦労でした。この者は派出所で預かる。おそらく脱獄囚だろうから大層な手柄だ。褒賞については後日連絡する。万一、この者が言うように釈放された囚人に間違いなかったときは解き放す。よろしいな……」

男たちは口々に「おう！」「お任せする」などと言うと、四散した。

達也は、巡査に縄尻《なわじり》を持たれ、およそ二〇〇メートル南に下った派出所に連行され、土間に敷いた茣蓙《ござ》の上に座らされた。

闇の中で、柱時計が時刻を告げた。鐘が九つだから午後九時になってしまったのだろう。いつ解き放されるのだ。

達也はずっと、窓から外をうかがっていた。停電で真っ暗になった町並みに人通りはほとんどない。時々、提灯が揺れながら通り過ぎるが、話し声は聞こえなかった。

巡査は中年の男二人を見張りにつけて、出掛けてしまった。縄尻は机の足にしっかり結ばれていた。男たちは終始無言で達也を見張っている。巡査が横浜刑務所の解放について確かめに行っているのなら、帰りはいつになるかわからない。達也は、半ば暗澹《あんたん》とした気分の中で妹のサキと母の無事を祈った。

「ああ情けない!」

達也は声に出して言った。

口にして気を紛らわせようと思ったが、逆だった。浅はかな自分が恨めしい。

〈しばらく待って、こちらのほうに向かう解放囚と一緒に行動すればよかった……〉

次から次と、後悔の念に襲われた。

横浜刑務所の解放の事実を半信半疑で確かめに出た巡査は続々と押し寄せる避難民から各地の被害を聞き取った。震源地に最も近い高座郡の被害は甚大だった。都市化されていたとしたら東京、横浜の被害をはるかに超えたものだっただろう。警察本署がある藤沢、茅ヶ崎はほぼ壊滅状態であることがわかった。

相模湾沿いの東海道線、横須賀線、熱海線を走っていた列車と貨車は脱線転覆し、大船、藤沢、辻堂、茅ヶ崎、平塚、大磯、二宮、国府津《こうづ》、鎌倉、小田原の駅舎はいずれも倒壊・大破・焼失といった甚大な被害にあっていた。

指揮系統がまったく機能しなくなった警察の職務は巡査個人の判断に委ねられる。巡査は人命救助を優先するために派出所に戻ることにした。この危急の折に脱獄囚の言い分など確かめている自分が愚かしく思えた。

〈あの囚人はしばらく派出所につないでおくしかあるまい〉

と巡査は考えた。

避難民の列に混じって虚ろな表情で歩く囚人服の男を認めたのは、その帰途である。巡査はいくつもの提灯《ちょうちん》が揺れる人の群れをかき分けて追いつくと、問い質《ただ》した。

「横浜刑務所から来たのか？」

「ああ、そうだ。それがどうした」

男はぶっきらぼうに答えた。

「囚人全員が釈放されたというのは本当か？」

「たった二十四時間だけだから、あまり意味もないがな」

「さようか……」

巡査はあまりにも不遜な男の態度に閉口したが、手帳を胸ポケットから取り出すと、通行人の提灯の明かりを借りて、先ほど記した囚人の氏名を確認した。

「福田達也という男を知っているか？」

「福田？　福田達也か……ああ知っている。いや、知っていた。福田がどうしたというのだ」

「住民が脱獄囚だと捕まえたのを預かっておる」

「なにっ、……そんなはずはない。何かの間違いではないのか」

「囚人服にそう記されていたのだから間違いはなかろう。わざわざ他人の囚人服を着て歩く馬鹿もおらんだろうからな」

「福田が……。おい、間違いなく福田なんだな。そうか、福田が、福田達也が……」

囚人は何度も自分に福田という名を言い聞かせるようにつぶやき、そして天を仰ぎ、顔を上に向けたまま「ウオーッ」と号泣しはじめた。巡査は呆気《あっけ》にとられてその様子を見守っていたが、しばらくの間、男が泣き止むのを待つしかなかった。

「巡査殿、福田は生きているんですね。よかった。俺は福田と横浜刑務所の同じ工場で働く村瀬《むらせ》源蔵《げんぞう》といいます」

男は巡査の手を握り締め、大きく上下に揺する。言葉遣いも改まり、不遜な態度は影を潜めた。

巡査が村瀬を落ち着かせて事情を聴くと、次第に不可解な態度の理由が飲み込めてきた。

村瀬こそ、仮出獄が決まった達也を妬《ねた》んで喧嘩を吹っかけ、独居房送りにした張本人だった。

「うだつの上がらない連中から『根性があるなら、やってみろ』とけしかけられて、何の恨みもない福田達也にわざと喧嘩を仕掛けて仮出獄を取り消させた男です」

村瀬も軽屏禁五十日の懲罰で独居房に押し込められていたが、斎藤看守の命がけの救出作業によって地震の災禍を生きながらえた一人である。

その後、村瀬は独居房で死者が出たと聞き、それがどうやら達也らしいという噂を信じ込んでいた。避難後、独居拘禁者は、怪我をした命の恩人・斎藤看守のそばにいたのだが、その中に達也の姿がなかったからである。

達也はその時、第六工場の受刑者の集団にいた。

達也死亡の噂は、達也と村瀬の喧嘩を見ていた受刑者が達也に同情し、村瀬を懲らしめるため、

「お前に教えておいてやるが、福田班長の姿が見えないのは独居房で圧死したためらしいぞ。お前みたいな下衆《げす》な野郎に殺されて班長も浮かばれまい」

と吹き込んだのだ。

この話を信じた村瀬は、激しい後悔の念に駆られていた。

「福田は俺の憧れなんです。正直で親切で男らしい。生まれつきひねくれ者の俺なんかとは出来が違う。だから喧嘩を吹っかけたのは、くだらない嫉妬心からです。懲罰が明けたら土下座して謝ってでも弟分にしてもらいたかった。でも、俺が独居房に追い込んだために福田が死んだのだとしたら、俺も生きていてはいけないと思っていました」

巡査は解放の事実が確認できればそれでよかったのだが、思わず話に聞き入っていた。

「巡査殿、俺が心から反省して謝っていたと福田の兄貴に伝えてください」

「そうか、お前の気持ちはよくわかった。しかしな、お前の代理で謝罪してやるわけにはいかん。必ず刑務所に戻って自分の口から謝るのだ。福田も必ず戻る」

巡査はかすかな笑みを浮かべて村瀬の上腕部をポンと叩き、立ちすくむ村瀬に背を向けて帰路を急いだ。


派出所に戻った巡査は達也の縄を解きはじめた。

「解放されたことが確認できたのですね」

達也が訊いた。

「ああ、確認できた」

巡査は達也に素っ気なく返事をすると、今度は見張り番の男たちに向かって話を続けた。

「地震に津波、火災によって高座郡は被害甚大だ。震源は近くの海底だろう。海沿いは津波もあって大変な被害が出ているということだ。これから続々とやってくる避難民のために何かしないといかん。頼むぞ」

男たちは「はい」と大きく頷くと、派出所を後にした。

達也は縄を解かれた。

「腕はそのまま後ろ手にしておけ。無理に動かすと、取り返しのつかないことになる。わしが介助するから、そのままでいろ」

巡査は達也の両肩を揉みはじめた。激痛が走った。しばらくすると痛みが引いてきた。筋肉がほぐされて柔らかくなったのを確認してから、巡査は達也の右手を握ってゆっくり体の前に回した。同じように左手を体の前に移動させる。

「道路も方々に亀裂が入っている。暗いから気をつけてな」

「わかりました。ありがとうございます」

「その恰好《かっこう》だ、人目につかぬよう十分注意して帰りなさい。夜半から月が出るからなるべく早く、座間村あたりまで行くことだな」

巡査は先に派出所を出て安全を確認するように周囲を見回した。そして達也の肩に手を置いて語りかけた。

「間もなく十時だ。約束の時間までに必ず刑務所に戻るのだぞ。ある男がお前の帰りを待ち望んでいる」

夜半から二十一夜の明るい月が電灯のあかりすべてを失った村を照らした。サキと母は、近在の人たち十数人と一緒に竹林で一夜を明かしていた。頻繁に襲う余震でとても眠られる状況ではなかった。

サキは兄・達也のことを考えた。刑務所から囚人が脱獄して多くは賊徒になったとか、不穏な噂が流れているが、果たして兄はどのようにしているのだろうか。さまざまな想像を広げているうちに朝を迎えたのだった。

朝七時過ぎ、達也は自宅へ帰り着いた。

深夜の道行きで思いのほか時間を食っていた。家屋の周囲をゆっくりと回ってみたが地震の被害はなさそうだ。

驚かせてはならないと、敷かれた砂利を避けて歩いた。戸締まりは、しっかりなされているようだ。立ち止まり、耳をすませて中の様子をうかがっていると、中から、

「どちら様でしょうか」

と声をかけられた。母・静の声だった。

「お母さまですか？　私です。達也です」

大きな声で返事をした。ゆっくりと戸が開けられた。

懐かしい母の顔があった。

「どうしたのですか？　まさか逃げてきたのではないでしょうね」

達也のみすぼらしい姿に静は眉間に皺を寄せ怪訝《けげん》な顔をした。

「典獄殿に許されて全員が一時釈放されたのです」

「そうですか。お上がりなさい」

着物姿の母は上品な仕草で正座をした。達也に対しては幼いころから感情を表に出さない接し方をしている。二年半振りに会ったというのに、厳しい顔のままである。

「汚れていますので、ここで……。サキも無事ですか」

「はい。達也さん、先にお着替えなさい。服は出しておきましょう」

母は立ち上がった。

達也は裏に回り、風呂場に入った。五右衛門風呂には水が張ってあった。水道は断水している。おそらく母が井戸水を汲み置いたのだろう。泥にまみれた囚衣を脱いで水をかぶった。心身が清められたように思った。

達也は溝村に入ってから、囚衣の色が目立たぬようにと小川で泥水に漬けて足で踏んだ。その囚衣を盥《たらい》に入れて水を注ぎ、足で踏みつけ泥の汚れを落とした。すっかり伸び放題になっていた髭も剃った。

手ぬぐいで体を拭き、母が出してくれた綿の白いシャツを着て、亜麻のズボンを穿《は》いた。ベルトを締めると、気持ちが一気に引き締まった。

座敷に移り、母の前に座る。サキが茶を持ってきた。久しぶりに見る妹・サキは、洒落たワンピースを着ていた。

「サキ、洋服が似合うね」

「そうですか。うれしい。お母様に買っていただいたの」

サキは嬉しそうに言った。

「典獄殿が家族を見て参れと一日の自由をくれた。兄はお前が心配で帰ってきた。ちゃんと女学校に通っているんだろうな」

「はい、成績も良いほうです」

短い会話で、達也は自分の心配が杞憂であったことを悟った。

「そうか、女学校を卒業したらどうするのだ？」

「師範学校に行くつもりです」

「それはいいことだが、前科者の兄がいては……」

思わず本音を口にしてしまってから達也はうつむいた。

「何を言っているんですか。お兄様は無実でしょう。私は、なんと言われようと大丈夫です。それより、横浜はどうなっているの？　大島が沈んだとか、囚人が集団で脱獄したとか怖い噂がたくさん飛び交っているのよ」

「刑務所は潰れた上に焼き尽くされて瓦礫の山だ。だが、脱獄した者はいない。根も葉もない悪意に満ちたデマというやつだ。全員に二十四時間の自由が与えられた。夕方の六時半までに帰らなければならない」

「達也さん、久しぶりに三人の朝餉《あさげ》にしましょう。お昼までは居られますね。ご近所で食材を借りてきます。サキはどうします？」

母の言葉に、サキは「私はお兄様とお隣に行ってきます」と、答えた。

隣といっても、四〇〇メートル離れている。サキの学友で仲の良い三枝典子《さいぐさのりこ》の家である。余震で被害に遭ってはと、村人の多くは竹林で一夜を明かしたのだが、三枝家は来なかった。サキは互いの無事を確かめたいと思い、兄・達也の同行を頼んだのだ。

身代わり

達也は三枝の家を目にすると、その惨状に声を失った。

地盤が悪かったのか、庭から屋敷のほぼ中央に向かって亀裂が走っており、屋根瓦は半分以上が剝落《はくらく》していた。一部は天井が剝《む》き出しになっている。雨が降ればひとたまりもない。縁側越しに座敷を覗くと簞笥類はことごとく倒れ、押し入れの襖《ふすま》も外れて衣類や布団が散乱している。台所は梁《はり》が落ちて壊滅状態だった。

サキが典子の名を呼ぶと、「助けて」というか細い声が聞こえた。

なんと、三枝母子は下敷きになっていたのだが、なんとか救い出すことができた。軽傷ですんだのは不幸中の幸いだったものの、三枝家は女所帯だけにこのまま放っておくわけにはいかない。しかし、家の修繕と片づけには数日かかるかもしれない。完全にとはいかなくても最小限の修理と重量物の片付けだけするとしても、一日いっぱいはかかりそうだ。その作業に関わればとても定刻までに刑務所へ戻ることはできないだろう。

達也はどうすべきか迷った。

二十四時間の期限付き解放という事情を知っているサキは、兄がどういう選択をするのか達也の顔色をうかがっている。

達也はうーんと唸ってから、

「できるだけのことは、やってみよう」

とつぶやき、片付けをはじめた。三枝母娘とサキも加わり、居間だけはなんとか整えた。


三枝家からの帰路、達也の思考は目まぐるしく揺れた。

〈自分は無実なのだから服役したとはいえ犯罪者ではない。しかし午後六時半までに刑務所へ戻らなければ、今度こそ逃走罪で本物の犯罪者になる。椎名典獄と山下看守の厚い信頼を裏切ることにもなる。

かといって自分が手を貸さなければ、三枝親子は家の中で夜を明かすこともできない。窮状にある善良な人を見捨てることこそが、本物の犯罪ではないのか……〉

家に帰り着いた達也は、野菜の煮物に分厚い出し巻き卵、作りたてのみそ汁という母の心づくしの料理を前にして事の次第を報告した。

すると、それまで黙っていたサキが突然畳に手をつき、達也の目を見て涙ながらに訴えた。

「お兄様、わたしのわがままな願いをどうかお聞きください。典子さんとお母様を助けていただきたいのです。横浜への帰りが遅れれば、お兄様がお困りになるのはよくわかっています。でも、お兄様……。もし、典獄様が事情をお知りになれば、きっと……『人助けをせよ』とおっしゃるのではないでしょうか」

サキの話はもっともに思える。達也は母の顔を見た。

静は口元に、ほのかな微笑をたたえていた。

「そうか、そうだな。逃走罪に問われても刑務所からの帰りが一年遅くなるだけのことだ。困っている一家を見捨てることのほうがよほど罪深い」

「ありがとうございます、お兄様。けれども典獄様にはお帰りが遅れる理由をお知らせしなければなりません。お兄様は逃げるわけではないのです。理由を手紙にお書きください。わたしが必ず定刻までに典獄様にお届けします」

「何を言う。ただでさえこんな物騒な折に女のお前を横浜まで行かせられるものか。手紙などなくても、あの典獄様ならばきっとわかってくださる」

「達也さん！」

母・静が厳しい口調で二人の話し合いに割って入った。

「達也さん、あなたの考えは、ひとつは正しいけれど、もうひとつは間違っています。サキの願いを聞いて、一年刑が増えてでも友達ご家族を助けようというあなたの決意は母も誇りに思います。ただし、典獄様との約束は別物です。約束をたがえる以上、どんなことがあってもその理由をお伝えしなければなりません」

「でもお母様、サキ一人では……」

「いいえ……」

静は、達也に言うと、サキの方に向き直り、

「サキさん、兄上は犯罪者になる覚悟であなたの願いを聞き届けてくれました。あなたは兄の身代わりとなって六時半までに手紙を届けなさい。兄と、この母の名誉を担って横浜へ行くのです。できますね」

と、厳しい表情で語った。

「はい、お母様」

サキは目を見開き、大きく頷いた。

達也は道中の想像がつくだけに大いに心配だったが、それ以上は反論しなかった。母とサキの性格からすれば、この強い決意をもはや変えようがないと知っていたからである。そして、サキならば無事に役目を果たしてくれるだろうという確信めいた気持ちも生まれていた。

それぞれにやるべきことが決まり、三人は晴れやかな表情で食卓に向かった。達也は久しぶりの母の手料理に心おきなく舌鼓を打った。

食事が済むと達也は机に向かい、引き出しから便箋と封筒を取り出して手紙を書きはじめた。椎名典獄と山下看守あての二通である。サキはすでに出発の準備を整えていた。

「サキ、大丈夫だな」

「大丈夫です。学校の制服を着て行きます。身分を明らかにしておくほうが、何かあったときに役立つと思います」

サキは自信たっぷりに言う。

「わたしが街道まで送りましょう」

静が笑顔で言った。

「わかりました。お母様、お願いします。サキ、もう一度よく聞いてくれ。六時半が刻限だ。それまでに刑務所に行ってほしい。淵野辺《ふちのべ》に出て八王子街道を南下して町田、川井を通って保土ケ谷に入りなさい。道が陥没や橋の落下で通れないときは、できるだけ広い人通りのある道、あるいは横浜線の鉄路、または水道みちを通りなさい。横浜市内の大岡川と中村川を渡ったら根岸の堀割川を目指す。わかったね。堀割川まで行けば刑務所はすぐだ。川沿いの電車道は線路が浮き上がり、地割れもしているから気をつけなさい。刑務所の煉瓦の高い塀は崩れて、広い敷地は瓦礫の山になっている。そこに柿色の囚人服を着た大勢の人たちがいる。帽子を被り白い詰め襟の服を着た警察官のような恰好《かっこう》をしている人が看守だ。その中に、山下信成という看守さんがいるから、これから書き上げる手紙二通を渡してほしい。必ず直接渡してくれ。横浜刑務所までは、一〇里ぐらいある。頼んだぞサキ」

「はい。山下さんですね。任せてください」

サキは唇をすぼめ、引き締まった表情をつくった。

十二時半、三人は家を出た。サキが肩に掛けた学生カバンには、水筒と手ぬぐい、達也が使っていた実父の形見の懐中時計、達也が認《したた》めた典獄と山下あての封書が入っていた。

サキと母は急ぎ足で淵野辺に向かいはじめた。平坦な道を三キロほど行くと、八王子街道に出た。

サキは母と別れて横浜方面に向かう。なるべく行けるところまで急ごうとサキは走りはじめた。人の流れに逆らう形だ。横浜市内から避難の人たちが大勢下ってきているのだ。

村の境と思われるあたりには天幕が張られ、救護所あるいは案内所の看板が立てられていた。炊き出しの煙が立ち上っているところもあった。なかには自警団や在郷軍人が通行人に目を光らせている所もある。

「横浜刑務所の囚人が武器を手にして大挙北上している」とか、「朝鮮人が井戸や水道に毒を投げ入れ、商店を破壊して金品を強奪するなど悪行の限りを尽くしている」あるいは、「社会主義者が放火している。朝鮮人や囚人と呼応して首都と横浜を混乱に陥れている」といったことがまことしやかに流布されていたからだ。

サキは見張り所を通過するたびに呼び止められた。大概は善意、好意に基づくもので、女学校の制服姿だったから大事にされた。

八王子街道は横浜に近づくにしたがって避難する人たちが増えてきた。大八車にリヤカーが数珠つなぎでやってくる。満載の荷物が荷崩れを起こすと、流れが止まってまったく動けなくなる。サキは何度も身動きの取れない人ごみの中で立ち往生した。

それでなくても、人波をかき分け逆に進むのだから、流れが止まったら最悪だ。五分、十分……。容赦なく時は進む。押し戻されることもある。横浜線の原町田駅を知らせる矢印付きの看板がある場所で、また動きが止まった。

サキは時計を見た。二時半だった。まだほんの数キロほどしか来ていない。

サキは必死に前に進もうと頑張った。

「すみません。六時半までに根岸に行かなければならないのです。通してください」

華奢《きゃしゃ》な女学生の懇願は通じた。皆、渾身《こんしん》の力を込めてサキが抜けられるだけの小さな隙間を作ってくれた。中には一〇メートルばかり先導してくれた法被《はっぴ》姿の男もいた。

サキの前に道が開けたのは、三時近くだった。サキは走った。四時過ぎに川井宿《かわいじゅく》あたりの小さな町並みに入った。避難してきたと思われる老女の持っている風呂敷包みを目の前で奪い取った男を見た。ほんの五、六メートル先で起こったことだ。サキは無意識で道を塞ぎ、風呂敷包みを取り返そうと手を伸ばした。男の体当たりでサキは弾き飛ばされた。必死の形相をしたその男の血走った目が、振り向き様こちらを睨みつけたとき、サキは「ドロボー！」と、叫んだ。

「ドロボー！　捕まえて！」

サキは絶叫した。男が転び、数人の男たちに取り押さえられた。

サキは呆然と立っている老女に声をかけた。

「おばあさん、大丈夫ですか？　お怪我はありませんか？」

「なんてことを！　あれがなければ暮らしていけないよ」

握り締めた手は震え、腰の力が抜けたように、その場にしゃがみこんでしまった。

「大丈夫、捕まえてくれましたよ」

サキは老女を立たせると、ひったくりを取り囲んでいる男たちの輪に近づいた。

「これ、婆さんのか？」

中年の男が風呂敷包みを差し出した。

「ありがとうございます」

老女は腰を深く折って頭を下げ礼を述べた。

「あんたのおばあさんか？」

「いいえ」

「これは驚いた。あっしはあんたが取り返そうとしたところも全部見ていた。いやあ、こんなときに勇気のあるお嬢さんを見て元気が出たよ。婆さん、この娘さんに礼を言うんだな」

周囲に集まった人垣から歓声が上がった。サキは頬を赤らめて、

「六時半までに根岸に行かなければならないので、失礼します。このおばあさんを送って差し上げてくださいませんか」

と、言って男に頭を下げた。

「根岸か……。そりゃあ急がないとな。お嬢さん、このままこの街道を行ったら、白根《しらね》のあたりで突き当たるから、それを右に一〇町ほど行ったら保土ケ谷に向かいなさい。道標が出ているからわかるはずだ。山道だが二里半ほどで中村橋に出られる。そこまでたどり着けば、根岸はすぐだ、堀割川を下ればいい。左に曲がって、このまま八王子街道を行ったら、まだ火がくすぶっている瓦礫だらけの市内に入ってしまうから、道は狭くなるが右に曲がるんだよ」

「ありがとうございます」

サキにとって今、最も知りたい道案内だった。男は腕時計を見た。

「おお、早く行きなさい。今は四時二十分だ。山道だから厳しいかもしれんぞ。とにかく気をつけてな」

サキは丁寧に頭を下げた。走り出したサキの背後で、もう一度励ましの声がかけられた。

そのころ、解放囚・青山敏郎は、まだ火焔が方々で上がっている横浜市内にいた。前夜、家族の無事を確認してほっとした気分ではあったが、友人知人が住む地を回りながら、福田達也と別れた河畔に向かおうとしていた。

ひょっとしたら福田の兄貴と会えるかもしれない、会えたら一緒に刑務所に戻ろうと考えていたのだ。避難民や家族の安否を確かめに来た群衆に揉まれながらの帰路は難渋した。おまけに飲み水の携帯がなかったので、喉の渇きが耐えがたいものになっていた。

それでも六時半の刻限に間に合うよう速度をゆるめずに歩いていくと、人の波が途切れた道端に落ちている金属製の水筒が目に入った。

誰かが落としたか置き忘れたもののようだが、手で振ってみるとまだ十分に水が残っている。思わず一口いただいてしまおうと栓を回したが、すぐにその考えを振り払った。刑務所で福田達也と出会って以来、他人の物には決して手を出すまいと心に固く誓ったのである。

進行方向を見ると中年の男が風呂敷包みを首にかけて歩いて行く。包みがほどけかかり中の荷物が半分はみ出ているようだった。青山は水筒がその風呂敷包みから落ちたのだろうと見当をつけ、男に届けようと走りはじめた。

その途端、後ろから強い力で襟首をつかまれた。

「おい、人様の水筒をどこへ持っていこうというんだ」

青山が振り向くと、いかつい大男が怒気をみなぎらせている。

「あの人に……」

襟を締められてかすれ声の青山は歩いて行く風呂敷包みの中年男を指さした。だが、当の男は青山が指さす方向を見ていなかった。青山の顔をしげしげと覗き込み、次に大声を発した。

「お前、コソ泥の青山じゃないか。刑務所へ入ったくせにまだ懲りていやがらねえ」

男の顔に見覚えはなかったが相手は自分を知っているらしい。今までの愚行のツケが回ったのだ。

「たっぷり焼きを入れなきゃ手癖の悪さは治らねえようだな」

勝ち誇ったように男が叫ぶと、周囲にぞろぞろ人が集まってきた。焦りと恐怖で顔をこわばらせた青山は、襟首をつかまれたまま声もない。そのまま道路わきの空き地に引きずられていった。

見物人の中から、殺気をみなぎらせた男たちが十数人、後に続いた。


サキは時計を見た。四時四十五分だった。分岐に来て迷わず右に曲がった。左手の二、三キロ先には小高い丘と山が幾重も連なっているように見えたからだ。

およそ五分走って左に曲がった。山道までの平坦な田畑が広がる道を十五分で走った。坂道になった。行く手に黒煙が上がっていた。サキはかまわず登っていった。

しばらく行くと近隣住民だろうか、二家族が荷物を抱えて下りてきた。

「おねえちゃん、こっちはだめだ。火事だから、みんなと一緒に逃げないと」

小学生の男児が両手を広げてサキを止めた。

「六時半までに根岸へ行かなければならないの。どうしよう。ほかに道はないの?」

「ここから先は行けないよ」

男児の母親が返答し、事情を説明してくれた。放火があり、山火事になるおそれもあると言った。地震で裏山が崩れ幼子二人を家もろとも埋められた母親が発狂し、近隣に火を点けてその中に飛び込んだというのである。

「この先には根岸に行く抜け道はないね。来た道を戻れば小学校に行く道があるから、そこを行きなさい」

サキは振り向いた。

「おねえちゃん、俺がそこまで行ってやるよ」

男児がサキの手を引いた。サキは坂道を下った。遅れをとり戻そうと、バタバタと大きな音を立てて走った。黒い短靴は乾いた土を蹴って砂埃《すなぼこり》をあげる。

男児に礼を言ってつづら折りの道を走った。また、地鳴りがした。足元が大きくグラグラと横に揺れる。思わず立ち止まってしゃがんだ。

左側前方にある表土を剝ぎ落とされた山肌が目に入った。巨岩がひとつころげ落ちた。さらに間伐材が数本、御柱祭《おんばしらさい》のように山肌を滑って大きな音を立てて岩の上に落ちて転がった。

サキは山道に入ったことを後悔した。山道で遭う地震がいかに危ないかということを知った。戻ることもできず、刻限までの到着を諦めかけた。

先が見えず気力も萎えそうだ。暑さと喉の渇きは限界をとうに通り越している。水も残り少ない。サキは兄の顔を思い浮かべて、歩き始めた。なかなか山の傾斜を抜けられない。道を間違ったのではないかと、不安を感じながらも、歩き続けた。

下界が見下ろせる場所に立ったのは午後五時四十分だった。サキは集落に向かって、どんどん山道を降りる。視界は大きく開けている。末広になっている横浜市内は、ほぼ全部が灰塵と化し、大きな火柱を上げて燃えているところが点々とあった。道端に立って市内を見下ろしている初老の男に会った。

挨拶をすると男はサキを呼び止め、

「女学生が一人でどこに行くのか？　その服の様子ではずいぶん難儀してここまで来たのだな」

と、いかにも気の毒に、という表情で言った。サキは根岸に向かっていると説明した。

「鎮火にはまだまだかかる。あれとあれが石炭置き場で、こっちは重油のタンク。ガソリンタンクは大爆発を起こして燃え尽きた。多少でも煙が立ち上っているところは、絶対に踏んではだめだよ。中は火の塊かもしれないからね」

男は心配そうな表情を変えなかったが、精一杯、励ましてくれた。

「根岸まではあと一里ほどだ。頑張って！」

山道は想像以上に時間がかかった。間もなく六時になる。

焦土と化した大地だから、遠くから見れば、川だけはくっきりと悠々と海に伸びていた。大岡川と中村川の合流地点に折れ曲がった橋がかかっている。サキはそこを目指し河畔を歩いた。

川面は想像を絶する惨状だった。視界に入る数キロにわたって死体で埋め尽くされていたのだ。サキは大岡川の土手を下流に向かって早足で歩いた。対岸の木々はすべて幹や枝を焼かれ、どうにか地面と接する部分だけが残っていた。かたわらには、もう年齢も男女の区別もわからない、黒い蠟《ろう》人形のような遺体がいくつもあった。

サキは手を合わせ「成仏してください」と心の中で念じた。

それでもしばらくすると遺体に目をやる回数は減っていた。あまりにも多くて目が慣れたというか、遺体が被災地の情景の中に溶け込んだ単なる物になっていたのかもしれない。

大岡川を渡るためにはここしかない。サキは、意を決した。崩れた橋を足場にして堤防をおりた。靴を脱ぎ、紐を結束しカバンに下げる。靴下も脱いでカバンにいれた。

そっと足先から水に入った。疲れた足にはたまらない。何と気持ちがいいことか。これなら大丈夫と勇んで渡りだした。ところがゴツゴツした石を踏むので素足ではとても歩けない。三、四歩進んで戻ってくると、靴下を履き、靴を履いて紐をきつく締め直した。

「そこで何をしているんだ。この川は深いから入ったらダメだ！」

背後で大声がした。

サキは、自分が兄から大切な手紙を預かっていることを思い出した。手紙を水に浸《つ》けたら何しに行くのかわからなくなる。

サキは、「わかりました。ありがとうございます」と、返事をすると土手を登った。

注意してくれたのは着物姿の中年夫婦だった。

「どこに行くの？」

夫人が言った。

「刑務所です」

「あなたが刑務所!?　どこから来たの」

「溝村です」

「まあ、ずいぶん遠くから。知り合いがいらっしゃるの？」

「はい、看守の方に会いに行きます。六時半までに行かなければいけないんです」

「あなた……」

夫人は夫に答えを求めた。

「川を渡るなら、ずっと上流に行くか、下って中村川との分岐点まで行って、壊れた橋を上手《うま》く渡るしかないな。急ぎでなければ、上流をすすめるのだが、時間がないから橋を渡るんだな。お嬢さん、物騒になっているから、とにかく気をつけて行きなさい」

主人が橋の方向を指差してから、まじまじとサキの顔を見て言った。

サキは二人に礼を述べて、橋に向かった。気力をふりしぼって、駆け出した。もう刑務所はすぐそこだ。

「もう少し。しっかり」と声に出して自分を励ます。橋は難なく渡ることができた。サキは時間を気にしないことにした。無心になって人影が点々と続いている土手の上を歩くことにした。手ぬぐいを持ち、汗を拭き、時々異臭を嗅がないようにと鼻に当てながらまっすぐ前だけを見て歩いた。白いブラウスは汗と塵にまみれすっかり汚れていた。いかにも疲れきったという表情の人達と行き交う。

サキはすれ違った若い男三人が方向を転じて、そっと後をつけているのには気づいていなかった。間もなく堀割川という地点で、怪我をして、もがき苦しんでいる一人の男を見つけた。行き止まりになっているのか、人通りのない土手下の大道のほぼ中央にいたのだ。男は兄と同じ色の服を着ていた。サキは、迷わず駆け下りた。

酷《ひど》く汚れた囚人服を身に着け、剝き出しの手足や首筋には乾いた血糊がこびりついている。男は水筒泥棒と疑われてリンチまがいの暴行を受けた青山敏郎だった。

青山は集団で焼きを入れられた後、刑務所に戻ろうとここまでやってきて力尽きたのだった。サキに声をかけられた青山は力をふりしぼって起き上がり胡座《あぐら》をかいた。目の回りは黒ずみ、唇は倍以上に腫れ上がっている。

サキはハンカチに水筒の水を垂らし男の顔を拭いた。男の視線は水筒に注がれたままだ。

サキは黙って水筒を差し出した。

「えっ⁉　……いいのか」

青山は水の量を確かめてから、遠慮気味に少量を飲んだ。

「おいしかった。生き返ったよ。ありがとう」

「全部飲んでいいのですよ。兄と同じ服を着ていらっしゃるから事情はわかっています。刑務所はすぐですから」

男は両手で拝むように水筒を持ち、渇き切った喉をゆっくり潤した。だが、やはり水を全部飲み干すのはためらわれた。

「これから刑務所に行くのかい」

「ええ、兄の代わりに六時半までに……」

「兄さんの代わりに！　君はどこから来たんだ」

「溝村です」

「溝村……、ひょっとして福田さんの妹さんか？」

「兄をご存じなのですか」

サキは不思議な縁に驚いて目を輝かせながらも、はっと気づいて時計を見た。時刻は六時二十分を指していた。

「兄は私の友人を助けるため、時間までに帰ることができないので私を使いに出したのです。一日だけ身代わりです」

「そうか……。僕は兄さんの友人の青山という」

生気を取り戻した青山は笑顔をつくった。

「もう時間です。一緒に行きますか？」

「………」

青山は即答できなかった。逃走の罪を覚悟で人助けをする福田達也の男気と、その兄のために危険を冒して単身遠路をやってきた妹の勇気に、やるべきことを気づかされたのだ。

〈福田の兄貴は他人のために一年の刑を引き受け、この女学生は刻限までに刑務所に行かなければならないのに自分を助けに来てくれた。それに比べ、自分はどうなんだ〉

青山は倒壊した家屋の残骸で腰から下が埋まり、ぐったりした老人の顔を思い出していた。刑務所への帰還を遅らせるわけにはいかず、そのうち誰かが助けるだろうとやり過ごしてきたのだ。

青山はサキと一緒に土手に登った。

「大事な水をありがとう。僕は後で帰る。もう行きなさい。あそこを右だ」

青山はサキに別れを告げてから、「そうだ！」と言ってサキを呼び止めた。

「その水筒を貸してください。残っている水で人助けができるから……」

サキは、どうぞ、と微笑んで水筒を差し出した。

「ありがとう。気をつけて行きなさい」

青山はサキに丁寧に頭を下げると、市内に向かって走った。道に倒れていたのが嘘のように元気を取り戻している。

サキは、青山の背に手を上げてから南に向きを変え路面電車が通っていた道に下りた。囚人服を着た男たちが後方から走ってきて、サキを追い抜いていった。サキは彼らの後を早足で追った。根岸橋が見えるあたりまでくると、道路際に縦にまっすぐ伸びる瓦礫の山の中ほどで、右に向きを変え姿を消した。あと一〇〇メートルほどの地点である。

〈間違いない！　刑務所の入り口だ〉

サキは目的地が見えた喜びで走る気になった。最後の力を振り絞って走ろうとしたときに、左右の腕をつかまれた。若い男二人に腕を組まれ、抱え上げられて半壊した民家に運び込まれた。

青山と出会う少し前から、サキの後をつけてきた三人の男たちだった。

サキは大声を上げて二度、三度助けを求めたが手で口を塞がれた。人の流れが、ぷつりと切れた間隙《かんげき》でその声は誰にも届かなかった。

カバンを開けて物色する男が、「なんだ、こいつは⁉」と言って、典獄と山下あての封書を破るように開封し、中に金が入っていないのを確かめてから、荒々しくカバンに投げ入れた。物盗りと強姦目的の拉致《らち》だと想像し、恐怖に震えていたサキは、悲鳴ともつかぬ大声を上げて暴れると、男の手を振りほどいた。カバンを取り返し、胸にしっかり抱きしめて、さらに大きな声を上げる。

黙らせようと口を塞がれたが、今度は男の指に噛み付いた。

恐怖に勝《まさ》った怒りは、サキの頭を冷静にさせていた。

〈六時半という刻限にギリギリ間に合っていたかもしれないのに……〉

凜とした気迫は男たちの動きをためらわせる。隙をついてサキが逃げ出そうとした刹那、囚衣を着た男たちがなだれこんできた。刑務所に戻る解放囚の集団が女の叫び声を聞いて、助けようと手に棒きれや石を持って飛び込んできたのだ。

サキは五人の解放囚に護られて、刑務所にやってきた。そこは塀もなければ、何ひとつ建物も残っていなかった。

入り口だったと思われる場所には、二人の看守が立っていた。サキを助けた囚人たちが、口々に事情を説明した。

「暴漢は？」

という問いに、囚人のうちの一人が、

「三人の男たちは堀割川に飛び込んで逃げました」

と説明した。看守たちも「それは大変だったね」と、サキをいたわった。

「私は、解放された福田達也の妹のサキと申します。山下信成さんという看守さんはいらっしゃいますか？　兄から手紙を預かってきたのですが」

二人の看守は顔を見合わせた。そして年長の看守が笑顔で、「今、呼んできてあげるから待っていなさい」と言って五人の囚人を連れて奥に向かった。刻限が過ぎているのに、次々に帰還する囚人たち。サキがその方向に視線を向けていると後ろから声をかけられた。

「福田達也くんの妹さんですか」

サキはハッと振り向く。

「…………」

「私が山下です」

「はじめまして。福田達也の妹、福田サキと申します。兄の依頼で参りました」

サキはようやく責任を果たせた達成感で胸が高鳴った。

「福田達也君に何かあったのですか？」

「手紙を預かって参りました」

「溝村から歩いて……」

「はい」

「遠いところよく無事に来られたね。今もそこでたいへんな目に遭ったと聞きました」

山下はサキに優しく語りかける。サキは山下の視線を受けて、酷《ひど》い姿の自分に気づいた。ブラウスはボタンがはじけているし、黒い革靴は埃で汚れた上にいくつもの掻き傷ができていた。白い靴下は煤《すす》と土埃で黒ずみ、両膝には擦り傷があり血が滲んでいた。

サキは恥ずかしさで小さくなり、カバンから手紙を取り出した。

「何時ごろ出てきたの？」

「十二時過ぎでした」

「道路がまともでも六時間あまりで歩く男は少ないだろうな。いや、びっくりした。よく頑張ったね」

やさしい言葉かけに、サキの緊張の糸は徐々にほぐれる。褒められているようで嬉しかった。兄が信頼しているだけあって、いい人に違いない。

「時間に合うようにと、たくさん走りました。でも間に合いませんでした」

サキは懐中時計を見て悲しそうな顔をした。時計の針は七時十分を指していた。

「時間は典獄殿の時計で見る。私にはわからない」

山下は腕時計を一瞥《いちべつ》して笑った。

「兄からお渡ししなさいと言われたものです。でも、今そこで破られてしまいました」

サキは達也から渡された二通の手紙を取り出して、山下あてのものを手渡した。

「これで十分だ。立派に使いを果たしてくれて兄さんも喜ぶだろう」

山下は目の前で手紙を取り出した。

山下信成看守殿
私、福田達也は、建物の補修、人命救助に当たっています。
期限の二日午後六時半には帰還できません。
明日中には必ず帰ります。しばしの猶予をお願い申し上げます。
もちろん、帰還後　逃走の罪で処罰されても異存ありません。
大正十二年九月二日
第六工場　八八七番　福田達也

追伸　本書を届けた者は　私の妹サキです。
まことに恐縮ですが、

今夜はお側に置いて保護していただきたくお願いいたします。

椎名典獄殿

「これもお願いします」

サキは椎名典獄あての手紙を山下に渡した。山下は宛名を見てから、

「これは、君が直接典獄に渡しなさい。さあ、行こう」

と言って手紙を返すと、先に立って歩き始めた。

サキは刑務所の敷地に足を踏み入れた。瓦礫の山と化した刑務所の中は、あちこちにバラックが建てられ、病人を収容する仮《かり》病棟、警備本部、食料と飲料水を置く仮倉庫などに使われていた。これらは、構内と官舎地帯から廃材をかき集め、建てたものである。余震が収まるまでは日差しと雨を凌《しの》ぐ程度の簡易なものということで、丈夫な柱に軽い屋根を乗せただけで腰板もない造りにしてある。

椎名典獄は警備本部にいた。山下が事情を説明すると、椎名は席を立ってサキの方にやってくるではないか。サキは緊張で身体を固くした。

「はじめまして、福田達也がいつもお世話になっております。妹のサキです。兄の代わりに参りました。兄の手紙ですが、私の不注意で破られてしまいました」

「今、山下君から事情を聴きました。拝見しましょう」

椎名は優しい笑顔をサキに向けてから手紙を開いた。

一囚人が典獄殿に手紙を差し出す無礼をどうぞお許し下さい。

事情は山下看守殿の手紙に認《したた》めてありますが、急務により、二日午後六時半の期限には帰れません。

解放の際の典獄殿のご訓示は一言一句すべて脳裏に刻まれておりますが、しばしの猶予を賜りたくお願い申し上げます。

明日には必ず戻ります。帰所後、逃走罪で処断されることはもとより覚悟いたしております。

大正十二年九月二日

第六工場就業　八八七番　福田達也

「お兄さんの願い出はよくわかりました」

椎名は手紙をたたんだ。

「兄が戻るまで私をここに置いてください」

サキは椎名の顔をしっかり見て言った。

「…………」

椎名は答えなかった。

「典獄殿、妹さんは六時半までに必ず着くようにと言われ、お兄さんが逃走の罪になったのではないかと心配しています。典獄殿の時計が基準だと申しましたので確認してやってください」

山下が直立不動の姿勢で言った。

「そうですか。では……」

椎名は懐中時計を上衣のポケットから取り出した。

「おお、間に合った！」

椎名はサキに時計を見せた。サキの顔が瞬時に嬉しそうな笑顔に変わった。何と、針は六時半丁度を指していた。

「サキさんが時間内に到着したことは、お兄さんも喜ぶでしょう。ところで、お兄さんの身代わりといってもそれは認めるわけにはいきません。お客様ということで今夜はお預かりしましょう」

「…………」

サキは返す言葉が見つからなかった。

「ここで寝かせるわけにはいかないから、官舎に泊まりなさい」

「あのう……。すみません、私は……」

「心配はいらない。疲れているようだから、今夜はゆっくり休みなさい」

椎名は妻への伝言を半紙に認《したた》めると、影山文書主任に手渡し、サキを典獄官舎に案内させた。

大桟橋

河野和夫《かわのかずお》は北の方向・横浜市内に向かう囚人の群れの中団にいた。ゆっくり歩く流れがもどかしく、かき分けながら先を急いだ。

「この野郎、何しやがる！」と肘を張る者もいたが、割り込む男が河野だと知ると「これは失礼しました」と道を開けた。

河野は解放される前も、北の空を見て心を痛めていた。火災が収まるどころか黒煙が立ち上る範囲は広くはげしくなっていた。地響きを感じ、地震かと思った途端にドカーンという爆音がした。地震ではなかった。石油タンクが爆発したのだ。

国際港横浜は船舶の燃料である重油、石炭を大量に保管している。それに火が回ったら、二日や三日では鎮火しない。野積みされた石炭なら一週間以上燃え続けるだろう。河野は外国航路の機関人夫だったから横浜港には何度も入港した。積み込まれる黒光りする石炭の山を思い描き、その火力と高熱を思い出した。

〈信子は無事だろうか〉

刑務所から真金町《まがねちょう》遊郭は近い。中村橋を渡れば三十分余りで着く距離だ。

河野は陸《おか》に上がるたびに土産を持って信子の廓《くるわ》に上がった。郷里が近かったということもあって話がはずんだ。あの過ちがなければ、今ごろは信子を身請けして船も下りて幸せに暮らしていただろう。河野は一刻も早く真金町の様子を見たいと焦っていた。

中村橋の手前で囚人たちの動きが止まっていた。橋は落ちているが堀割川は川幅が狭いので渡ろうと思えばたやすい。だが、思ったとおり、燃え盛る石炭の熱風で先には進めそうにない。

囚人たちの群れは中村川の上流、大岡川と合流する西に向かう者を除いて大きく反転した。刑務所の近くまで戻り、そのまま磯子の海岸を目指す者、東に向きを変えて根岸の競馬場方面に向かって斜面を登る者、西に向かって保土ケ谷、戸塚方面に向かう者という三つの群れに分かれた。河野は根岸競馬場方面の高台に登った。山手《やまて》あたりから下りられそうな斜面を探し、真金町あるいは石川町あたりに出ようと考えたのだ。

眼下に広がる市内の火勢は想像をはるかに超えていた。河野は旋風を見た。焼けたトタン板は回転しながら地上はるか一〇〇メートルぐらいまで吹き上げられる。火の手の延焼がないのに、樹木が次々に発火する。高台の山手も広く火に包まれていた。大岡川沿いの高台も火の海だった。河野は進路を市街に当たる北西に変えた。

「信子！　待っていろ。すぐに助けに行く」

河野は斜面を登る辛さに打ち勝つために女の名前を呼んだ。刑務所生活でなまった足腰は悲鳴をあげている。河野は、信子とひしと抱き合う姿を想像しながら夕闇が迫る高台の道を歩き続けた。

木々が根こそぎ倒され視界が開けた場所に来た。市街地が眼下に広がっていた。油槽所と石炭置き場の猛火は、巨大なかがり火のように市街地を浮き上がらせている。

「なんということだ！」

河野は頭を抱えた。所々にビルが姿を留めているが、黒煙と火焰に包まれ、瓦礫で埋め尽くされ廃墟と化している。記憶に残る遊郭の情景を思い出しながら、焼け残った建物に目を凝らした。黒い板塀で囲まれた廓は、ちょうど刑務所構内の半分くらいの広さだったが、あそこにも石造りの建物がひとつか二つはあったような気がする。

信子に聞いた話では、真金町には自分と同じような女が何百人もいると言っていた。

「河野さん、きれいな人も大勢いるのに私を選んでくださってありがとうございます」

二度目に高楼にあがったとき、信子は両手をついて頭を下げ、頬を濡らしたのだ。塀で囲まれ出入りを厳しくしていた廓だから、ほとんどの者が焼け死んでしまったろう。

後に横浜市が調査した真金町娼妓の死者は二七二人で、全員が圧死または焼死だった。一方、東京・吉原の娼妓の多くは、いったんは近くの池に逃げ込んだが熱風によって窒息死に至り、池は死体であふれた。娼妓の遺体は四九〇体だった。

河野はもうどうにでもなれ、という気持ちになった。自暴自棄という自己本位の無責任な感情ではない。自らを痛め苦しめ、積極的に命の危険に晒《さら》して信子への償いをしたいと思ったのだ。河野はとにかく廓のあった場所に行こう、そこで焼け死んでも構わないと崖を下りはじめた。足を踏み外したら死ぬかもしれない。そんな意識は頭の中にあったが、怖くはなかった。二〇〇メートルくらいはある急斜面を常識では考えられない速度で下った。

くすぶる建材、焼けた瓦、尖った瓦礫。そして燃え盛る炎の中を河野は突き進んだ。見慣れた土蔵と石造りの二階屋を目指した。

不思議なもので、熱風を浴び、焼ける瓦礫を踏んでも熱さは感じなかった。

間違いない、ここが廓の跡だ。遺体が無数に横たわっている。何を着ていたのかもわからなければ、性別もわからない。河野は南無阿弥陀仏を唱えながら歩いた。

鎮火した廓の周辺一帯には幾人もの人影が見える。火炎から逃れ、生き延びて戻ってきた人たちかもしれない。すっかり日が落ちているのだが、ハマの吉原と言われたこの一郭だけは赤い夕日に照らされているような陰影を見せていた。河野は信子のいた高楼のあたりで平らな地面を見つけ崩れるように膝をつき、仰向けになって空を見上げた。

立ち上がる煙は大火を映して赤黒い。

あの日、まっすぐここにくればよかったと、船員と見ず知らずの水兵との喧嘩に巻き込まれ乱闘になったことを改めて悔やんだ。金は奪われ、おまけに逮捕されて傷害の罪で刑務所に放り込まれてしまった。よくもだらだらと生きながらえてきたものだ。たまらず「この役立たずが！」と口にし、跳ねるように勢いよく立ち上がった。

足は自然に港に向かった。いつの間にか河野を知る解放囚が五人ついてきた。

横浜港沿いに建ち並んでいた美しい煉瓦造りの商館群は無惨《むざん》にもすべて崩れ落ち瓦礫の山になっている。桟橋はどれも原形を留めていなかった。船に救助を求めてきたのか大桟橋の入り口付近には数百、いや一〇〇〇人を超す人々が海上をながめて座り込んでいた。

〈これでは救援船が入港しても岸壁に着けられない。おそらく夜が明ければ湾内に停泊している船から救援の品が届けられるはずだ〉

河野は訳もなくこみ上げる熱い思いに奮い立った。船員魂に火がついたというべきなのだろう。自分でも一本芯が通った男になったような気がした。

傍らにいる解放囚に、

「ここで夜を明かそう。朝になったらえらいことになるぞ」

と言って笑った。

「えらいことって何ですか」

古株の稲村幸吉《いなむらこうきち》が聞いた。

稲村は洋館を専門に狙う義賊だと自慢話をする男で、河野と同じ炊所で就業する調理担当炊事夫である。男気に富んでいる河野とはウマが合う。おまけに外国航路の船乗りだったと知ってからは尊敬することしきりで、「火夫《ボイラーマン》の河野さんは、ただものではない」と言いふらすので、河野和夫はいつの間にか横浜刑務所の全受刑者が一目置く存在になっていた。

「めしにありつけるかもしれない。もっとも、しっかり働けばだが」

「河野さん、めしって……」

大工の山田健太《やまだけんた》が大声で言った。刑務所でも「腹が減った」が口癖の若者だから食べる話になり元気になったのだろう。電工の和田と左官の鈴木も目を輝かせた。三人は営繕工場の就業者で構外作業にも就ける模範囚であった。もう一人の同行者、板前だったという加藤は避難民の群衆の中に居て、母親の背で泣く赤子をあやしていた。

河野は石油タンクから流れ出た重油が燃え盛っている桜木町方面から視線を徐々に右に移す。横浜港を波浪から守る弧を描く防波堤はことごとく水中に没していた。灯台が用をなしていないので、港内への進入は昼間でも熟練と経験がいるようだ。港の外に一〇〇隻くらいの船が停泊しているのが見えた。

船乗りだった河野には出港せずに停泊している意味がわかる。未曾有の災害にあった港町と人々を見捨てられないのだ。これが船乗りの共助の精神であり、救難者を命懸けで助けるという基本的なモラルなのだ。

おそらくすべての船が飯を炊いている。朝まで少なくとも二、三回は蒸気釜で飯を炊くだろう。問題は陸揚げである。桟橋はすべて大きく破壊されていて船をつけられないから、通常ならば艀船《はしけぶね》を使う。艀船がどれだけ無事かわからない。おそらく各船備え付けの救命ボートも使われるだろう。

小舟からの荷揚げは一苦労だろう。波があれば命懸けということになる。いずれにしても船乗りの経験があるか、荷役の経験がないと難しい。河野は自ら引き寄せた使命感に、遊郭跡で信子を喪《うしな》った悲しみと自責の念から解放された。

夜が明けると、まずコレア丸が大桟橋に近づいてきた。県警察部長・森岡二朗が前夜乗船して、各方面に救助要請電信を打たせ続けていた船である。森岡は前夜、避難民の救助活動を指揮していた東洋汽船社員に県知事あての文書を持たせ上陸させていた。うまく連絡が取れれば、午前七時には多数の警察官が公園に参集し、桟橋に来るはずだと森岡は甲板に出て桟橋の様子を見ていた。

ところが、七時を回り七時半を過ぎても、数人の警察官しか見当たらない。どこで聞いたのか、救援物資が配られると知った市民が続々とやってくる。これでは握り飯は下ろせない。それこそ大惨事になりそうだ。森岡の指示でコレア丸は汽笛を鳴らして桟橋から離れた。人々は立ち去る船に怒声を浴びせた。

警察官と県職員がやってきて、配布場所の設営と避難民らのおおかたの整理ができたのは九時を回っていた。コレア丸から発する電信指示によって続々と港内に集まり錨を下ろす船。各々救命ボートに握り飯を積み込み、海上に下ろし始めた。

右往左往する県職員や市民をよそに崩れた桟橋に足場を見つけ、手渡しリレーで荷揚げをはじめた丸刈り頭に柿色のそろいの服を着た男たちを見て森岡は目をこすった。囚人が危険な荷揚げを手伝っていること自体が信じられなかったのだ。

内務省に入省間もない駆け出し時代、森岡は在京の刑務所には何度か行ったことがある。記憶にある囚人の印象は、信用できない悪人で特別な存在というものだった。

それがどうだ。てきぱきと統制のとれた動きをしている。それに引きかえ、県職員と市民の荷揚げは見ていられない。せっかくの飯を海に落とすし、陸に上げても無秩序に奪い取られているだけだ。警察官も多勢に無勢で目の色を変えて押し合ってくる市民を抑えきれないで混乱の中心にいる。いっそ拳銃を空に発射して混乱を鎮めようかと思った。幸か不幸か拳銃を持っていなかったのでそれはできなかったが、森岡にとって炊き出しの初日は反省しきりだった。

これでは、地方から届く救援物資の荷揚げが難しい。組織立った警察、軍隊の応援、荷役人夫の確保ができていない限り、横浜港からの救援物資陸揚げは困難だと思った。

握り飯の陸揚げは昼までかかった。最後に河野ら六人の囚人に与えられた握り飯は一人二個ずつだった。

朝鮮人を引き渡せ

「鮮人（朝鮮人）が大挙襲撃してくる」

「鮮人が社会主義者とともに、井戸に毒を入れ、放火している」

「鮮人の集団が拳銃や日本刀で武装し、避難民を襲い、強奪、掠奪《りゃくだつ》の限りを尽くし、婦女子を強姦している」

――このような流言が九月一日夜から横浜で広まりはじめたとされているが、大正十二年（一九二三）十二月から十四年十一月までの二年をかけて横浜市が調査編纂した『横浜市震災誌』第四冊には、次の記載がある。

「震災直後に於ける鮮人の最も不良性を有するものは、戸塚隧道《すいどう》（トンネル）工事に従事せる二百名、横浜刑務所より解放せられし四・五百名のものにして、主として横浜市西部高地森林内に在りて諸所に不正行為をなしたるの形跡あり……」

これが市の公文書というのだから呆れる。横浜刑務所に収監されていた「鮮人」は四、五百人どころか一人もいなかったのだから。

入念に調査したはずの横浜市の公式記録でさえこうした誤謬《ごびゅう》に満ちている。しかも唯一のマスメディアであった新聞までが各紙続々と朝鮮人暴動の誤報を垂れ流した。

激震と猛火で大量の無惨な死に直面した人々が異常な心理状態にあった震災当時、朝鮮人に対する日ごろの差別感情と蔑視の後ろ暗さが憎悪と恐怖に変わり、根拠のない噂が凄まじい勢いで広まっていったのだ。そして、流言蜚語《りゅうげんひご》の恐怖が市民を朝鮮人狩りに走らせた。その一部を、当の解放囚が目の当たりにしていた。

金森直蔵《かなもりなおぞう》は、解放とともに実家がある神奈川県橘樹《たちばな》郡鶴見町を目指した。現在の横浜市鶴見区鶴見である。

金森に同房の力石銀太郎《りきいしぎんたろう》が同行している。力石の出身は秋田県。大阪で丁稚奉公をしてから、横浜の商社に移ったが馘首《かくしゅ》されている。賭博に手を出し、その借金を返すために悪い仲間に引き込まれた。押し込み強盗までするようになり、ついにその一味として捕縛され、横浜刑務所で服役しているのだ。同年の二十二歳である金森と気が合い心やすくなった。

解放は二十四時間。故郷の秋田まで帰れない力石は、刑務所敷地内で残留組になるはずだった。しかし、瓦礫の中を一人帰る金森を心配して同行を申し出た。力石の提案に、金森はほっとした様子で頷き、承諾した。目立つ柿色の囚人服のまま、娑婆《しゃば》に出て一人で世間と立ち向かうには、かなりの勇気がいる。解放後、単独で歩く囚人は少なく、二人三人、または五人十人と集団となって横浜の街に散らばっていた。

色が白く痩せて背が高い金森と、背は普通だが色黒で横幅のある力石。横浜刑務所から金森の実家がある鶴見町までは約一二キロである。若者が急いで歩けば二時間ほどで着く。しかし、非常時の道路は、そういうわけにはいかない。倒壊した家々の瓦礫が道を覆い、その瓦礫を踏み越えて前進していくしかない。目印の建物もなくなっている。何度も方角を見失った。暴徒と化した男たちを避け、方々で燃え上がる火災に進路を阻《はば》まれ、その都度迂回《うかい》しながら、鶴見町の金森の実家に着いたのは、九月二日の早朝だった。

朝焼けの中に、うっすらと浮かぶ金森の実家の店構えを見た力石は、思わず声を上げた。

「えらいでっかい家じゃが、ここがほんまにお前の生まれた家なんか？」

金森は、どこか焦点の合っていない目線で小さく頷いてみせた。

大きな家の前半分は屋根が地面に吸い込まれるように落ちていた。そこは六間間口の店部分だった。

店内に入ろうとしている二人の男の影があった。

「家の者か？　こんな時間に……」

力石が小声で金森に言った。

目を細め、相手の風体を確かめていた金森は人影との距離を一挙に縮めた。大声で「お前ら、どこの者だ。何をしている」と一喝する。

急に声をかけられた二人は慌てたものの、相手が二人と知ると手にした得物を構えてみせた。しかし、囚人服に気づくと、甲高い奇声をあげて逃げ去った。

家の横の勝手口が開いた。

「坊ちゃん？　もしかして坊ちゃんですか？　あっ坊ちゃんだ！」

小柄な老婆が走ってきて金森に抱きついた。


金森呉服店は、江戸時代から続く老舗で直蔵の父親の善之助《ぜんのすけ》で六代目になる。その金森善之助は、倒壊を免れた住居部分の奥の仏間で布団の上に横たわっていた。足には副木《そえぎ》がされ白い晒しが巻かれていた。震災時、善之助は早々に昼食を済ませ、店に戻って大福帳の記帳を行っていた。激しい揺れと飛び散る反物の中、奥に下がることができずに崩れてきた屋根の下敷きになったのだ。

その善之助の横で、直蔵と力石は身を強張《こわば》らせて座っていた。帰ってきた息子を見ても善之助は一言も声をかけず目を逸《そ》らした。やがて「逃げてきたのか」と、ぼそりと口を開いた。

直蔵が黙っているので、力石が答えた。

「いや、違います。二十四時間だけ、わしら『解放』されました。一時釈放という制度があり、横浜刑務所の椎名典獄が家族の安否を確認してこいと言って解き放してくれたのです。それで、直蔵さんとわしは一晩中歩いて、ここまで来ました。家族のみなさんの無事を確かめたら、本日午後六時半までに、元の場所に帰らんといかんのです。それが約束です」

「それは、ご苦労でしたな。店は潰れましたが、家族も使用人もみな無事です。屋根が落ちたので、その下にある店の商品を小汚い盗人が狙ってきますが、そんな物は惜しくありません。持っていきたいなら盗らせます。それより……。たいしたものはできませんが、今から支度をさせますから朝食を食べていってください」

善之助は、力石の顔を見て言った。

「いや、この家の飯など食べとうない」

直蔵がようやく口を開いた。立ち上がって出ていこうとする直蔵の足を、力石はしっかりとつかんだ。

「わしは腹減って、もう一歩も動けん。刑務所まで歩いて帰ることは無理や。腹の虫が合唱しているわ。なあ、飯……、飯を食べさせてもらってから帰ろう」

「そうしていきなさい」

善之助が笑った。

金森と力石は別室に案内され、こざっぱりした着物に着替えさせてもらった。囚人服は夜、歩いている間にあちこちでひっかけて何ヵ所か大きく破れていた。朝飯の握り飯を食べている間に、老婆が繕ってくれていた。

地震で軋《きし》み、大きく歪んで閉まらなくなった襖《ふすま》の陰から十歳ぐらいの男の子が顔を覗かせて、金森と力石の様子をうかがっている。遠くから子どもの名前を呼ぶ、細い声がした。

子どもの顔は消えた。

「なんや、親戚の子か？」

「いや、親父の後妻が産んだ腹違いの弟だ」

「弟？　そういえばお前によく似ていたな。いくつなんや」

「今年の正月で十歳《とお》。母親が死んだのが五年前で、親父に後妻が来たのは三年前だ」

「それって、計算合わんやろ」

「いや、計算は合う。母親が生きていたときから、外に囲っていた妾が後妻になっただけだから」

直蔵の母親は、十日ほど寝込んであっけなく死んでしまった。その三回忌を待ちわびたように、父親が後妻としてかねてから世話をしていた女を家に入れた。そのころから、直蔵は家に寄り付かなくなり、悪い仲間とつるんで遊び、果ては傷害事件を起こしたのだ。

「家族のほかには、何人ぐらいが住んでいるんや」

「店の奉公人も合わせたら、二〇人ぐらいかな。この婆やは、もう二十年もこの家にいる。なあ、そうだよな」

話しかけられて老婆は、嬉しそうに頷いた。

勝手口の方から怒声が聞こえてきた。大勢の話し声がする。善之助が寝ている部屋に向かって、奉公人が慌てて小走りで急ぐ。

「なにか、あったんと違うか？」

力石は奉公人が走ってきた方向へ立っていった。仕方なく金森も続いた。勝手口には、手に手に棒を持った男たちが十数人押しかけていた。

「朝鮮人を出せ。この店に朝鮮人が奉公しているだろう。こっちにはわかっているんだ。その奉公人を出せ」

興奮した男たちは口々にそう喚《わめ》いた。

やがて奥から、三人の奉公人に支えられて善之助がゆっくりと移動してきた。

「金森呉服店の主人、金森善之助です。どういった御事情でみなさんはそんなに殺気立っていらっしゃるのでしょうか。訳をお聞かせください」

穏やかな表情で質問した。

「朝鮮人が、井戸に毒を入れている」

「被災者に暴行を加え、持ち出した金品を強奪したっていうではないか」

「婦女子も襲われたらしい」

男たちは口々に言い気色ばんだ。

そんな情報を受けて自警団が編成され、デマを煽《あお》る話がさかんに流された。男たちは数にものを言わせる群れとなって朝鮮人狩りを始めたのだ。

善之助は眉間に皺を寄せ、

「だから朝鮮人を出せといわれるのですか。たしかに朝鮮から働きに来ている者はいますがここにいる私どもの店の奉公人は、もう長いことまじめに働いてくれています。

みなさんがいわれるようなことをするような人間でないことは、主人である私がいちばん知っております。ですから、我が家の奉公人に関しては皆様には安心していただいてよろしゅうございます。私の言葉に嘘があればすべての責任を負います。けっしてお約束をたがえることはございません」

と語気を強めた。一呼吸おいてから、

「ご納得いただけましたでしょうか」

と念を押した。手傷を負っているとはいえ大店の主人の威厳は、眼光にあらわれていた。

善之助は、老舗の主人であるだけでなく、町の名士である。押しかけてきた者の大半は、どこかで世話になっている。その恩人が見得を切って約束したのだ。押しかけた男たちは、毒気が抜けたような顔でぞろぞろと出て行った。

老婆の歓待に時間を忘れてしまった。間もなく午後五時になろうとしている。来るのに費やした時間を考えれば、定められた時間に帰り着くことは難しい。二人は最寄りの警察署に「横浜刑務所の解放囚です」と言って出頭することにした。出頭した証書をもらって帰れば処分されないだろうと思ったのだ。警察官に「解放囚の証は?」と聞かれれば、手に持つ風呂敷に包まれた囚人服を見せればいい。

善之助に礼を述べに行くと、

「さまざまな流言が出ているようです。お帰りは気をつけてください。また、お務めが終わりましたらきっとお寄りください」

善之助は、力石に向かって言った。

本当は、直蔵に向かって伝えたかったのだろうが、二人はついに一言も言葉を交わさなかった。


二人が鶴見警察署に着くとその周りを群衆が取り囲んでいた。

「何があったんだ？」

力石は近くにいる男たちに質問した。

「警察署に三〇〇人の朝鮮人がかくまわれている。その引き渡しを要求しているんだよ」

「朝鮮人狩りか⁉　日本中ではじまったらえらいことになるぞ」

力石がつぶやいた。

明治四十三年（一九一〇）八月に日韓併合条約が公布されると、朝鮮人の移入がはじまった。明治四十二年の在日朝鮮人は八〇〇名弱。それが漸増し、大正十一年（一九二二）は六万人、震災のあった十二年は八万人を突破していた。ちなみに、以後も増え続け、終戦前年の昭和十九年（一九四四）は一九三万六〇〇〇人に達している。

金森も力石も、警察署内に出頭したくても、増え続ける群衆に圧倒されて、近づくことができない。

集まってくる人々は異様な熱気を放ち、悪鬼のような形相で「朝鮮人を出せ」と唱和を繰り返した。

今にも、署内に人がなだれ込みそうな雰囲気に包まれている。

男が一人出てきた。金モールが巻かれた制服を着ている。

「私は署長の大川常吉《おおかわつねきち》だ。朝鮮人が毒を混入した井戸水を持ってこい。私が先に諸君の前で飲む。そして異常があれば朝鮮人は諸君に引き渡す。異常がなければ私に預けよ」

警察署の前で、大川は仁王立ちになり、群衆に言い放った。

その時、鶴見警察署内にいた警察官は約三〇人。暴徒がなだれ込んだら、ひとたまりもない。

「朝鮮人を出せ！」

再び誰かが叫んだ。その声に対して、大川は大音声《だいおんじょう》で言葉をつづけた。

「私を信頼せんのなら、朝鮮人を殺す前に、この大川を殺せ！　自分を殺してから中に入れ」

本物が持つ気迫と覚悟が圧倒的な迫力で群衆を黙らせた。

群衆は顔を見合わせて、ひとしきり言葉を交わし合うと、中の一人が、

「署長。わしらは何もそんなことまでやる気はない……」

やがて、一人二人と、その場を去っていった。

群衆の後ろからこの一幕を見ていた金森直蔵が言った。

「俺は、これから猛省して、この国に必要な男になる！」

力石も隣で強く頷いた。

〈いつまで小さな、つまらないことにこだわっていたのか……〉

金森の眼には、大川常吉署長が父・善之助の姿と重なって見えたのである。大川は、

「どこの国の人間であろうと、人の生命に変わりはない。それを守るのが私の任務だ」

と、保護していた三〇〇人余りの朝鮮人を、九月九日汽船崋山丸に乗船させ神戸に避難させ

た。

大川常吉や金森善之助の言動、行動がたんなる善行ではなく、まさに命懸けのものであったことは以下の記録に残されている。

「鶴見警察署管内の町田町潮田方面の土方二百余名は地震と同時に総持寺に避難して来たので警察署で保護を加えていたところ、三日朝（原文ママ）に至り青年団員及び自警団はこれら土方を保護するのは不届きだとて強硬な抗議を持ち込み、署長は之に対し決死的拒絶の回答を与えて保護を続けた」（『大阪朝日新聞』大正十二年十月十八日号）

朝鮮人虐殺に関する報道は、九月二日に当局によって禁止されていたため（十月二十日に解除）、この記事では、「朝鮮人」を土木労働者を意味する「土方」として表記している。

朝鮮人虐殺事件の死者数について引用されるのは、朝鮮独立運動家が上海に集結して設立した抗日政府の機関誌『独立新聞』や、東大法学部教授吉野作造が調査・報告した記録であるが、神奈川県下の朝鮮人犠牲者は、いずれも一一〇〇人余りとされている。

これらは、震災から数ヵ月後の調査結果である。

米国人など欧米の外国人も震災で一〇〇〇人余り死亡していることから見れば、この朝鮮人の死者数にも震災による圧死、焼死が多数含まれていると思われる。

もっとも、正確な死者数は定かでないにしても神奈川県内で相当数の朝鮮人が災禍にあったことは確かである。見方を変えればそれだけ多くの神奈川県民が流言に煽られ、朝鮮人に牙をむいて襲いかかったことになる。その狂気に抗して朝鮮人を保護することの困難さは想像を超えるものだったに違いない。

震災時に起こった流言蜚語《りゅうげんひご》は官憲による作為も否定できないが、警察、憲兵隊、特高に睨《にら》まれていた社会主義者らは、在野と獄中でその運命を死と生に分けられていた。

大正十一年、日本共産党を結党した堺利彦《さかいとしひこ》、山川均《やまかわひとし》らは、翌大正十二年に共産党事件で逮捕起訴され市谷刑務所に収容されていた。

第一波の激震が収まると、市谷刑務所では全収容者を居房から構内広場に避難させた。この時、右翼系収容者が決起し共産党員を襲ったが、看守が暴徒を鎮圧。命懸けで思想犯を護っている。

これら生き延びた獄中者に対し、在野の社会主義者には命を落とした者もあった。

大杉栄《おおすぎさかえ》は、尾行巡査傷害事件で豊多摩刑務所に服役していたが、出所後、ベルリンで開かれる予定の国際無政府主義者大会出席のため大正十一年十二月、内妻・伊藤野枝《いとうのえ》を伴い日本を脱出。上海経由で中国人としてフランスに入国した。大杉は、間もなく日本人と見破られ、捕らえられて、ラ＝サンテ監獄に入獄。強制送還されて大正十二年七月十一日神戸に着き、東京で被災した。

九月十六日、大杉は伊藤野枝と神奈川県鶴見町の大杉の弟宅を訪れ、たまたまそこに預けられていた当時六歳の橘宗一《むねかず》（大杉の末の妹・あやめの子、米国籍）を伴って帰宅途中、憲兵隊に強制連行され消息を絶った。

三人は憲兵隊本部に連行され、午後八時以降、それぞれ別室で大杉、野枝、宗一の順に扼殺《やくさつ》された。遺体は、菰《こも》を巻き麻縄で縛られ、構内東北隅弾薬庫の北側にあった廃井戸に投棄されたのである。

検視の記録によると、濁った水の中に三遺体はあり、大杉と野枝は胸骨を骨折、激しい暴行が加えられた跡があったと記されている。

軍法会議によって、大杉と野枝は憲兵大尉分隊長・甘粕正彦《あまかすまさひこ》が扼殺、宗一は甘粕の命を受けた二人の部下によって殺害されたこととされた。甘粕大尉は懲役十年、宗一殺しの部下には無罪の判決が言い渡された。その後、甘粕は千葉刑務所に服役三年で仮出獄している。

宗一の母・橘あやめが宗一出生の地・米国オレゴン州ポートランドの邦字新聞社に無念の手紙を送っている。

それによると、あやめは五月十六日、病気療養のため宗一を連れて帰国。宗一を兄・勇（大杉栄の弟）に預け、静岡の病院に入院した。九月一日の大震災で宗一がどうなったか心配で生きた心地もなかったところ、九月十五日に一同無事の通知を受け取った。だが不幸は翌日に起こっていた。九月十六日、大杉夫妻は鶴見の勇宅を訪れ、そこで甥の宗一に着物を縫ってやろうと言って連れて帰ったのだ。

あやめは新聞で大杉夫妻が甘粕大尉に殺されたという記事を見て驚倒。それでも、主義者として兄には万一のことはあっても、女子どもを殺すことは今の文明の世にはあるまいという周囲の声に励まされ、間違いがなければよいがと両三日不安の日を送った。

ところが、間もなく一縷《いちる》の望みは絶たれた。

勇宅で三人の遺骨の前に座したあやめは、わが身もともに死を願うと泣いたのだった。

囚人自治

「担当《オヤジ》、水を持ってきた。傷は痛むか」

粗暴凶悪で丙種の移送認可上申中の囚人・山口正一は、一椀の水を斎藤看守にそっと差し出した。

九月二日午前七時、刑務所の敷地内には、居残った囚人が三々五々、散らばっている姿が見える。腕を骨折し、頭部に包帯を巻いた斎藤看守は、晴天の空を見上げながら布団の上に起き直り、差し出された水を受け取った。

「山口。今日一日は自由の身だ。お前はどうするのか」

「わしは、オヤジの世話をすることに決めている。何かしてほしいことがあったら、何でも言ってくれ」

山口は自分自身の生死も顧みずに、独居舎房から五〇人全員を無事に助け出した斎藤看守の世話をすることに決め、前夜から片時も離れずにいたのだ。

斎藤は三年前に妻を亡くして、官舎で一人暮らしをしていた。二人の息子は独立し、身の回りの世話をする家族はいない。

「わしの世話などはいらん。それよりも今はすべきことが山ほどある。火急の時だ。典獄殿の指揮にしたがって、刑務所全体のために行動してくれ。お前は肝が据わっている。動けないわしの代理だと思って、働いてくれ。わかったな」

斎藤の言葉は、山口の心を揺り動かした。オヤジは、自分の代わり、とまで言ってくれた。胸が熱くなった。

「職員はみな、典獄殿の命令で夜明けとともに任務に就いている。ここで横になっているのが心苦しいのだ。だから、わしの代わりに働いてくれ」

山口は天涯孤独の身で、父母の顔を知らない。叔父叔母に預けられ、八歳のときから非行に走り、幼年監《ようねんかん》（犯罪少年を収容する施設で現在の少年院と養護施設の前身：最年少は八歳）に収容された。それがいま斎藤には対等の一人の人間として信用されている。その思いが粗暴な男と評されていた山口の胸に沁みわたった。遠巻きにして、山口とオヤジの会話に、独居舎房の者たちが聞き耳を立てていた。皆、山口と同じように斎藤看守を親のように慕っていた。

「わかりました」

山口は一言返事をして、その足で椎名典獄のいる一画へと歩き始めた。

典獄は刑務所の被害の再確認を指示し、その報告を受けていた。山口が近づいてくるのを見た看守が二人、急いで駆け寄った。彼らは、悪名高い囚人が反旗を翻して、何事かを始めるのではないのかと危惧したのだ。

「山口、止まれ。止まりなさい」

警備本部にいる椎名までの距離はおよそ一〇メートルである。

「山口。何のつもりだ。待機していた場所にもどれ。ここに入ってきてはいけない」

看守が威圧する声で制した。

「典獄殿に話があります」

「いかん、帰れ！　待機している場所へ帰るんだ」

「斎藤のオヤジの代理で来たのです」

山口は語気を強めた。

「いや、構わん。通しなさい」

椎名が立ち上がって声を掛けた。

「山口さん、話を聞きましょう」椎名は山口の元に歩み寄った。

「斎藤のオヤジさんから、典獄殿の指示に従って刑務所全体のために働いてくれと言われました。動けないわしの代理だと思って働いてくれと……」

椎名が頷くと、山口は言葉をつづけた。

「わしにできることがあったら、何でも命じてください。オヤジに救ってもらった命です。どんな仕事でもやります」

「そうか」

椎名は間を置いてから笑顔を作った。

「山口さん、ちょうどよかった。頼みたい仕事がある。穴を掘って便所を作ってくれぬか。刑務所全体が抱えている衛生問題で、今最も大事な仕事だ」

「はい！」

山口は満面の笑みで勇躍した。

「一〇〇〇人分の便所だ。四隅に幅三尺、長さ一間、深さ五尺ほどの穴をとりあえずひとつずつ掘ってほしい。そこに板を渡して便所にする。ひとつは周囲に煉瓦を積んで囲いを作ってくれ。

女囚用にする。糞便でいっぱいになったら、また別の穴を掘ってもらう。頼んだぞ。まずツルハシにスコップをどこかで調達しないとだめだな。大至急だ。頼んだぞ」

椎名は山口の肩を手のひらでポンと叩いた。

「典獄殿、穴掘りの場所の線引きだけしてください。わしは有志を募って工具と渡し板を調達してきます」

「わかった期待しているぞ」

二人は笑顔で頷きあった。

残留者と、早々に帰還した囚人二〇〇人余りが山口の周りに集まった。手分けして声をかけたら、野外病床の手伝いをしている者を除き女囚も含め全員が参集した。椎名はじめ幹部職員は驚きと期待を持って成り行きを見守った。

山口は集まった面々に便所作りの説明をした。確かにみながいま最も困っている問題に違いないと納得し、全員が作業に参加すると申し出た。山口はここでもまた感激に言葉を震わせた。

ツルハシとシャベルを常備している土木工事会社に的を絞って交渉に行くことに話がまとまった。刑務所に入る前に土木工事の仕事についていた者もいて、会社の所在地情報が出揃った。そして技術屋として大手の土木会社に勤めていたという高山栄治《たかやまえいじ》を便所工事の責任者に指名する。高山は出所間近だったが、最後のご奉公と二つ返事で指名を受けてくれた。

近在の六社を選び出し、山口率いる班と高山率いる班それぞれが三社ずつ回ることにした。便所の設置は四ヵ所だから最低でもツルハシ四本、スコップ八本を借りてくるという目標を立てた。各班五人ずつ、それ以外の者は便所掘削位置周辺の瓦礫除去に当たることにして、四ヵ所への振り分けと、それぞれ責任者を一人ずつ指名した。

完全な囚人自治であった。


山口らがたどり着いた一軒目は、どこに会社があったのかわからないほどの焼け野原の中だった。かつて土木会社があったという名残《なごり》は、焼けて残骸となった重機だけだった。

二軒目は、会社の建物は半壊の状態でかろうじて建っていた。震災の後片付けが始まっていたが、柿色の囚人服の集団を見つけると、急いで大声を上げて人を呼び集めだした。周辺から人が集まりだして、その数は増えていった。

「お前ら何しに来たんだ！」

屈強な男が山口たちに向かって威嚇するように言葉を発した。山口は怒りを抑え、訪問の趣旨を説明した。男は話を最後まで聞かずに、

「スコップもツルハシも、これから町が復興する工事には欠かせない道具だ。金のなる木だ。ひとつたりとも貸すわけにはいかない。よそを当たってくれ」

と答え、出て行けという手の振りをして山口に迫ってきた。力ずくでも追い出そうという態度である。山口たちはあきらめて、これが最後になる三軒目を訪ねることにした。

鈴木工務店は、完成間近に被災した横浜中央電話局新庁舎が見える場所にあった。そこも周りと同じように自宅兼事務所の建物は半壊、倉庫は全壊していたが火事には遭っていなかった。

後片付けをしているのだろうか、初老の瘦せた男に、山口は、

「社長さんはどこにいらっしゃいますか」

と声をかけた。

男は、山口たち五人を見まわしてから言った。

「私が社長の鈴木正夫《すずきまさお》だ。用件を聞こう」

山口は事情を説明し、丁重に頼んだ。

「それで、あんたらは便所を掘るために腹をすかせて歩き回っていたのか。看守がいなくても逃げないとは驚いた。不衛生が流行病《はやりやまい》を引き起こす。便所がいちばんと言った典獄さんも偉いが、あんたらはもっと偉い……」

鈴木は目頭を押さえた。

「いい話だ。感じいった」と言って話を最後まで聞いてくれたが、次第に表情をくもらせていく。

商売道具を貸してもらうのは難しい願いだということを山口たちは十分理解していた。しかし、道具がなくては椎名典獄から言いつかった使命を果たすことができない。

「何とかスコップとツルハシを四本ずつでいいから貸してください」

山口が頭を下げた。

「そりゃあ、無理だな」返ってきた鈴木の答えは素っ気なかった。

「そこを何とかお願いします」

ここで断られれば後はない。全員、太ももに顎がつくほど深く頭を下げた。

「いや、違う、違う。貸してやりたいのはやまやまだが、スコップもツルハシもあの瓦礫の下にあって取り出すことができない。もし取り出せるなら、いくらでも貸すから持っていっていいよ」

「商売道具なのに、いいんですか。他のところじゃ『金のなる木』だからと断られました」

口の軽い一人が、言ってしまってから気がついたように両手で口を押さえた。

その様子を見て鈴木は、空に向かって声を出して笑った。

「人が生きるか死ぬかの難儀をしているときに、それを金儲けの種と考えるような下衆《げす》な性根は持ち合わせていないよ。社員にも、自宅の始末を優先するように言ってあるから、しばらくは休業だ。わし一人では、このがらくたの下から道具を取り出す術がないので駄目だと言ったんだ」

「わしらが片付けながら探します。だいたいどのあたりを探せばいいのか教えてください」

山口は再び、深く頭を下げた。

一時間後、スコップ一五本とツルハシ五本を瓦礫の中から取り出した。

「このうち、スコップ八本とツルハシ四本をお借りしたいのです。預かり書を書きます」

と言った山口の言葉に、鈴木は笑いながら手を振って無用だと言った。

「必要分だけ使ったら、また返しに来てくれ。まあ、早いほうがありがたいが、しばらくはいいから。こっちも少しは片付いて助かった。それに、あんたたちの名前は全員覚えている。襟のところに名前が書いてあるからな。これから帰って大きな穴をいくつも掘るんだろう。ご苦労さまだね。そうだ、ちょっと待っていなさい」

事務所の裏に回り、バケツを持って戻ってきた鈴木は、

「昨日から何も食べていないのだろう？　さあ、こんな物だが食べて行きなさい」

と言ってバケツを置いた。水が入ったバケツの中には瓜が浮かんでいた。刑務所に向かい、シャベルとツルハシを担いだ一団は目的を遂げて意気揚々と歩いた。腹も膨らんだ。

高山は山口らが必要数の道具を借りてきたことに大喜びした。高山自身は会社に知人がいたにもかかわらず貸してもらえなかったのだ。ただ、長さ二間・約三メートル六〇センチの足場板四枚を手に入れて帰ってきた。半分に切れば便所四ヵ所分になる。

一方、早朝から出かけた食料調達班は職員と志願した受刑者で組まれていた。看守部長を班長として看守一名、受刑者三名の計五名をひとつの班として一二班が編成された。

天利《あまり》看守部長率いる班は彼の地元である町田方面に出かけた。一行はまず街中の居住区を抜け出し、川沿いを西に向かった。

焼失を免れた地域に入った。この辺は家屋が崩れていても火の手が上がらなかったせいで、被害は少ない。

「こんな朝早くから何事ですか？」

倒れた街路樹を片付ける四十過ぎの男が天利看守部長に話しかける。

「刑務所では食物や生活必需品が足りず、救援物資も望めませんので、食べ物を調達しに町田方面に向かう途中です」

天利は、反感を持たれないよう、できるだけ丁寧に市民に説明をする。

「ああ、そういうことなら町田に行く道中にもたくさん農家があるので……」

そう言ってから天利の耳元に口を寄せてささやいた。

「囚人を連れて行ったら、食べ物を提供してもらえないのではないですかね」

天利は苦笑した。

「とにかく量がいるのでね」

「そうですか、頑張ってくださいね、あなたたちもね」

男は受刑者に軽く手を振った。


町田の農村地帯に入った。この辺は穀類や野菜を生産する農家が多い。水の豊富なこの地方は、多種多様な農作物が取れることで有名だ。

朝早くから収穫を始めている農家がいくつもある。不幸にも、とうもろこしや芋《いも》類など主食にもなる作物は、昨夜のうちに根こそぎ盗られたと嘆いている農家があった。天利は、納屋の前で大根を水洗いしている農夫に近づいた。

「お忙しいところを申し訳ありません。実は、少し食べ物をゆずっていただきたいのですが、お願いできませんか？」

刑務官の制服姿は警官や軍人と間違えられることがあるが、囚人服は誰が見てもそれとわかる。真っ黒に日焼けした、たくましい手をした農夫は天利を一瞥した。

「これは貴重なものだ、あんたらに分けてやるわけにはいかない。それよりも優先して食わせなきゃならん人がたくさんいるからな」

「いくらでしたら譲っていただけますか？」あくまで買うつもりであることを伝えた。

「そうだな。一本六〇銭なら譲ってやってもいいかな」

「それは高い」

「そうかい、被災者は値段なんかどうでもいいからと列をつくるらしい。欲しい人に買ってもらうさ」

天利は、「邪魔したな」と言ってその場を離れた。実に不愉快だという顔である。

「天利部長！　大根一本に六〇銭も払うことないですよ」

受刑者の一人が言った。

「良心的な農家を当たりましょう。せめて市場に出回っている売値でなければ。あれじゃぼったくりです。囚人だからって足元を見やがって」

「まあ、そう言うな」

天利は、次へ向かうことにした。

暴利を貪《むさぼ》る不逞の輩は各地で自然発生していた。避難民が殺到した箱根街道では、七キロ余りの箱根越えに人夫片道三〇円、駕《かご》片道一〇〇円、馬一頭八〇円という法外な賃金をふっかけたし、鶏卵ほどの小さな握り飯一個五〇銭、水一杯五銭で売りつける者も現れた。

天利たちはどこを訪ねても、けんもほろろの対応をうけた。ここがダメなら諦めて帰ろうかと考え、茄子《なす》の収穫をしている夫婦に声をかけるために近づいた。すると男のほうから声をかけてきた。

「食料を取りに来たんかい。あんたたちも大変じゃな」

「何かゆずっていただける物は、ございませんでしょうか？」

「そら、そこにあるのは、形が歪《いびつ》で売り物にならん豆じゃ。今年は出来も悪いし、味も今ひとつだから売れても二束三文じゃ。あるだけ持っていくがいい」

「えっ⁉　本当にいいんですか……」

畑の隅に捨てるばかりに盛られている枝豆を見て、囚人たちは歓声をあげた。

夫婦は笑顔で応える。今までのいやな思いが一掃され、皆で枝豆の山に取り付いた。三分の一くらいは、食することができる。口々に礼を言って枝から豆をむしり取り麻の袋に放り込んだ。間もなく麻袋二枚が満杯になった。そこに、夫婦の父親と思われる老人が納屋から古いリヤカーを引いてきた。

「あんたたち、まだまだたくさん食料を集めるんじゃろ。それを担いで横浜まで帰るなんざ酷じゃ。これを使いなさい」

「いつお返しできるかわからないので、遠慮しておきます」

「困ったときはお互い様じゃ」

老人は、夫婦と顔を見合わせてから笑顔で手を振った。

さわやかな気持ちになって、丘をひとつ越えると、一面棚田が広がっていた。できれば、調理の必要のない野菜か、腹にたまる穀類はないかと探し回る。何でもいい。

天利が声をかけようとすると、大柄な前歯の欠けた農夫が声を荒《あら》らげた。

「お情けで食料をもらおうっていうのか？　手間暇かけた作物はお前らにはやらん」

たいそうな剣幕で怒鳴った。天利と囚人たちはぐっと堪えた。

夕刻に間に合うように帰るのであれば、ここらで引き返さなければ間に合わない。来たときと違う道を歩き始める。途中、割れたスイカを一銭で買い、その場で五人で頬張った。喉の渇きを潤してくれた上に、受刑者たちにとっては大変懐かしい味だった。

途中、解放囚の秋田作次郎《あきたさくじろう》と出会った。瓦礫の下敷きになった人を救助していて帰りそびれたと天利部長に訴える。

「よし、わしが執り成してやるからついて参れ」

「部長と出会ってよかったです。わしの知り合いが多いから、食料調達手伝いますよ」

と秋田は喜んだ。まず、助けた知人宅に行ってきゅうりをどっさりもらい、同級生だという豆腐屋へ行って油揚げを大量に揚げてもらった。食料調達班でまともに持って帰ることができたのは、この天利班だけだった。

米一粒たりとも

午後三時過ぎ、司法省に使いに出した会計主任・坂上義一が帰ってきた。

夜半、司法省行刑局の局長室前室で行われていた会議に顔を出し、任務を全うするとその場に倒れて深い眠りに落ちてしまった。起こされたときは夜が明けていた。

何と、坂上が寝かされていたのは大理石のように磨かれた石が敷き詰められた廊下だった。左右に部屋がある中央廊下で幅五メートルほど、中央部分に幅一八〇センチのあずき色の絨毯が端から端まで敷かれているのだが、若い事務官に揺り起こされたとき、坂上が転がっていたのは石の上だった。

上体を起こし胡座《あぐら》をかいた。部屋から永峰正造書記官が出てきた。

「目を覚ましたか」

「おはようございます」

坂上は座り直し、正座をする。

「早く帰って椎名に告げろ。横浜刑務所には当分救援の品は届けられないと……。しばらくは自力で持ちこたえろということだ」

永峰は膝を折り坂上より若干高い位置から目線を落とし、憎々しげに言った。

典獄を「椎名！」と呼び捨てにされ、坂上の眠気は一気に飛んだ。

「書記官、冗談じゃない！　一〇〇〇人の囚人がいるのに米の一粒もないのですよ」

突如こみ上げる怒りに身体が震えた。

「なんだその口の利き方は！　看守長風情《ふぜい》が誰にものを言っている。しかも一〇〇〇人だって、笑わせるな。解放した囚人が何人戻ってくるというのだ」

永峰は顔面を蒼白にして握りしめた拳にさらに力を込め、全身をブルブルと震わせた。この顔つき、小刻みに身体全体を震わせる姿は殴り合いの喧嘩をした直後の興奮状態にある受刑者と同じではないか。

「お言葉ですが、横浜刑務所に救援の品を送らないというのは行刑局長、いや、司法大臣のご指示と受け取りましたが、相違ございませんね」

坂上はこんなやつに負けてたまるかと思う。勇気が出てきた。

「貴様、ただじゃ済まさんぞ」

永峰は坂上を力一杯蹴り上げた。靴の先が鳩尾《みぞおち》に食い込み、膝が顔面を直撃する。坂上は腹を押さえ前のめりに崩れる。それを見た永峰は「さっさと帰れ！」と怒鳴り部屋に戻った。

坂上は腹を押さえたまま立ち上がると、ニタッと笑った。永峰の蹴りを感じた刹那、坂上は腹に力を入れ、両手を交差して両手のひらで永峰の脛《すね》を受けたのだ。それはまったく無意識に出た行動だった。毎日稽古をしている剣道で身に付き、磨かれた反射神経というものだったのかもしれない。黒革の短靴が若干腹に当たったが、痛手にはなっていない。

坂上は耳を澄ませた。横浜刑務所のことが語られているかもしれないと思ったからだ。部屋から何やら大声がする。

「内務省」「囚人が刀を振りかざし」「横浜刑務所」という言葉が聞こえた。

坂上は言葉をつなぎ合わせた。まさかとは思うが、「内務省からの報告によると、横浜刑務所の囚人が看守の刀を奪って街で暴れている」ということなのか。

囚人暴動の噂話は一日夕刻にはいくつも司法省に届いていた。横浜刑務所の解放囚が、掠奪、強奪、強姦など悪事の限りを尽くしているものと思い込み、司法省の役人はみな肩身の狭い思いをしていたのである。

坂上はドアのノブを静かに回し数センチ開けた。会話がはっきりと聞こえる。しゃがんで聞き耳を立てた。

「局長、解放囚は半分も戻ればいいと思います。それにしてもこれだけ帝都を不安に陥れたのですから、椎名にはしっかり責任を取ってもらわなければなりません」

永峰の声だ。

「誰か差し向けて状況を把握しなければなるまい」

低い落ち着いた声色は局長の声か。

「それならば私が明日にでも」

「そうか、滞在することになるのだろう？」

「おそらく。いえ、そのつもりです」

「ならば、事務官を同行して報告書を届けさせてくれ。国会にも参らねばならぬ」

「わかりました」

「ところで君は椎名典獄と何かあったのか」

言葉にはしないが、遺恨があるのではないかと訊いているのだろう。

その時、バタバタと駆け込んできた刑務官が力尽きたのか、坂上の背に倒れこんだ。ドアがけたたましい音を立てて開かれた。何事かと、永峰らがとんできた。坂上は右手で使者の右手首をつかみ、左手を使者の脇の下に入れて抱きかかえて立ち上がった。

「小田原少年刑務所、外塀、建物ことごとく倒壊。刑務官の応援派遣と建築資材等の物資の供給を依頼に参りました」

かすれた声は喉を湿す水さえもないことを表している。

「水を飲ませてくれませんか」

坂上が言った。重厚な会議卓子《テーブル》の上を見れば、湯呑みと急須が置かれている。

永峰は若い事務官に向かって顎をしゃくった。事務官が湯呑みを二つ用意した。

「小田原少年刑務所も外塀は倒壊、建物は全壊か。囚人たちはどうした。まさか解放はしていないだろうな」

「収容人員は三九四名、全員無事です。私が出たときは構内の一角に避難していましたが、解放はしていないと思います」

　小田原の職員は湯呑みを手渡されると一気に飲んでむせ返った。上体が跳ねる。息もできない苦しみように、坂上は背中をさすり、はたいてやった。

「解放するわけがないな。刑務所が囚人を逃がしたら、そこはもう刑務所とは言えぬのだからな」

　永峰は満足そうに言うと、坂上の顔を睨みつけた。坂上は憎悪の念を眼光に込めて睨み返した。「よくも足蹴にしたな！」と心の中で怒鳴りつけた。

　坂上は小田原の職員を床に座らせると、卓子《テーブル》の上に置かれた湯呑みを手に取った。

「では、茶を一杯いただいてから、横浜刑務所に帰り、司法省行刑局長は米の一粒も支援する意思はなしと、椎名典獄に報告いたします」

　坂上は行刑局長・山岡万之助に向かって敬礼をした。山岡は渋面を作っただけだった。


　食料調達は、はかばかしくない。どうしたものかと思っていた矢先に司法省から帰り着いた坂上の報告である。食料支援は一切できないという行刑局の通告を知って傍らにいた典獄補・野村幸男は激怒したが、椎名は「そうか」とだけ言って立ち上がった。

　坂上から帝都の状況を聞けば、なるほどそのとおりかもしれないと思ったのだろう。頼みは県から救援米を配給してもらい急場をしのぐ以外になさそうだ。ただでさえ不足する救援物資を刑務所がいただいてはすまぬと思い、地元職員を食料調達に出したのだが、考えが甘かった。

物資不足は物価の高騰を呼ぶ。この機会に暴利を貪ろうと考えるのが人情というものだ。たやすく米麦、粉、梅干し、野菜などが手に入ると思っていた自分が間違っていた。椎名は帰還した看守部長を労《ねぎら》った。看守部長らは期待に応えられなかったことを自分の責任として、ひどく気に病んでいたので椎名の労いは格別の意味を持っていたようだ。

解放囚が続々と帰還してくる。残念ながら飯は炊けない。万事休す。椎名は不徳の致すところと、囚人たちに謝ることにした。

午後五時、一艘の漁船が磯子の桟橋に停泊、錨を下ろした。そこには群衆があふれていた。そろそろ刑務所に還ろうかと帰路についていた囚人たちも立ち止まって、あの筵《むしろ》の下には何が積まれているのかと話しながら興味深げに見ていた。

すると、見慣れた白い制服、腰に長刀を吊った看守長と短刀を吊った看守が下船した。間違いない、どこかの刑務所から来た救援船だ！　と囚人たちは群衆を押し分けて歩み寄った。

一方、刑務所職員は、囚人たちを見て脱獄囚ではないのかと思ったが、逃げずにこちらにやってくるのだからそうではなさそうだと問いかけた。

「君たちは横浜刑務所の者か？」

「はい！」と数人が声を合わせたようにして返事をした。

刑務所職員は顔を見合わせた。長剣を吊った指揮官は千葉刑務所用度主任・鈴木《すずき》三郎《さぶろう》である。

「千葉刑務所から見舞いに参上した。荷を運ぶのを手伝ってくださらんか」

丁寧な物腰と言葉遣いである。囚人たちは、「ウォー！」と叫び刑務官を取り巻いた。

群衆は近在の市民と避難民だろうか、船がつけそうな桟橋がある磯子の港に救援物資を届ける救援船や軍艦がやってくるという噂が広まっているのだろう。群衆の輪が徐々に近づいてくる。囚人たちの手によってリヤカーが下ろされた。菰《こも》が掛けられた大きな荷物が積み込まれる。短剣を下げた刑務官が玉ねぎ、じゃがいもなどが入っている麻袋を囚人たちに持たせた。食料を見たためか群衆がざわめいた。実に異様な雰囲気である。

鈴木は出立を見合わせ、荷を船に戻させた。襲われそうな予感がしたのだ。

「済まぬが、荷を守ってくださらぬか？　私が典獄殿に挨拶をして参る」

鈴木は囚人たちに向かって言うと、一人、堀割川沿いの道を上流に向かった。ここからおよそ一キロ半の距離に刑務所はある。

千葉刑務所は千葉港から二キロほど内陸部にある。

九月一日午前十一時五十八分の激震によって外塀一八〇メートルが倒壊、舎房と工場など、ほとんどの建物の屋根瓦が落下する被害にあっていた。収容人員は五六九名、幸い人的な被害は皆無だったが、非番職員を非常招集し厳戒態勢で一夜を明かした。

千葉刑務所は長期と丙種処遇困難者を収容する刑務所で、ただでさえ重警備が必要なところ、看守長一人、看守一人を勤務配置から外し救援物資運搬に差し向けたのだから、いかに典獄が共助の精神に優れていたかがうかがえる。

典獄・岡部常《おかべつね》は前夜、港まで出て対岸の横浜の大火を確認した。夕刻、登庁した職員から帝都と横浜の大火災を見たとの報告を受けたからである。

岡部は椎名の四年後輩。東京帝国大学法律学科卒、文官高等試験合格の帝大学士典獄で、椎名と同じように監獄局長をしていた谷田三郎《たにださぶろう》に育てられた。大正八年、椎名の後任として膳所監獄に赴任、大正十二年四月に千葉刑務所に配置替えになっていた。柔道で道を極め、やがて赤帯を締める（九段、十段）ところまで上りつめる文武両道の若き典獄だった。

東京と横浜が同時に火災になっているのを見て、直感的に横浜を救おうと決断した。典獄・椎名通蔵が尊敬する先輩であるというだけではない。横浜を優先させるべき二つの大きな現実があった。まず第一は、東京は司法省行刑局のお膝元、だから小菅刑務所も巣鴨刑務所も救援の手はすぐに差し伸べられる。それに対し、横浜は二の次になる。

しかし、もっと大きな問題があることを岡部は気づいていた。

それは国際港・横浜が船舶の燃料貯蔵庫になっているということである。

「あの火は一週間以上燃え続けるぞ」

と、岡部は同行した鈴木三郎に横浜を指差しながら言った。

市内各所に船舶の燃料である石炭が何万トンと積まれ、南の山沿いにはガソリン貯蔵庫があり、神奈川方面と桜木町にはライジングサン、ニューヨーク、スタンダードといった外資系石油会社の大型タンクが林立していたからだ。

「明日、船を借り上げて横浜刑務所に救援の品を送り届けてくれ」

「船ですか？」

「そうだ。適当な大きさの漁船がいいかもしれん。まずは食料、衣服、天幕だな。とりあえず倉庫にある物を積めるだけ積んで持って行ってくれ」

このあたりの岡部の配慮も当を得たものだった。

「わかりました」

鈴木はただちに救援物資の準備に入った。こうして、千葉刑務所の救援船が磯子にやってきたのである。

鈴木の報告を受けて、椎名は文書主任・影山を指揮官として看守部長と看守総勢一〇人をつけて一〇〇人の受刑者を救援物資引き取りに向かわせた。それは一度で荷揚げするために必要かつ十分な人員を超える人数だった。港の様子を聞いて、生半可な迎えでは群衆とトラブルが起こり大事になると、大がかりな隊を編成したのだった。

隊列を組んで堂々と行進する受刑者の集団を見た群衆は恐れをなしたのか、黙って道を開けた。救援物資は無事に刑務所内に運び込まれた。鍋、釜、包丁、しゃもじ、といった調理器具まで梱包されていた。岡部典獄の指示に加え、鈴木ら用度の職員が自己の判断で品物を取り揃えたのだ。念のためにと、前日のうちに習志野の陸軍騎兵隊に可能な限りの天幕を拝借したいと一報を入れてあった。方々《ほうぼう》から軍隊の天幕を借用したいという願いが殺到すると踏んだからである。

「荷を作られたのは鈴木殿ですか？」

引き揚げの挨拶にきた鈴木看守長に椎名が訊いた。

「はい、行き届かず申し訳ありません」

「いやいや、よく細かなところまで気配りいただいたと感心しておるところです」

「横浜刑務所の状況をつぶさに伝え、再度救援の品をお届けするよう岡部典獄に報告する所存です」

「千葉も被災しておられるにもかかわらず、救援の手を差し伸べていただいたご厚情に感謝申し上げ、心のこもった品々ありがたく頂戴したと、岡部さんにお伝えください」

「お伝えします。リヤカーは置いていきますのでお使いください」

鈴木は敬礼をして立ち去った。

●椎名通蔵と節子夫人と三人の娘たち
（椎名が横浜刑務所典獄の当時）

●大正12年9月8日午前6時半、受刑者たちを集め、名古屋刑務所移送について訓示する椎名典獄（写真右、一段上に立つ白い制服姿）

上●震災によって全壊した煉瓦造りの外塀と、舎房
中●構内のほぼ中央に急ごしらえでつくられた警備本部。後に千葉刑務所から救護物資として届けられた天幕が張られる
下●名古屋刑務所への護送の任にあたる軽巡洋艦「夕張」から差し向けられた短艇に乗船する囚人たち

第三章　囚人、横浜港へ

天使降臨

一日の陽が落ち、闇が濃くなっていくにつれ周囲の市街地の火焔にあかあかと照らし出される横浜公園には、まるで誘蛾灯に吸い寄せられるように避難民が押し寄せてくる。人の流れは夜中になっても途絶えることはなかった。その避難民の中に混じって、柿色の一塊が移動していた。

そのうちの三人、牛島啓次《うしじまけいじ》、生方喜作《うぶかたきさく》、杉山榮吉《すぎやまえいきち》は、解放されたときからずっと行動をともにしていた。横浜に生家もなく知り合いもいない三人は、一日だけの横浜見学のつもりで横浜刑務所の敷地を出てきた。その自主性のなさが災いしてか、人の波にあらがうこともなく七キロの道を移動して、大勢が集まる横浜公園に行きついてしまった。

「だから、朝になってから動けばよかったんだ」

いちばん若い牛島が愚痴る。

「こんな好機は二度とないから、少しでも長いこと娑婆《シャバ》の空気に触れたいと言ったのは誰だったかな」

「いや、たしかに俺です。でも、こんな酷《ひど》いあり様になっているとは思わなくて……」

横浜公園は多くの人であふれていたが、水もあふれていた。公園内の水道管が破裂して、膝頭まで水がたまり泥沼と化していた。その泥水の中で、多くの人が、火責め、水責めの不安を抱えて立ちつくしていた。

「大津波が来るらしいと聞いたぜ」

「市電の中で人が大勢死んでいるのを見た」

自分が知っている限りの情報をしゃべり続けることで、それを否定する言葉を聴いて不安を払いのけようとしているのだろう。しかし、それらは逆に人々の心に大きな不安を生むのだった。

そのうちに、空が白み始めて、周りの光景が浮かび上がってきた。それまでの不安に反して、この泥水が猛火を阻んで焼死を免れたのだと、横浜公園に集まった数万人は知ることになる。

食料もなく移動する場もない数万人の市民は救援を待ったが、いっこうに来ない。

杉山の額から血が出ていた。気がついた生方が額を指差した。

「杉山、酷い怪我じゃないか」

「ああ……」

どこかにぶつけて、額の皮がめくれている。痛みは少ないが出血が目立つところなので、大怪我に見える。

杉山が袖口で拭《ぬぐ》ってみると、半乾きの血糊がついてきた。さらに擦《さす》ろうとすると、

「泥水で汚れた手で傷口を触ってはだめです。こちらにいらっしゃいませんか。少しばかり、傷薬を持っていますから」

と、声をかけられた。人混みの中で眼鏡をかけた若い女性が微笑《ほほえ》んで手招きをしていた。

「私みたいな受刑者にご親切な……看護婦さんですか？」

「ちょっとだけ経験がありますが、今は商社の事務員です」

女性は手際よく杉山の額の傷を消毒して、舶来の傷薬を塗り、傷口に包帯を巻いた。見守っていた周囲の者から、どよめきの声が起こった。

「娘も怪我をしているので診てください」

女性は、婦人の求めに応じて、少女の怪我の手当てもした。

名前を鈴木テイといい、山下町のスピルマン商会に事務員として勤めていた女性である。鈴木は、地震とともに火災に追われて横浜公園に逃れてきた。火災は記録上に残されたものだけでも市内二八九ヵ所で起こり、南西の強風にあおられて猛火となり、さらにその猛火が旋風を引き起こし、逃げ惑う市民を容赦なく襲った。

鈴木テイは事務員の職に就く前に市内の病院で看護婦をしていたが、避難先の横浜公園で偶然にも医師か看護婦を探していた外国人と出会った。英語が堪能だった鈴木は、外国人が外用治療薬の提供をしようとしていることを知り、ナースだと言って、大量の薬剤の提供を受けたのである。

気の毒な境遇の囚人が目に止まったので、まずは囚人から、できる限りの手当てをしようと杉山に声をかけたのだ。

鈴木テイの周りに人が群がった。

「次はわしを頼む。足の裏が切れている」

「こっちの子どもをお願いするわ。頭から血が出ているの」

口々に、テイの治療を求める人々が集まってきた。

「薬があるんなら、こっちにも渡せ。こちらでも治療するから」と言い出す者があらわれた。

「治療経験はあるのですか？」

テイの問いかけを無視して、彼女の手元にある医療品を奪おうと手を伸ばした。その男の前に、杉山が立ちふさがった。

「治療経験がない者が、きちんと人の怪我を診ることができるんか！」

一喝すると、男は囚人に恐れをなしたのか、無言で立ち去った。杉山はじめ三人の囚人は、

「順番に並んでください」

と治療待ちの人たちの整理を買って出た。


鈴木テイは、横浜公園で医薬品がなくなるまで六〇人余りの治療に当たった。鈴木の救護活動は、『横浜貿易新報』に「万人に天使降臨の感あらしめた」と掲載された。後日、神奈川県知事から感謝状も贈られた。ただ、泥沼に降り立った天使の手助けをした囚人らのことは、残念ながら人々の記憶にも記録にも残らなかったようだ。

その後、三人は外資の石油会社の油槽が燃え盛っている神奈川方面に足を伸ばした。税関倉庫が破られたという話を聞いて興味を持ったからだ。火災を免れた街区は賊徒が暴れまわっていた。警察は被災者の救援活動を行っていて、掠奪、強奪、強姦といった犯罪取り締まりにはまったく手が回らないのだろう。無法状態だった。

税関の敷地には、堅牢な三階建てビルの高さがある倉庫が二〇棟ほど立ち並んでいる。そのうちのいくつかは大扉が破られていた。倉庫内からはなにかを破壊する音が響いてくる。路上には割れた洋酒の瓶などが大量に散らばっていた。何組も掠奪犯を見たが、五人から十数人のグループで、みな日本人と思われた。三人は、ここにいては濡れ衣を着せられるかもしれないと、はやばやと刑務所への帰路についた。

知事の信書

神奈川県知事の安河内麻吉《やすこうちあさきち》は大正十一年（一九二二）十月十六日に就任、大震災の発生時は県庁知事室にいた。

倒壊を免れた県庁舎には多数の市民が避難してきたが、やがてここも猛火に包まれる。安河内は職員、市民らとともに火を逃れ、一部の県職員を連れて久保山の出先事務所に避難して情報の収集に当たっていた。

深夜になっても治安の要《かなめ》である警察部長・森岡二朗の行方がわからない。森岡は県庁から避難の際、多数の市民を先導していたので、もしかしたら猛火に包まれたのではないかと安否を気遣った。

一方、コレア丸船上にあった森岡もできるだけ早く知事と連絡を取りたいと思っていた。

二人はともに東京帝国大学法律学科を卒業後、内務省に入省、文官高等試験に合格したキャリア官僚である。安河内は福岡県出身の当年五十歳、内務省警保局長という重職に就いた後に静岡、広島、福岡の知事を歴任して神奈川にやってきた。

森岡は奈良県天理の出身。明治四十四年（一九一一）七月東京帝国大学法律学科を卒業、椎名と同年に文官高等試験に合格し内務省に入省。兵庫県警部に任官し警視に昇進するまで兵庫県勤務。その後青森県警察部長を経て神奈川県警察部長になった。現場経験が豊富な不言実行型の行動派である。当年三十七歳、椎名と同年生まれだが大学は椎名の一年後輩に当たり面識はなかった。

森岡は大阪府と兵庫県に救援の要請をしたこと、握り飯の炊き出しを在港している全船舶に打電したことを知事に知らせたかった。握り飯を陸揚げし、被災者に配るためには警察の組織力が不可欠なのだ。早急に知らせなければと焦っていた。

自分は、唯一の他所との連絡手段である無線のそばを離れるわけにはいかない。大阪府と兵庫県当局との救援船の要請にかかわる連絡もある。コレア丸には甲板から船倉まで避難民が溢れている。県・市職員、警察消防の関係者はいないかと、船内を一回りして声をかけたが該当者はいなかった。

森岡は落ち着こうと、甲板に出て市内を見た。火勢が少し弱くなったような気がする。ただ、陸に上がるには船が必要だし、救命ボートを使うにしても漕ぎ手の船員がいる。頭を抱えながら、炎を映し橙色もしくは赤色になっている海上に定まらない視線を投げていた。

しばらくすると照明を点けた小蒸気船が艀船《はしけぶね》を曳いて近づいてきた。森岡は目を凝らした。艀船には避難民が大勢乗っている。下ろされていた鉄製のタラップに横付けし、ロープで繋留《けいりゅう》。船員の誘導で避難民が順次乗り移った。船員は三人だった。

自分も、艀船に乗ってきたが、そこでは見ることができなかった実に手際よい鮮やかな救助活動に感心した。森岡は、艀船を曳いてきた小蒸気船・都丸から本船に上がってきた男に声をかけた。

「私は警察部長・森岡二朗です。貴殿らの見事な救助活動に見入ってしまいました」

「お勤めご苦労様です。私は東洋汽船横浜支店の宇野常司《うのつねじ》です」

男は疲労困憊《こんぱい》といった体《てい》だった。しかし、今はこの男を頼る以外にない。

「お疲れのところたいへん申し訳ないが、知事に言付けを頼まれてくれませんか」

森岡は頭を下げた。

「わかりました。知事殿はどこにいらっしゃいますか」

「それがわかりません。県庁が火に包まれたときに散り散りになりました。おそらく火災を免れている太田から久保山、神奈川に至るあたりか、山手町だと思います。知事も私を探しているはずです」

森岡は市内の該当箇所を次々に指差しながら言った。

「そうですか……」

船から陸《おか》を望むと、右から神奈川、石油タンクが爆発炎上した桜木町湾岸の二、三キロ向こうの丘陵地が久保山、倒壊した中央桟橋の正面の奥が太田、そして、いまだに火の海の山下町、関内《かんない》があり、ひと山越えた丘陵一帯が山手町になる。

少なくとも、桜木町方面は重油が流出して港湾も火の海である。上陸するとすれば、新山下だ。

「山手の派出所をまず訪ねてみましょう」

「お願いします。巡査を知事のところに走らせるよう命令書を書きます」

森岡は電信室に隣接する事務室に戻った。とにかく他所《よそ》と連絡を取るためには船舶の無線以外方法はない。しばらくの間、ここを離れるわけにいかない。

宇野常司は、四号岸壁繋留中のコレア丸で輸出貨物積載の監督中に激震に遭った。岸壁は崩れ、繋留のロープが切れ、船は岸壁を離れた。作業中の人夫など多数が海中に投げ出される。やがて市中に火災が発生、あとからあとから市民が岸壁めがけて避難してくる。岸壁も人があふれ、強い余震で海中に落下する人たちが続出した。宇野は監督船長という立場で船員を指揮。救命ボートを下ろし、墜落者と避難民数百人を救助した。

目の前で次々に溺れる婦女子が目に入る。しかし、二艘の救命ボートではどうすることもできない。猛火によって発生した旋風によってコレア丸にも飛び火し、甲板上の日覆いが焼けた。宇野はやむなく退避命令を発し港外に避難して錨を下ろさせた。

無線技師・川村豊作がＳＯＳを打電し続けたのもこのころである。

陸上の火は猛烈な勢いで燃え広がった。中村川と大岡川に挟まれた扇形の中心市街地をまたたく間に火の海にしていったのだ。海岸通りから岸壁は火に追われた避難民であふれ、やがて破壊された桟橋に押し出されてきた。桟橋から先は海である。火の手からもはや逃げ場がない。

宇野は見るに見かねて救助隊の編成を決断した。船員を集めて志願者を募った。

「本船の錨を上げて、できるだけ岸壁に近づき救命ボートを下ろす。しかし、これはまさに命懸けである。おそらく助けを求める群衆に、婦女子から先に乗船させるといった秩序ある行動は期待できないだろう。われわれの安全も保障できないが、このまま見殺しにするわけにはいかない。私とともに救助に向かってくれる者は手を上げてほしい」

宇野は沈痛な面持ちで語った。

船員たちは黙っている。無謀で自殺行為だということは宇野自身もわかっている。

「無理か……」

宇野は肩を落とした。

しばらく沈黙が続く。船員たちも何とかしたいと思っているのだが、救命ボートによる救助がいかに困難であるかは、先ほどの四号岸壁で経験していた。ボートが何度もひっくり返りそうになったのだ。

今の岸壁の人の数はあのときとケタが違う。何十倍もの避難民であふれている。

「監督船長、あれは⁉」

船員の一人が指差した。発動小型船がこちらに向かってくる。

小型船には、けが人が多数乗っていた。宇野は決断した。この小型船で会社の小蒸気船停泊所まで送り届けてもらうのだ。あらためて決死の船員を募ると全員が手を挙げた。

宇野は操船乗組員八人を選抜し水上警察署の裏にある東洋汽船の小蒸気船停泊所に向かった。

幸い、小蒸気船二〇艘以上は無事に繫留されていた。その中でも新造の吾妻丸《あづままる》と都丸《みやこまる》を選び分乗、宇野は都丸に乗って指揮に当たった。

一号岸壁方面に回航すると避難民を満載した艀船が動けなくなっていた。都丸でこれを曳いて本船に送ることにし、吾妻丸には、まず海中に落下した人の救助を命じた。都丸は避難民を乗船させた後は空になった艀船を曳いて岸壁に戻り、三島丸など他の船の救助活動とともに一号岸壁から六号岸壁まで避難民全員を救助したのだった。

森岡は知事にあてて同じ文書を三通認《したた》めた。船内に避難していた男性五人が伝令を買って出てくれたので、二人一組にして三組を作り別行動を取らせる。宇野一人では心もとないと思っていたので、ありがたかった。

知事がどこにいるのかわからない。何とか夜明けまでに、知事につなげたいものだ。森岡は六人を見送った。警察官と県職員を探し、まずは知事の所在を質問する。居場所を承知していたら文書を託《ことづ》けることにし、知らない者には、「森岡警察部長の命令として、同僚や部下あるいは上司を誘って、明朝七時までに中央埠頭に来るように」と、伝えることにした。

知事あて文書の概要は次のとおりであった。


当職は一日、二十時過ぎに　コレア丸に乗船。

無電により、港湾に停泊中の汽船およそ百隻に、握り飯の炊き出しを要請する。

明朝午前七時より、中央埠頭において、それらを陸揚げし被災者に配布することとしたい。

よって県市職員並びに巡査を埠頭に参集されたし。殺到する市民の整理緊要なり。

また、大阪府と兵庫県に救援物資を要求する。桟橋悉《ことごと》く壊滅につき、救援物資の陸揚げには熟練の荷役人夫多数必要。

至急、人夫の手配をはじめられたし。


久保山にいる安河内知事に文書が届けられたのは二日午前五時だった。

知事は徒党を組んだ暴漢が多数現れ、強奪《ごうだつ》掠奪《りゃくだつ》をほしいままにしていることを聞き及び、治安回復が急務であることを痛感、軍隊への出兵要請など策を練っていた。そこに森岡からの報告が届いたのである。同席していた幹部職員に指示を与えた。

「午前七時に停泊中の船から炊き出しの握り飯が届けられる。県職員に限らず市職員にも声をかけ、中央埠頭に出向け。被災市民への配布を混乱なく速やかに行えるよう配慮すること。よいな。また、明日昼過ぎから救援物資を積み込んだ船が次々に入港するはずだ。桟橋はすべて破壊され繋留できるところはない。荷揚げを実施するには多数の人夫が必要だ。火災を免れている地域で人夫募集を実施せよ。

警務課長と高等課長はここに残れ。他はただちに部下を督励して任務に就くこと。なお、仮事務所を桜木町出先に移すから復命は桜木町に参れ。以上、解散！」

安河内は夜が明けた市内に急ぎ繰り出す部下の後ろ姿を追った。高い士気を感じた。この場に残した二人の警察幹部は寡黙ながら、いったん口を開けば論理的に相手を説き伏せることができる。安河内が信頼する部下だった。

これから二人に命じることとは、本来ならば知事本人が出向いて願い出るべきことであり相手であった。何を命じられるのかと厳しい表情で畏《かしこ》まる野口《のぐち》警務課長と西坂《にしざか》高等課長に、

「至急上京して内務大臣、第一師団長並びに参謀本部に作戦課長を訪ねて被災の状況を報告して、救援を頼んで参れ。水野錬太郎《みずのれんたろう》内務大臣は内務省時代の上司だった。内閣改造で替わっているかもしれないが、首相官邸に行けば、閣僚に会える。

第一師団は申すまでもなく当神奈川を管轄する。相応の支援をただちに受けられるはずだ。参謀本部の作戦課長とは十年来の付き合いがある。安河内、たっての願いと申せ。くれぐれも余の

全権代理であり、責任も重大であることを忘れるな」

と言って、三通の信書を手渡した。

八月二十四日加藤友三郎首相が病死。外務大臣の内田康哉《うちだやすや》を首相とする臨時内閣が震災の対応に当たっている。八月二十八日には山本権兵衛《やまもとごんべえ》に組閣の大命が下っていたが、降って湧いた組閣は難航していた。


野口、西坂の二人は火災を免れた神奈川町から避難民のために運行をはじめた民間の小型船に乗せてもらい帝都に入った。参謀本部、第一師団、官邸の順に訪ねることにした。

三宅坂を目指しひたすら歩く。焦土と化した新橋、銀座から日比谷一帯は、まだあちこちで火と煙が上がっている。参謀本部に着いたのは正午前、間もなく震災から二十四時間が経とうとしていた。

参謀本部作戦課長兼軍令部参謀・畑俊六《はたしゅんろく》大佐は、神奈川県知事・安河内の使いと聞いて二人を丁重に迎えた。

髭面の二人からは異臭がただよう。すっかり汚れた服は方々に引っかき傷があり焦げ臭く、重油の臭いが混じっていた。

畑は安河内と人を介して知り合った。六歳も年長の内務省高官・安河内の謙虚で私心のない人柄にひかれた。軍人と官僚という立場の違いが友情に近い感情を醸成したのかもしれない。

「詳細は二人に訊けとある」

畑は安河内の信書を読み終わると、二人を見た。

「参謀殿、知事の願いは、治安の回復のために出兵を願いたいということであります。壊滅した横浜の状況のすべては到底把握できません。火の海で近づけないのです。

ただ、市中も外人居留地も外資の石油タンクも、また野天に山積みにしている船舶燃料用の石炭も、すべて火の中にあります。四〇〇〇人以上の外国人が暮らす国際港湾都市・横浜は焦土と化し、警察機能は麻痺。暴徒・暴漢のほしいままにされようとしています」

野口が言った。

「さようか、よくわかった。この畑はできる限りのことをすると知事に伝えよ」

「はい、ありがとうございます」

畑は自室の窓から門衛哨舎横の通用口から出る二人の使者を見送った。

ぎりぎり火の手を免れた司法省と桜田門。その周囲は避難民で溢れていた。日比谷から先はいまだに燻《くすぶ》っている。

畑は横浜の街を想像した。県庁舎も市庁舎も焼かれ壊滅状態。その被害は帝都以上のものかもしれない。東京市には、さきほど戒厳令が発布された。横浜にも、いずれ発布されるだろう。だが、安河内のたっての願いを聞いた以上、それまでに、いくばくか部隊を送ってやりたい。畑は機動力のある騎兵一個中隊を派遣することを考えた。海軍の協力を得て、習志野から海路横浜に上陸させるのだ。

畑俊六は明治十二年（一八七九）生まれ、父は旧会津藩士で親戚には白虎隊士《びゃっこたいし》がいた。昭和十二年（一九三七）大将に昇進。昭和天皇の厚い信任と信頼を得て陸軍大臣も務め、昭和十九年には元帥になった。

昭和二十年四月、本土決戦に備え第二総軍司令官となり広島に赴任。八月六日午前八時十五分、広島駅付近で原子爆弾に被爆。奇跡的に助かった畑は、廃墟と化し十数万人の即死者を出した広島で被曝負傷者救助の陣頭指揮に当たった。十三日、極秘裏に上京。

十四日午前十時から行う御前会議前に元帥会議を行うとの天皇の命令を受け参内した。

昭和天皇は、杉山元、永野修身、畑三人の元帥に、ポツダム宣言について意見を求めたのだ。

畑は、「本土決戦で敵を撃攘《げきじょう》できません」と述べた。

三元帥中ただ一人、戦争継続に反対したのである。

野口と西坂は、半蔵門から麴町、四ツ谷を経て市ケ谷の第一師団に赴き、師団長・石光真臣《いしみつまおみ》中将を訪ねた。横浜の惨状を説き、出兵と五万人分の陸軍糧食の分与を申し入れた。

石光は帝都警備の司令官として激務の中にあり、横浜の窮状を理解し善処を約束したが、糧食の分与については具体的な回答はしなかった。

帝都の惨状を目のあたりにした野口と西坂はさすがに無理は言えず引き下がった。

石光は熊本細川藩の士族家系の出身で明治三年(一八七〇)生まれ当年五十三歳。

「現役は残すところあと二年。老兵なれど……」

と、言いながら神奈川の治安維持にも尽力した。

横浜で水源や井戸に毒物が投げ入れられた、あるいは、入れられる、といった噂があると知るや、ただちに対応、相模湖を水源とする横浜水道の警備に第一師団所属の歩兵第四十九連隊(甲府)に出兵を命じた。軍隊の駐留によって八王子から相模野一帯の治安は保たれ、この地域に限っては混乱に乗じた強奪や虐殺は起こらなかった。

第一師団を出た二人は首相官邸に向かった。参謀本部から来た経路を逆戻りする。いよいよ出張任務最後の水野内務大臣への面会である。二人が木造二階建て洋館の首相官邸に到着した時には薄暮になっていた。

内田を首相とする臨時内閣はこの日午前、非常徴発令、戒厳令を発布し、午後四時に組閣を決定した第二次山本権兵衛内閣との引き継ぎを待っていた。

水野は、安河内の使いと聞いて、よく来たと労《ねぎら》い、親任式が終わり引き継ぐまでは自分の責任だと言って信書を受け取ってくれた。

水野は慶応四年(一八六八)、江戸の秋田藩邸で生まれた。当年五十五歳、いかにも疲れきったといった表情の口元を緩め、二人を招き入れた。安河内は内務省の後輩であるとともに帝国大学法科の後輩でもある。報告では横浜も大惨事らしいとは聞いていたが、帝都の惨状には及ばないだろうと思っていた。しかし、今二人の話を聞いて驚いた。

「横浜は壊滅状態ではないか。すでに軍隊に出兵を求めたと聞いたが、市民生活の安全を守るのは軍人だけでは無理だ。知事の希望である巡査の警備応援を検討してみよう」

「ありがとうございます」

野口が礼を述べた。水野は腕組みをして目を閉じた。しばらくの沈黙の後、

「よし、急ぎ帰って知事に復命せよ。警備応援は了解したと」

水野は勢いよく席を立った。

このころ、赤坂離宮内の萩の茶屋において、親任式が行われていた。大正天皇が病気にふせっていて、東宮・裕仁皇太子が摂政をつとめていたので赤坂離宮で行われた。

余震が続き離宮内は危ないと茶屋が選ばれたのである。

停電により、ロウソクの灯りの下での親任式は、いかにも地震内閣らしいものだった。

九月一日の地震発生時、山本権兵衛は海軍の社交クラブである築地の水交社にいて組閣準備をしていた。

八月二十八日の組閣下命を受け、ただちに人選し順次会見していたが、政見政策や人事構想での思いを異にするなど入閣を保留する者が多く難航していた。

山本は火災の発生で築地から避難。高輪台の自宅に帰って、帝都の下町一帯が火につつまれた一夜を明かした。入閣候補者を呼びにやってもなかなか来ない。被災状況の報告も入らない。一刻も早く組閣しなければならないと、焦燥に駆られる。

最初に駆けつけてきたのが東京市長の後藤新平《ごとうしんぺい》だった。後藤とは二十八日に会見、内務大臣就任を依頼したが、外務大臣を希望する後藤は入閣保留の回答をしていた。その後藤が、内務大臣を了承する。何としても、たとえ不完全であったとしても、本日中に組閣しなければならないと、やってきたのだ。

後藤の入閣で組閣は一気に進んだ。司法大臣は空席だったが、とりあえずは併任人事で親任式に臨んだのである。

神奈川県知事・安河内は二日午前中、県庁仮事務所を桜木町海外渡航検査所に設けた。

午後には警察部長・森岡がやってきた。大阪、兵庫への救援要請に対して速《すみ》やかに対応する旨の返電があったこと、今し方、大阪商船のシカゴ丸からは、白米、梅干し、たくあん、ビスケット、医薬品などの資材の積み込みが間もなく完了する、大阪府、大阪市などからの救援要員を乗船させ次第出港するとの連絡があったことなどの報告を受けた。

九月二日午後五時、次々に解放囚が帰還するなか、二人の県職員が横浜刑務所の倒壊した正門にやってきた。立哨する看守に県知事の指示で典獄に会いに来たと告げた。二人は、まだ燃え続けている市中を避けて海岸沿いに新山下町、本牧町《ほんもく》を通り堀割川沿いの電車道を北上、およそ二時間かけてたどり着いたのだった。

影山文書主任が二人を警備本部の天幕に案内した。港湾部次長・尾上三郎《おのうえさぶろう》は知事から典獄にあてた信書を差し出した。椎名は被災の見舞いの言葉を述べてから文書に目を落とした。

椎名の表情を注視しているのは尾上と付き添いの事務官だけではなかった。同席している典獄補・野村、戒護主任・茅場、会計主任・坂上らもじっと見ている。

「尾上殿、文書の内容はご存じですか」

椎名は一度読み、さらにもう一度読み返してから尾上に訊いた。

「はい。おおよそは心得ております」

「そうですか。では今一度確認します」

椎名は文書を読み聞かせる体でゆっくりと要旨を語った。

「明日午後より横浜港に救援船が次々に入港する予定である。しかしながら桟橋と岸壁はことごとく崩壊していて船舶の繋留は困難であり、救援物資は艀船に積み替えての荷揚げになる。

本日早朝より市当局とともに荷役人夫の募集を行ったが応募はわずかであった。ついては、明日午後入港予定の大阪府からの救援第一便の荷揚げに限り、貴所受刑者を横浜港に派遣されたくお願い申し上げる」

椎名は尾上を見る。尾上は口元を引き締め小さく会釈をして頷いた。

野村以下の部下たちは、小声で言葉を交わし合っている。この未曾有の危機に協力しないとは言わないだろうが、表情を見る限り消極的である。

それは尾上も感じたのだろう、付き添いの事務官に発言を促した。

「一言申しあげます。私は今朝方、警察部長の命令により大桟橋に参りました。湾内に停泊中の船から届けられた被災者救助のための握り飯を陸揚げするためです。数ヵ所で陸揚げが始まりました。私が監督したところは握り飯を海中に落とすなどうまくいかず手間取ったため、業を煮やした避難民が殺到。ただでさえ危険な岸壁での奪い合いになってしまいました。

ところが、一ヵ所だけ避難民も協力して平穏な荷揚げが行われているところがあったのです。私は急ぎ見に行きました。艀船に乗り込んでいたのは囚人服を着た六人の受刑者たちでした。実に見事な連携で荷揚げをしていたのです。その様子は私だけでなく全体の指揮に当たっていた警察部長も船上から見ていました。

午後の会議で荷役人夫が集まらないとの報告があったときに、受刑者の方たちにお願いしてはと提案したのは警察部長です……」

「典獄殿！」

と、尾上が事務官の話を引き継いだ。

「そこには明日限りとありますが、明後日以降は数隻が同時に入港すると思われます。おそらく当分の間はお願いせざるを得ないと思います……」

「…………」

椎名は頷きもせず黙っていた。法にもとづいた解放でも、当局は無視されたと気分を害し非難囂々《ごうごう》のところに、鉄鎖などの戒具《かいぐ》なしの構外作業を、これもまた当局に伺いも立てずに請《う》けるとなると、今度こそ自分の首が飛ぶかもしれない。組織の人間としての保身が椎名の頭をかすめた。

すると、不思議なことに、「君子は民を利せんと欲す」という声が聞こえてきた。祖父の顔が浮かんだ。祖父には、椎名家の家訓だと、幼いころから事あるごとに庄内藩版の『南洲翁遺訓《なんしゅうおういくん》』を音読させられたのだ。

東北の山形でなぜ鹿児島の西郷隆盛《さいごうたかもり》かというと、その縁は戊辰《ぼしん》戦争にさかのぼる。

江戸時代、寒河江《さがえ》は幕府の直轄領で、椎名家は代々、年貢の取りまとめなどを司る豪農だった。

幕末、混乱する時勢に、小さいながらも譜代の名藩だった庄内藩酒井家は江戸市中取締の大役を引き受けた。その手当として寒河江を拝領したのである。

慶応三年（一八六七）、庄内藩は江戸の三田にあった薩摩屋敷を焼き討ちし、翌年四月には会津と同盟を組んだ。

戊辰戦争では薩摩軍の主力に大打撃を加える戦果をあげたが九月二十六日に降伏、庄内鶴岡城を敵将・黒田清隆《くろだきよたか》に明け渡した。藩主も家臣も報復を覚悟していたが、黒田は「降将を辱しめず」という武士道を守った。

後に黒田の寛大な計らいは西郷の指図と知らされ、旧藩主・酒井忠篤《さかいただずみ》に率いられた旧藩士七十余名は、西郷が鹿児島に下野した後に開いた私塾に留学した。

庄内藩・中老で明治新政府から酒田県権参事《ごんさんじ》を任じられた菅実秀《すげさねひで》も西郷を訪ねている。彼らの筆録をもとに『南洲翁遺訓』がつくられたのである。

椎名の祖父は菅と親交があり、西郷の人柄を直接聞いたと、その逸話を自慢げに話すのだった。「いいか通蔵、爺はお前に君子になる努力をしてほしいと願っている。『小人は己を利せんと欲し、君子は民を利せんと欲す』と南洲翁は言われたという。忘れるな」

まさに今、この時の言葉が下りてきたのだ。

祖父はいったん家を出て存分に働け、他人《ひと》様のため、天下国家のために、立派に働いてから家督を継ぎに戻ればよい、と勉学をすすめてくれた。

祖父は寡黙で謙虚・潔癖な人だった。村人には誰に対してもいつも深々と頭を下げていた。

「役に立つ人間になれ。そのためには欲を持たないことだ。西郷さんのように『命もいらず、名もいらず、官位もいらず、金もいらぬ』という始末に困る人になれ。始末に困る人でなくては、大きな事業はできない。しかし、なかなかこうはなれないぞ。なぜならば、何もいらないという人は、ただ単に無欲というだけでなく、日々道を行っているからだ。

正しい道を歩き続けることによって何事にも動じない自信をもつことができる。知は徳につながる。とにかく一所懸命学ぶことだ。学問は己のためだけでないと自覚すれば天は味方する」

この災禍の真っ只中に、二十年以上前のことが、つい昨日のことのように思い出された。

〈この横浜で世界に通用する、いや魁《さきがけ》となる行刑を行おう！　囚人に鎖も分銅もつけずに構外作業を行うのだ。それこそ、真の開放処遇である〉

椎名は腹を決めた。

「わかりました。ご期待に添えるよう努力しますが、受刑者たちが安全に荷揚げ作業ができるようにしていただくことが条件です」

「ありがとうございます。しかと伝えます。ところで何人派遣していただけますか」

「なるほど……」

椎名は笑った。人員を書かなかった知事もなかなかの曲者《くせもの》だと思ったのだ。

「五、六十人は出せるでしょう」

「願ってもないことです。賃金は荷役人夫並みに支払います」

「それは辞退します。賃金をもらっても国庫に入るだけで受刑者には渡せません。懲役刑という刑罰の宿命です。奉仕だから意義があります。囚われの身で人様のお役に立てることが何よりの喜びなのです。昼食の汁物、湯茶。それから、一日の作業が終わった後の飲食のお世話だけはお願いします」

椎名は穏やかな笑顔を作った。

午後六時半、解放の期限二十四時間が満了した。

午後七時三十分、椎名は病臥の者を除き全員を集めさせた。千葉刑務所から届けられた多数のランタンと四隅で焚かれた照明用の焚き火に囲まれた空き地に整然と並ぶ囚人七〇〇名余りを前に訓示をはじめた。順次帰還する者もそこに加わる。

「諸君たちがよく私の指示を守り定刻までに帰ってきてくれたことを心から感謝する。先ほど県知事の文書を携えた使者の訪問を受けた。よく避難民を助け、よく官吏の手伝いをなすなど、ことごとく倒壊焼失した市内において善行を働いてくれたと感謝の文をもらったところである。今朝は生命の危険を顧みず、崩壊した大桟橋で救援炊き出しの握り飯を陸揚げしてくれた。おかげで市民がひとときの安らぎを得ると同時に、県の被災者救援に対する信頼と評価をもらった。何といってもありがたかった、ということも言われた。諸君は横浜刑務所典獄としての私の誇りだ。衷心より感謝する。ありがとう」

衣擦《きぬず》れひとつ聞こえない静寂が保たれていたが、椎名の礼の言葉を聞くと、多くの囚人たちは、肩を揺らし涙を流した。指先であるいは手の甲で涙を拭う姿に椎名も胸が熱くなり、言葉がつまった。

〈大丈夫だ！〉

椎名は全体を見回してから「諸君にお願いがある」と、ひときわ大きな声を出した。

囚人たちの顔がいっせいにこちらを向く。

「大桟橋で握り飯の陸揚げを手伝った者は、その場に立ってほしい」

秩序正しく前と横に倣《なら》って並んでいた囚人の列のちょうど真ん中あたりで三人、前列の左端で三人が立った。

「営繕工場の山田君、鈴木君それに和田君。炊所の河野ボイラーマンと稲村さんと加藤君だったたのか。今朝はご苦労だったね」

名前を呼ばれた六人は一様にかしこまって礼をした。椎名が六人の名をあげたことには看守たちが驚いた。囚人たちが「今度来た典獄殿は、わしらの名前をみんな知っている。悪いことはできないし、ありがたいことだ」と口にするのを聞いていたが、一〇〇〇人を超す囚人全員の名など覚えられるはずがないと思っていた。だが、この情景を見れば、それが事実であることがわかる。

椎名が着任後わずか三月余りにして囚人たちから絶大な信頼を受け、人気があるのは、自分のことを知ってくれているという感謝と畏敬の念からくるものだったのだ。

「まずは君たちに聞きたい。県知事から依頼があった。これから続々と届くであろう日本各地からの救援物資の荷揚げ人夫として働いてもらえないかということだが、大いに危険が伴うと思われる。まったく荷揚げの経験がない者たちでも安全に仕事ができると思うか?」

六人は互いに顔を見合わせてから河野に発言をうながした。

「われらも半ば素人でした。一般市民の邪魔がなければ安全に仕事をすすめることは可能です」

河野はよく通る声で答えた。

「そうか、しかし私としてはみすみす危険な仕事とわかっているのに就かせたくはない。まして、無報酬の奉仕作業ということだ」

椎名は視線を河野に置いて言った。

「今朝は港に停泊中の客船、貨物船、大小さまざまな船からの小さな物の荷揚げでしたから、危ないと思ったことはありませんでした。しかし、救援物資となると米俵や大きな漬物樽などもあるでしょう。実際は桟橋が破壊されているので危険この上ないというのが実情です」

それを聞いた囚人たちはざわめいた。

「しかし、しかしですね。あの惨状は忘れられません。黒焦げになった死体の山もありました。潮の関係で河口から港まで死体で埋め尽くされていたのを見たときには、この世のものとは思われませんでした。犠牲になった人たちのことを思うと、危険な仕事だからと怖がっていては男が廃《すた》ります。私はその仕事やらせていただきます」

「そうだ、やろう！」「行こうじゃないか！」

囚人たちはいっせいに声を上げた。

喝采

九月三日午前九時、救援物資荷揚げ奉仕班七〇名が横浜刑務所を発った。

構内では居残った受刑者たちが拍手で送り出し、正門があったあたりには官舎の夫人たちが並んで見送った。

大桟橋までの経路は遠回りになるが、前日県職員が通った磯子、本牧、新山下町経由の道を選んだ。前後左右に刑務官を配置し三列縦隊で行進する囚人部隊。市民は、なにごとかと興味深げに見ていた。「どこに行くの？」と声をかける市民に、笑顔で「壊れた港に行くんだ」と答える囚人もいた。

出立時の注意事項の告知で囚人たちは、口が裂けても「救援物資」とは言うなと念を押されていた。前日、千葉刑務所からの救援品受領で磯子の港で大変な思いをした経験があったからだ。椎名は解放の決断と同じように、この奉仕出役でも部下に意見は求めなかった。何かあったときの責任を一人で被るつもりだったからだ。人選も人員もすべて椎名が茅場戒護主任に命令する形で事を運んだ。出役は一日、二日では終わらないだろうと、茅場には工場単位で日替わりの順番制にすることを指示したのだ。

第一日目の今日は営繕工場、外掃《がいそう》班、農耕班、便捨《べんしゃ》班の受刑者総勢六九人と、元船乗りで炊所のボイラーマン・河野が選定された。彼らは塀の外に出る作業にも従事していた、逃走のおそれのない受刑者たちである。理にかなった選定をしたと、椎名は満足している。

この隊列を複雑な思いで見た男がいた。行刑局書記官・永峰正造である。

永峰は海軍省軍務局の旧知の友人を介して、この日、芝浦から呉に帰還する掃海艇への乗船を許された。二人の事務官を同行して芝浦へ。永峰の肩に掛けられた革の拳銃帯には南部式自動拳銃が収められていた。短艇《カッター》で本艦まで行く。無数の遺体が浮かんでいた。永峰は南無阿弥陀仏を心の中で唱えながら沈痛な面持ちで乗船した。

およそ一時間で横浜港沖に、そこから再び短艇で新山下町まで送り届けてもらった。

横浜港は芝浦よりもさらに悲惨だった。オールで遺体をかき分けながら進む。ちぎれた手足、頭部のない遺体などが多数浮いていたのだ。何かの爆発によってバラバラになったのだろう。

永峰は何度も手を合わせ「南無阿弥陀仏、南無阿弥陀仏」と声に出して唱えた。

上陸した永峰は虚しい気持ちになっていた。椎名通蔵を懲戒にする材料探しに行くのだ！　という並々ならぬ闘志で本省を発ったはずだったがその気が失せているようだ。

三人は無言のまま横浜刑務所に向かった。

三十分ほど歩いたところで、隊列を組んで歩いてくる囚人の一隊と出会った。三人は道の端に寄って隊列を通した。囚人たちの顔付きはみな引き締まっていた。最後尾には司法省で蹴り上げた男、会計主任の坂上義一看守長がいた。白いはずの夏制服はさらに汚れ、茶に近い灰色になっている。向こうは気づかずに目の前を通り過ぎた。坂上の凛々しい身のこなしと、いかにも責任感に燃えているといった精悍な面構えを見て、永峰は無性に腹が立った。

〈横浜刑務所はいったいどうなっているのだ⁉〉

典獄・椎名通蔵に対する怒りがまたメラメラと燃え上がってきた。


午前十時半、囚人部隊は横浜港大桟橋に到着した。折しも大阪府が差し向けた救援第一船の南米航路定期船シカゴ丸が入港し錨を下ろすところだった。

海岸沿いは多数の市民であふれていた。救援船来港、米などの救援品を市民に配るという噂がすでに流れていたのだ。

囚人たちが隊列を組んだまま進むと、市民は道を開け「頑張れよ！」「頼むぞ！」と声をかけた。

桟橋入り口には、巡査と前日の夕刻に横須賀鎮守府から派遣され上陸した陸戦隊の兵士が立って市民の立ち入りを阻止している。

桟橋では二二人の男たちがたむろして囚人の到着を待っていた。

荷揚げには六艘の艀船を使って船と桟橋を行き来する。その陸揚げを七〇人の囚人と県と市が採用した二二人の荷役人夫によって行おうというものだった。

坂上はその顔ぶれを見ていやな予感がした。人相・風体いずれもよくない。体型体格は小粒でやや肥満という者が大半だ。毎晩酒をくらっている無為徒食《むいとしょく》の体型である。とても力仕事に向いているとは思えない。坂上は居合わせた県職員に「連中は大丈夫ですか？」と聞いてみた。

「張り紙の他、街頭での声かけを行ったが、人が集まらなかった。どうしたものかと頭を抱えていると、ある博徒の親分から『義によってお手伝いいたしましょう』と、あの者たちを送り込んでくれたのです」

と、不安そうな顔で答えた。

東洋汽船社員が手際よく荷揚げの人員配置について説明をする。

「艀船六艘でピストン輸送をします。艀船には身のこなしが確かな人、五人に乗ってもらいます。残りの人たちは岸壁で艀船からの荷揚げと、保管場所までの運搬に当たってもらうことにします……」

ただちに人選が行われ、艀船に配置される者はすべて囚人の中から選ばれた。

彼らには防護用の帽子と手袋が配布された。

「船から艀船への積み替えは船のクレーンが使われます。常に上方に注意し、船員が吹く呼子笛の吹鳴にも気を配ってください。くれぐれも安全に心がけてください。では、乗船をお願いします」

午前十一時三十分、小蒸気船に曳かれた艀船は次々に岸壁を離れ、およそ五〇〇メートル離れた海上に錨を下ろしたシカゴ丸に向かった。

看守と囚人たちは列を崩さずに岸壁から艀船を見送った。

シカゴ丸からタラップが下ろされ、艀船が横付けされた。

しばらくすると甲板に多勢の人影が現れ、タラップを降り始めた。

彼らは大阪府当局が手配、あるいは参集した大阪市と官公庁の職員、それに救護要員の医師、看護婦などであった。総勢百余人が艀船第一便に乗り移った。この中には椎名を育てた谷田三郎大阪控訴院長（現在の大阪高裁所長）の命令で横浜刑務所の調査にやってきた裁判所職員も含まれていた。

大桟橋岸壁では、ものの一時間もしないうちに荷役人夫班が乱れ、騒ぎが起こった。

荷揚げが進まないばかりか連携が取れない烏合の衆で、暴言から暴行に至り、ついに七、八人が仲間同士で乱闘をはじめたのだ。

また、荷の揚げ方が悪いと、艀船に乗り移り、囚人に暴行を加えていた男を会計主任・坂上は容赦なく海中に投げ飛ばした。それを見た仲間が、今度は大勢で坂上に襲いかかった。揺れる艀船の上の博徒の人夫たちは、坂上にあっけなく投げられ海中に転落した。

遠目でも善悪の様子はわかるもの。群衆から喝采の歓声が上がった。海中に転落した人夫たちの中には溺れる者、命乞いをする者もあった。坂上は囚人を手伝わせ全員を救いあげてから叱り飛ばした。

「貴様らは市民を助けるために来たのではないのか。やりたくなければとっとと帰れ。俺に文句があるのだったら親分に泣きつけ。もっとも、無事に帰れるかどうかはわからんがな……」

坂上は岸壁の群衆を指差した。群衆からはひときわ大きな歓声があがった。

「覚えとけ、クソッ」

一人の人夫が坂上に唾を吐いてから立ち去った。

男が群衆の中に消えると、そこが大きく揺れた。男は這這《ほうほう》の体《てい》で逃げ戻ってきた。鼻血と口腔内の切創で顔面血だらけだった。空腹と不安でいらつく市民の袋叩きに遭ったのだ。

その後は荷役人夫たちもおとなしく荷揚げ作業に専念したが、みなすぐに顎が上がった。


クレーンによる荷下ろし、それを艀船で受ける作業は、本船も艀船も揺れていて危険極まりなかったが、幸い大きな怪我など事故は起こらなかった。

艀船からの陸揚げは、大きな重い荷物は艀船の上で梱包を解き、人力で持ち上げられるようにして桟橋上にあげた。

陸揚げされた救援物資は県職員の指示で種類ごとに整理され桟橋の上に積まれた。これらは仮倉庫として使う焼け残った建物に運び込むのだが、群衆をかき分け無事に倉庫にたどり着けるかどうかが問題だった。知事・安河内と警察部長・森岡が密かに視察にやってきた。これだけの群衆である。知事と知れると何が起こるかわからないので印半纏《しるしばんてん》を羽織っていた。

午後六時、全員艀船に乗り移ってシカゴ丸に横付けし、船から提供された握り飯と味噌汁を食した。

しばしの休息の後、桟橋に積まれた物資の倉庫への搬入が始まった。第一師団第一中隊の半数と午後四時に到着した騎兵隊一個中隊が警備に加わった。

騎兵隊の進軍ラッパが鳴り響くと、群衆はどよめき拍手が起こった。囚人たちも気合が入る。リヤカーに乗せ、あるいは肩に担いだ物資が次々に倉庫に吸い込まれていった。

しかし、日が暮れると、警備の手薄なところが狙われ、荷を担ぐ囚人が何度か襲われた。幸い奪い取られた荷はなかったが、殴る蹴るの暴行を受けながらも必死に荷を護った囚人と、助けに入った刑務官が負傷した。

受刑者たちが刑務所に戻ったのは午後十時過ぎだった。

荷は三分の一近くが船倉に残っていて、明朝からの荷揚げに持ち越された。外国航路の船に満載した物資の量は想像を絶するものだったのだ。

囚人たちは刑務所に帰着し、整列位置までくると同時に地面に座り込み、半数以上は仰向けに寝転がった。体力の限界を越えているのは明らかだった。坂上は余りにも気の毒だったので、自ら囚人たちの間を歩いて人員を確認し、整列する点呼を省いた。

「横浜港荷役出役班、総勢七〇名、事故なし。現在七〇名、軽傷はあるものの全員異状なく帰所しました」

坂上は椎名に報告した。

「ご苦労さん」椎名は一言、心を込めて大声を発した。

「典獄、一件報告があります」

坂上は上着のポケットから封書を取り出しながら続けた。指先の感覚が麻痺していて、知事からの要請書が入った二つに折った封筒から文書を取り出すことができず、封筒のまま椎名に手渡した。

「知事から典獄あての文書です。続々と入港する救援船から物資が到着するので、明日は午前八時半には作業を開始したい、派遣人員は本日の倍の人員をお送りいただけるとありがたいという内容だと使者から聞きました」

「そうか」

椎名は予想をしていたのか、そうであろうと頷いた。

しかし、左右に控える幹部職員は「それは難儀なことだ！」などと口々に唱え、ざわめいた。

坂上は違和感を覚え、ランプの灯りに照らされる幹部たちの表情を見た。そこに典獄補の姿はなかった。茅場戒護主任は渋面を作り腕組みをしたまま目を閉じている。怪我をした典獄補の不在は理解できるが、囚人たちを預かる戒護主任が労《ねぎら》いの言葉ひとつかけないのは納得できない。

〈何があったのだ……〉

坂上は疲れていることもあって、無性に腹が立った。

出役受刑者七〇人分の布団はすでに敷かれていた。疲れて帰ってくる同僚のためにと、誰に言われたからというのではなく、囚人たちの手によって敷かれたものである。今夜も星空を天井に眠るのだ。

「ご苦労だった。解散させて、ゆっくり休ませなさい」

椎名は天幕に戻り知事からの文書に目を通すと、罫紙を広げ、妻・節子あてに万年筆を走らせた。

全員無事に帰所した。
明日は百五十人出役する。よって握り飯を百六十人分お願いしたい。
午前六時に取りに行かせる。
ご婦人たちの協力に衷心より感謝している旨伝えられたい。

椎名通蔵

椎名はこれを典獄官舎に届けさせた。前夜も妻あてに八〇人分の弁当作りを頼んだのだ。

福田達也はこみ上げてくる涙を拭いながら、荷揚げ奉仕班の帰所の光景を見ていた。限界まで力を使い果たした仲間の姿に強く胸を打たれたのだ。繋留されていない船舶からの荷役がどれほど危険を伴う重労働であるか、海軍での辛い体験が身体全体に蘇《よみがえ》った。隣には青山敏郎がいた。達也は青山に、

「俺は海軍出身だから特別に行かせてほしいと、明日の朝、申し出てみるよ」

と、言った。

「兄貴、俺も行きたい。いろんなことをやってみたくなった」

青山も達也を見て、貰い泣きをしていた。

「そうか、でもキツイなんてもんじゃないぞ。さっき見ただろ。くたくたになっていたみなの姿を……。帰りの道のりの一里半がどれほど遠かったか俺にはわかる。手を上げて行かせてほしいと言ったら、一日だけというわけにはいかない。おそらく毎日行くことになる。大丈夫か？」

「大丈夫だよ……。海軍に行きたいし、やってみる」

「下手すれば海中にドボンだ。お前泳げるのか」

「なんとか……」

「そうか、それなら船乗りの経験があると言ってみればいい。いつ、どこで、どんな船に乗っていたのかと聞かれるかもしれんから考えておくんだな」

二人はどちらからともなく手を出し、握手を交わして床についた。

前日、達也は妹・サキを見送った後、三枝家の住宅の修繕と片付けに取りかかった。台所を炊飯と料理ができるように片付けてから屋根に登った。大きくズレた瓦をいったん外して葺《ふ》きなおすのだ。

初めての仕事なので要領がわかるまで思いのほか時間がかかった。ようやく慣れたのは夕刻だった。闇に包まれたので、残りは翌朝から行うことにして屋根から降りた。

三日正午、達也は自宅を発《た》った。達也もサキに教えた経路を通った。起伏も、長い登り坂もあって思った以上に辛い行程だった。

時間に間に合わせなくてはと、ずいぶん走った。達也は足腰に痛みを感じながら、母を思った。出立のため囚人服を探していた達也のもとに、母がやってきた。

「この服に着替えなさい」

と、母は鏝《こて》をあてた綿のシャツとズボンを出してくれた。達也は、囚人服で帰らなければならないことを伝えたのだが、母は笑顔で、

「刑務所の近くまで行ってから着替えたらいいでしょう。今日のあなたは逃亡の身なのですから」

と、言った。なるほど、そのとおりだ。解放直後住民に取り囲まれ拘束されたことを思い出した。

達也は母の心遣いに感謝した。

〈いくつになっても子は母親に甘えるものだ〉

と思い、笑いながら着替えると家を出た。母が渡してくれた風呂敷包みの中には、洗濯した囚人服と握り飯が入っていた。

何度も足に痙攣《けいれん》が来た。その都度サキを思った。サキが息を切らして走る姿を想像したのだ。歯を食いしばって額に汗する顔を思い浮かべると胸が締め付けられた。会ったら何と言って感謝を伝えようかと考えながら、ようやく堀割川沿いの電車道にたどり着いたのである。

人目にふれないよう、民家の陰で、達也はそれまで着ていた服を脱ぎ、腰に巻いていた風呂敷包みの中から囚人服を取り出し着替えた。石鹼《せっけん》の匂いがした。それは母の匂いだった。達也はシャツとズボンをきちんと畳んだ。革靴を脱ぎ、ゴム草履に履き替える。

達也は、靴と服を風呂敷に包み、刑務所に向かった。刑務所の瓦礫が見えてきた。サキは無事で元気にしているだろうか、そう思った瞬間、達也は走り出していた。刑務所まであと七、八十メートルという民家の前で達也は呼び止められた。

「兄貴、俺です。待っていたんです」

振り返ると、紺の絣《かすり》にハットを被り、下駄を履いた青山敏郎が立っていた。

「どうしたんだ、その恰好《かっこう》は……」

「人助けをしたもので、その礼にもらったのです」

「これは？」

達也は自分の囚衣の襟を持って言った。

「すっかりボロボロになっていたので捨てました。酷《ひど》い目に遭ったんですよ」

青山は片肌脱いで背中を見せた。棒で叩かれたような傷跡がいくつもあった。

「そうかい。悪さしたんじゃないだろうな」

「兄貴あんまりです。さすがにあの服着てたら悪いことはできません。それはそうと昨日妹さんに会って、兄貴が今日帰るって聞いたもんだから俺も一日善行してたってわけです」

「サキに会ったのか」

「はい。可愛くて優しい妹さんですね。サキさんって言うんですか。俺はサキさんと会ったから後悔せずに済みました」

「後悔⁉」

達也は意味がわからなかった。青山は、事情を説明した。貴重な水まで飲ませてくれた女学生。汗と脂《あぶら》と煤に汚れ、疲労で屈託した顔つきだったが、いったん口元を緩めると、まさに天使の微笑みになったこと。その笑顔に包まれた瞬間、善なるわれに返り、見て見ぬふりをして見捨ててきた老人を助けに市中に戻ったのだ、と言った。

倒壊した建物の柱と梁に挟まれ動けなくなっていた老人は青山が大勢の若者を連れて戻ってきたのを知って感謝の涙を流した。青山が連れて行ったのは、棒きれなどを持った若者たちで、サキと出会う前に青山に暴行を加えた連中だった。

〝朝鮮人狩り〟と称して隊列を組んで大道を巡回していたところ、大男に首根っこをつかまれ、怒声を浴びせられている青山を見つけ、野次馬になった。その後、路地裏で繰り広げられた十分ばかりのリンチに加わったのだ。

血相を変えて戻ってきた囚人服の青山に、今度は若者たちが怖気《おじけ》づいた。青山から人助けの手伝いに付き合ってくれと言われると、安心したのか、「よっしゃ、任せとけ！」と言って勇躍《ゆうやく》ついてきたのだった。

老人は商家の隠居で前夜から真金町界隈に遊びに出ていたが、保土ケ谷の自宅に帰宅途中に被災したと言った。若者たちに梁を持ち上げさせ救い出したが脛《すね》を骨折していた。

青山は適当な板を探して副木にし、囚衣を裂《さ》いて包帯の代用とした。しっかり固定することができたので、老人は痛みが薄れたと喜んだ。

青山は老人を背負った。老人は青山の背で、「余震のたびに今度こそは駄目かと、何度も思ったよ。火事も怖かった。火の粉が落ちてくるんだからな……」と、地震と火災に怯えた一昼夜余りを語った。

老人を家に送り届けた青山は、「もう死んだもの」とすっかりあきらめていたという息子夫婦から是非にと言われ、風呂に入り、着物をもらって酒食のもてなしを受け一晩泊まってきたのだ。

「刑務所に戻るときは兄貴と一緒にと思って昼から待っていたんですよ」

青山はいかにも嬉しそうに満面に笑みをたたえて、達也に饅頭《まんじゅう》を渡した。

「おお、ありがたい。これも、もらったのか」

達也は二つに分けて半分を青山に返した。疲れた身体に甘い饅頭は格別だった。

「じゃあ一緒に還るか」

達也と青山は解放のときと同じように二人肩を並べて、刑務所の敷地に戻った。崩れた門の瓦礫はきれいに取り除かれていた。門のあったあたりに、門衛の役割をしている看守の姿があった。その前まで歩み寄ると、達也は直立した。

「福田達也、ただいま戻りました」

と言って海軍式の無帽の礼をした。青山はハットをとり、照れくさそうに、

「囚衣は人助けに使ってしまいました。この身なりですが縫製工場の第四六五番・青山敏郎です。ただいま戻りました」

と称呼番号《しょうこばんごう》と氏名を唱え、礼をした。

「よし。両名とも天幕に行って帰還の手続きを行え」

看守は厳しい表情で指示をすると、肩をポンポンと叩いた。

「よく還ってきたな。妹のサキさんは無事約束の時間までに到着して、いま典獄夫人のお世話になっている。山下さんが待っているぞ」

笑顔になった看守は声を落として言うと、早く行けと言わんばかりに達也の背を叩いた。

二人は、警備本部の天幕で茅場戒護主任に帰還の申告をした。遅れたことに対する咎《とが》めはなかった。

達也はサキが無事に到着したことを看守に教えられ、はじめてサキに与えた使命の過酷さを思い起こした。いくら母の要請があったとはいえ、サキはまだ十八の娘なのだ。この刑務所にたどり着くまではさぞ心細かったろうし、危険な目にも遭ったに違いない。しかもサキは自分のために必死に刻限を守ってくれた。達也は自分にばかり目を向けていた己《おのれ》を恥じ、泣きたくなった。

一方、刑務所に到着後、職員たちの誠実さに触れたサキは、達也を溝村に引き止めた自分を激しく責めていた。達也はこの人たちとの約束をどうしても守りたかったはずなのだ。それなのに自分のせいで約束を破らせてしまった。達也の苦悩を何もわからずに我がままを通してしまった結果なのだ。疲れ果てていたはずのサキは、後悔の念で前夜まんじりともできなかった。

屋外病床で治療の手伝いをしていたサキの耳に達也帰還の報せが届いた。

サキは何も考えずに走り出していた。天幕を出た達也を見つけて全速力で駆け寄り、勢いもそのままに達也の胸へ飛び込む。達也は両腕を広げ、しっかりとその体を抱きとめた。

達也は妹が身代わりとして道中で味わった苦難を思って泣き、サキは身勝手な頼みのせいで兄が下した辛い決断を思って泣いた。

青山の説明で事情を知った囚人たちの輪の中で、達也の涙はサキの髪を濡《ぬ》らし、サキの涙は達也の囚衣の胸のあたりに大きな染め模様をつくった。

視察調査

九月四日、荷役奉仕二日めの朝を迎えた。午前六時、起床の号令が連呼された。

受刑者たちは約二万坪の構内あちこちに散らばっている。大きな地震が来ても安全なところを寝場所にするようにとの指示があったからだ。

余震の回数は減ったものの、まだ一時間に一度や二度は比較的大きな揺れを感じる。

荷揚げ奉仕を行って前夜遅く帰還した七〇人のうち、営繕工場と農耕班の若い受刑者十数人が、点呼の場所にやってきただけだった。ほかの者はみな疲れきって起きられないのだ。

しかし、そんなことより今朝は一大事が起こっていた。

茅場戒護主任がいないのだ。震災後は椎名はじめ他の主任とともに寝ずの番で警備に当たっていた。倒潰を免れた官舎に帰って寝ることを許しているのは、足を骨折して松葉杖をついている典獄補・野村だけである。

椎名は茅場を影山文書主任に探させたが、構内にはいないとの報告を受けた。

そのとき、瓦礫の山の上からこちらをじっと見下ろしている本省の永峰書記官と事務官を見つけた。この場に戒護主任がいないのは、彼らが関係しているのではないのだろうか。

椎名は永峰の来所目的が何であるか、よくわからないというのが正直な感想である。

永峰は、前日の九月三日午前十時ころにやってきた。

「局長の命令で調査に来ました。二、三日滞在するかもしれません」

と無表情で言った。被災の見舞いの言葉は一言もない。同伴した事務官二人は天幕内に掲示してある『現在人員表』を手帳に書き写していた。それは、その日の朝の点検後の人員を表にしたもので、総数、事故者数（死亡者）、在所人員、未帰還人員が記されていた。

「ご覧のとおり、お泊まりいただく場所はありません。私どもともにこの天幕内で夜を明かしていただくことでよろしいですね」

椎名は寝食をともにするのが最上の調査方法だろうと思って言った。

しかし、三人は互いに顔を見合わせ、首を傾《かし》げた。表情にはもろに不満が現れている。

「いや、泊まる場所は探しますので、お気遣い無く。では一回りしたいので戒護主任がいたら案内をお願いできますか」

永峰らは挨拶もそこそこに茅場の先導で視察に出た。戻ってきたのは一時間余りしてからだった。事務官が腹に手を当て「われわれは今朝から何も食べていません」と茅場に言った。茅場は椎名の顔を見た。首を小さく横に振ったのを見てから申し訳なさそうに、

「この有り様ですので、朝夕二食しか給与していません。夕食までお待ちください」

と言った。

「書記官、食事の給与状況も正確に報告してください。二食でも給与できているのは千葉刑務所が支援物資を海路送ってくれているからです」

典獄補・野村が口を挟《はさ》んだ。

「千葉刑務所が……。岡部か」

永峰は顔色を変え、岡部典獄の名を口にした。さらに小声で、「まったく刑務所はどうなっているんだ……」と吐き捨てた。

野村は自分に向けて言われていると思ったのか、

「非常時に助け合うのが刑務所の慣例です」

と言い返した。

「典獄は本省を無視してもよい、ということか」

永峰は語気を強める。

椎名は馬鹿馬鹿しいと思いながらも、口を挟んだ。

「書記官、そのあたりのことから調査を始めたらどうですか？　協力しますよ」

永峰のほうは顔を赤くし、口をへの字に曲げた。

典獄の権限は監獄法を読めば一目瞭然である。行政判断のすべては典獄に委ねられている。司法大臣とか行刑局長の認可や許可が必要なものは何ひとつないのである。

興奮する永峰を見ていた椎名は、同じ顔を見た記憶が蘇《よみがえ》った。前年の十一月、司法省で開かれた全国刑務所長会同でのことである。山岡行刑局長の提案で『監獄』を『刑務所』と呼び変えるなど、暗い印象を与える監獄用語の変更について、会議の席上で意見を述べてほしいと永峰書記官に頼まれた。

もう、変えることで決定している追認の議事だから、「最も若輩の自分は遠慮したい」と断った。すると、永峰は今と同じ顔をして怒ったのだ。

「私学出の自分を馬鹿にしているのか！」とまで言ったことを、ありありと思い出した。ひょっとすると、このときの遺恨で震災当日に差し向けた使者・坂上義一会計主任を粗末に扱い、横浜には何も支援品は送らないと言ったのだろうか。

この調査名目の出張も実際の目的はこの椎名通蔵の職責を問うことかもしれない。しかし、今はそんなことはどうでもいい。椎名は永峰との関わりを極力減らそうと、「典獄補、書記官に存分の調査ができるよう協力してください」と言って、構内の巡回のため席を立った。椎名が巡回から戻ったときには、永峰ら三人、そして野村と茅場も姿を消していた。

茅場が天幕に戻ってきたのは夕方の点検後だいぶ経ってからだった。

「何かあったのか？　ずいぶん長い間席を外していたが」

と、訊くと、

「体調が悪くなって官舎に帰っていました。申し訳ありません」

茅場は、椎名と目を合わさなくなった。話すときも顔を見ない。いつも以上によそよそしくなっていた。

午前六時半、朝の点検がはじまった。ついに茅場は現れなかった。

前夜、午後十時過ぎに帰ってきた荷揚げ奉仕班の点検終了までは確かに椎名のそばにいた。その場で椎名は茅場に、「明日の荷役出役者一五〇人の指定と監督職員一〇人の人選をせよ」と命令してあった。

肝心の茅場がいないのだから、大変だ。右往左往する主任たち。点検が終わっても解散の指示がなかなか出ないので、受刑者たちは様子がおかしいことに気づいたのだろう、ざわざわ騒がしくなった。椎名は影山に、急ぎ受刑者と職員の選定をするよう、指示をした。影山が壇上に立って「静粛に！」と大声を発した。

しかし、雑談は止まない。自分たちとは関係のない事務方の主任だからと舐《な》めているのだろうと、影山は腹を立てた。

「静粛にしろと言っているのがわからんのか！」

今度は眉間に皺を作り怒鳴りつけた。しかし、これはまずかった。ますます騒がしくなり指笛が鳴った。塀のない刑務所で騒擾《そうじょう》が起こり暴動に発展したら、それこそ世間を不安と恐怖に陥れてしまう。これはやはり、影山の失態だった。

囚人を怒鳴りつけて服従させるには、高い塀と鉄格子、それに手錠や捕縄《ほじょう》、拳銃といった拘束具と武器がなければならない。逆らったら酷《ひど》い目に遭うと囚人に思わせるだけの強い警備力が今の横浜刑務所には何もないのだから、目に見えない「信頼」という鎖でつなぎとめるしかないのだ。

椎名はしばらく様子を見ることにした。

瓦礫の上に視線を移すと、椎名の視線から消える寸前の永峰と事務官の後ろ姿があった。身の危険を感じて逃げたのだろうか。それとも〈囚人は恐ろしい。いったん牙を剥いたら凶暴凶悪になる信用ならない存在だ〉と思っているのだろうか。

実は前日、永峰は到着早々、幹部職員を見回してから拳銃を抜いて椎名らに見せた。

「小銃と拳銃、それに弾丸は無事か？」

永峰が戒護主任・茅場に言った。

「はい、取り出して武器と弾丸は典獄の指示で別々に保管してあります」

「おお、そうか……」

「あっ！」

茅場が声を出した。用心金《ようじんがね》の外にあった永峰の人差し指が枠の中に滑り込むと、引《ひ》き鉄《がね》の上に乗ったのだ。銃口は茅場に向かっていた。

永峰は笑って拳銃を帯革《たいかく》に戻した。たとえ弾丸が入っていないものでも銃口を人に向けることは拳銃操法の基本中の基本で厳禁されていることだ。それなのに五発の実弾が入っていると言っていたのだから言語道断。椎名はたまらず、

「永峰書記官！」

と、大声を出した。永峰は何事かと驚いた様子で椎名に顔を向けた。

「それは絶対に携行しないでください」

椎名は厳しい口調で言った。永峰は椎名を睨みつけた。

「奪われたら取り返しがつかないことになります。こちらで厳重に保管しますので預からせてください」

「何を言われるか！　わが身を守るために持ってきたのだから渡せません」

「ならば、ここから動かないでください」

「行刑局長の命令で調査に来た私を妨害するのですか」

永峰は顔面を蒼白にして目をつり上げた。

「書記官、あなたの身を守るためです。拳銃を奪った者が最初に標的にするのはあなたなのですよ。おわかりになりませんか！　どうしても携帯されるのなら、弾丸をすべて抜き取ってください。弾丸は預かります」

永峰は椎名の言うことを、もっともと思ったのか弾倉から弾丸を抜き、それを茅場に渡したのだった。

椎名は囚人たちの騒ぎがこれ以上大きくならないのを確認してから壇に近づき、壇上の影山に注意を与えた。

「口のきき方が悪い。謝りなさい」

囚人たちは、声は聞こえなくても、椎名の表情を見れば何が起こっているのか理解する。潮が引くように、静かになっていった。

「申し訳なかった」

影山は帽子を取って囚人たちに頭を下げた。

「主任、俺たちも悪かった」

受刑者から声が上がった。影山は照れくさそうに帽子を被り直した。

「本日は第一工場、第二工場、それから第三工場の諸君に救援物資荷揚げ奉仕に当たってもらう……」

「申告します！」

福田達也が手を頭上にまっすぐ挙げ、とてつもない大きな声を上げて影山の話を遮った。

影山が注目する。

「昨日帰ってきました。遅れて申し訳ありません。自分は海軍出身です。船が繋留できない場所での荷揚げ経験は多数あります。ぜひ自分を荷揚げ奉仕に参加させてください」

「…………」

影山が椎名を見る。椎名も影山が何と答えるのか注目したので視線が合った。椎名は間髪《かんはつ》を入れず頷いた。

「私も昨日帰ってきた者です。私は元船員です。今日から参加させてください」

青山が堂々とした態度で言った。

他にも二人の受刑者が元船員だと名乗り参加を申し出たので、ボイラーマンの河野和夫以下五人が海軍船員特別班として毎日奉仕作業に出役することになった。

第一、二、三工場の受刑者総数二四〇人余りの内から一四五人を選んだ。合計一五〇人の受刑者は握り飯二個と沢庵漬二枚、玉ねぎと大根の味噌汁を掻き込んで、午前六時五十分に刑務所を出た。連行職員は影山以下一〇人であった。

この日の荷揚げもまた厳しいものになりそうだった。

前日入港したシカゴ丸の他、大阪府が仕立てた扇海丸《せんかいまる》が入港していた。その後、同じく大阪府の救援船・ハルピン丸と兵庫県の救援船・山城丸《やましろまる》、春洋丸《しんようまる》が相次いで入港する。

荷揚げは受刑者に加えて、県と市が公募した人夫が約一〇〇人集まった。係官は影山に、前日の受刑者たちの作業風景に「自分たちも」と多数の市民が参加してくれたのだと言って、「今日もよろしくお願いします」と握手を求めた。


このころ、シカゴ丸電信室では、大阪府当局宛てに長い無線電信が打たれていた。電文を起案し無線技師に渡したのは大阪控訴院事務局長・櫻井俊実《さくらいとしみ》だった。

櫻井は谷田三郎から、調査は秘密裏に行うこと、けっして典獄はじめ幹部職員には接触しないこと、看守または受刑者から話を聴く場合でも身分は明かさないことを厳命されてきた。

司法省行刑局を差し置いて、大阪の控訴院が現地調査を行った上に救援などに関わったとあっては、組織の秩序を乱したと、のちのち問題になる。そうなれば、当然のこととして、典獄・椎名の立場が悪くなるのは目に見えている。櫻井も事情は十分飲み込めていた。

谷田は司法省監獄局長（大正十一年に行刑局長と改名）として十年にわたり全国の刑務所を統括指導してきた。その間の最高の思い出が、史上初の東京帝大出の典獄・椎名通蔵を採用し、育てたことである。

まるでわが子のような特別な思い入れがある椎名典獄を陰から支援しようとしているのだ。その支援を谷田の後任・山岡行刑局長には知られないようにしなければならない。

櫻井は敷地の外から囚人に声を掛けたり、巡回警備中の看守には、近隣の市民だが、と言って事情を聴いたりした。敷地の中に入らなくても中は丸見え。十分な観察ができたと思っている。

谷田三郎大阪控訴院長あて

九月三日午前十一時半横浜港から上陸。

桟橋は陥没、破壊され船は繋留できず。艀船により危険なる岸壁に取り付いて登ることになる。横浜刑務所の囚人多数荷役の作業に就くとのことで桟橋に参集せり。当職は囚人に手を引いてもらい岸壁に登った。

市内壊滅。ああ悲惨なり。ことごとく倒潰かつ焼失。いくつか鉄筋コンクリートのビルのみ残存。しかし、焼け尽くされていて人の気配なし。

当職はまず、横浜地裁に行く。惨状に目を覆う。従前の面影なし。ドーム屋根、側壁などことごとく落下により、法廷、事務所などすべてが押しつぶされている。親しきものがこの中にありという婦人から話を聴く。折から大法廷開廷中で裁判所長、検事正はじめ判事、検事、弁護士、訴訟関係者、記者、傍聴人、裁判所職員合わせて百余人が下敷きになり救出かなわず未だに瓦礫の下にありという。既に三昼夜経過せり生存者なしと思わる。

根岸村の横浜刑務所に行く。午後三時なり。ただただ瓦礫の山が散在する焦土なり。刑務所の面影は崩れ落ち山となる四周の煉瓦にのみ認められるところである。

囚人多数、瓦礫の撤去などの作業に従事するを現認する。囚人たち皆、衣服は破れ、焦げ、汚れのみ目立つ。手袋、脚絆《きゃはん》、手ぬぐいなどなし。

食事は千葉刑務所からの救援、神奈川県から外米の贈与を受けて、日に二回少量の握りめしと味噌汁、香のもの又は梅干のみの食事を給するという。

騎兵旅団より借用の大天幕三張りあり。ひとつは仮の警備本部として使用。他の二張りは寝具、衣類、消耗品等の物置に使用せり。千葉刑務所名の天幕も確認。他にバラック建て一棟あり。ここには病人怪我人を収容とのこと。

他の囚人はすべて、瓦礫を片付け取り除いた焦土の上に臥具《がぐ》敷きて寝かせているとのこと。雨しのげず。最も危惧すべきは荒天なり。

なお解放囚、ほとんどが帰所したとのこと。

看守と囚人は心を一つにして秩序守るなり。ここにおいて、人の本質は性善なりと思わざるを得ず。

煉瓦塀、鉄条網なき監獄、ここにありと驚嘆すれど、
典獄はじめ看守ら一日より、不眠不休とのこと。ゆえに体力の消耗甚《はなは》だし。

囚人の待遇も給食など改善する兆しなし。

囚人はなるべく早く他の刑務所に移送すべきものと思料《しりょう》する。


九月三日の見聞したる状況は以上の通りなり。

櫻井俊実

この電信文は四日午後一時には控訴院に送られ、谷田の目にするところとなった。

谷田は読み終わるとしばらく腕組みをして黙想した。

所管の大阪、京都、兵庫の刑務所で受刑者を引き取ることをまず考えたが、数百の囚人を一度に軍艦で護送すると、港に着いてからの陸送に問題があると断念した。

谷田は監獄局長を長く務めたが現場のことはよく知らない。刑務所のことは本職に聞くべきだと、大阪刑務所典獄・坪井直彦《つぼいなおひこ》に電話をした。坪井は長州藩士族の出で、たたき上げのノンキャリア出世頭の典獄である。明治二十四年（一八九二）に選抜招集された上級監獄官を養成する練習所では、後に椎名通蔵が師と仰いだ木名瀬禮助《きなせれいすけ》典獄と同期だった。二人はともに成績優秀であったために、数少ないノンキャリア典獄への道を歩んだのだった。

横浜刑務所の惨状を伝えると、坪井は言下に答えた。

「閣下、名古屋が最適と思われます。熱田の港からならわずかな距離でありますし、電車も利用できます。電車は貸切の交渉もできます。なにより停留所から刑務所までは一〇町もないくらいです。私も名古屋で典獄をしておりましたが看守たちもなかなか優秀で温情もありますので、名古屋をお薦めします」

「そうか、名古屋刑務所か奇遇だな……」

「名古屋が何か？」

「いや、何でもない。参考になった。そのように取り計らってみよう」

谷田の腹は決まった。名古屋刑務所典獄は谷田が推薦した大阪地裁判事の佐藤乙二《さとうおとじ》で、この年の四月に異動になっていた。谷田は受話器を置くと、もう一度電信文を読み直した。

一方、首都圏の惨状を大阪朝日新聞で知った坪井は警備応援の要請があるかもしれないと、派遣職員の人選を命じていた。そこに控訴院長・谷田からの電話である。

坪井は、救援船第一号に事務局長を乗船させた谷田に頭が下がった。実際に見聞した事務局長・櫻井の報告による横浜の現状を聞き、黙ってはおれぬとただちに動いた。坪井は典獄補、文書主任、戒護主任を典獄室に呼んだ。

「去る九月一日正午ごろ、当所においても大きな揺れがあり、時計が止まったことは諸君も知ってのとおりである。先ほど、大阪控訴院長から外塀、建物すべて倒壊焼失した横浜刑務所の現状を聴いた。いまだに本省とは電話はつながらない。余は、当局の要請を待つまでもなく横浜刑務所の窮状を知った上はただちに応援職員を派遣すべきと考える。異存はないな」

全員が「はい」と声を合わせた。

「準備ができ次第出発させる。文書主任はいかに早く到着させられるか検討して経路を確定せよ。一時間後に報告に参れ。以上」

坪井の指示はいつものとおり言葉が少ない。何を言っているのかわからないこともあるが、質問でもしようものなら「バカモン！　自分で考えろ」と一喝される。おそらく、これが坪井流の教育方法なのだろう。

坪井は受刑者にも厳しいが、それ以上に職員に厳しかった。ここ大阪刑務所は、この年四月に坪井が着任以来、緊張の糸が緩んだことはない。

一時間後の報告会議で典獄補の報告を受け終わった坪井は一言、「よし、ただちにかかれ」と言うと満足そうに小さく頷いた。部下たちが自分たちの判断で短時間に行った措置に満足したのだ。


九月四日は朝から不可解なことばかりが起こっている。

野村と茅場の無断欠勤、午後には受刑者の喧嘩口論が相次いで起こっていた。看守部長が走り回っている。どうもおかしい。受刑者ばかりではない、看守もいつもと違う。椎名は、〈そんなことがあるはずはない〉と胸中で否定しながらも、永峰書記官らが裏工作をしているのではないかと思った。

秘書役の文書主任・影山が救援物資荷役の指揮官として港に出ていて不在なので、思いどおりに情報を集めることができない。おまけに、この日は、どういうわけか永峰が朝から終日天幕内に腰を下ろしていた。

午後五時、囚人の点呼の時間になったが、なかなか集まらない。それどころか構内のあちらこちらで看守と囚人、あるいは囚人同士で諍《いさか》いが起こっていた。

天幕にいる永峰が薄ら笑いを浮かべているように見えた。椎名は腹をくくった。

〈無法地帯でもいい。囚人たちをここに留めておくことが何より大事なことだから、点呼の省略と夕食準備を指示する。もしも、これで収まらなければ、看守と囚人の前で職を辞することを宣言して、後任が来るまでは静粛にしていてもらいたいと頭を下げる〉

椎名は坂上会計主任に、「戒護部門の看守部長を至急集めなさい」と指示をした。

諍いは殴り合いの喧嘩に発展するところもあった。

永峰は真っ青になって「典獄、どうするんですか！」と大声を出した。

椎名は天幕の真ん中に偉そうに腰を下ろしたままの永峰に鋭い視線を送ると、声を荒らげて言った。

「あれだけいるんです。弾を込めても拳銃では身を守れませんよ！」

「…………」

もはや手の施しようがないと身の危険を感じたのだろう、永峰は慌てて天幕を出て立ち去ると敷地外に走り去った。壇上に立った椎名の元に看守部長が次々に小走りでやってきた。椎名は数人が集まるたびに指示を繰り返した。

「点呼は省略、食事にする。喧嘩は止める必要なし。気が済んだら止めるから放っておきなさい」

看守部長らはわが意を得たり、と、笑って立ち去る者もあった。囚人たちだけではない、寝ずの警備が続く看守もストレスが溜まっているのだ。

看守部長の指示を聞くと歓声が起こり、方々《ほうぼう》で起きていた殴り合いは、いつの間にか自然におさまった。止めに入る者がいなくて息が上がってしまったのだ。

貴重な囚衣はボロボロ、鼻血を流し口腔を切り、血を流している者が五〇人余り、ほとんどが若者たちで、息が上がるまで戦ったので勝ち負けもなく遺恨などの後腐れはなさそうである。騒ぎはおさまったが、この原因を明らかにしなければ、また騒ぎは起こる。おそらく、起こるたびに大きくなるだろう。

椎名は坂上に、

「血の気が多い連中は明日の荷揚げ奉仕に出したらどうだ」

と、医務主任の治療を受ける連中を指差して笑った。

「はい、そのように取り計らいます」

坂上は姿勢を正し敬礼をした。

「いや、冗談だよ。それより騒ぎが起こった原因を調べてくれ。本省の連中が関わっているように思える。若いほうの事務官は行刑局の人間ではないと思う。監獄用語がわからないようだ。まさに謎の事務官だが、あの男が受刑者たちだけでなく、職員にも何か吹き込んでいるはずだ」

「わかりました。典獄、それから……典獄補と戒護主任には何があったのでしょう。永峰書記官が何か言ったのでしょうか？」

椎名は、上司と上席のことを穿鑿《せんさく》するな！　と叱ろうと坂上の目を見た。しかし、坂上の眼光に、聞きにくいがあえて聞かせてもらいます、という覚悟が見えた。横浜刑務所のこと、受刑者のことを思い、今後のことが心配になって質問したのだろう。

椎名はその真摯《しんし》な気持ちに応えるべく、正直な気持ちを語った。

「彼らは大丈夫だ。本物の刑務官だから心配するな」

「はい……」

坂上は笑顔を見せて立ち去った。


午後九時、荷揚げ奉仕に出ていた受刑者一五〇人が帰ってきた。

今夜は帰所と同時に地面に倒れこむ受刑者はいなかった。人員が多く、早めに帰還できたからだろう。昨日の第一回目がいかにきつかったかということだ。

点呼と訓示が終わると、影山が明日も一五〇名を午前八時半に大桟橋まで出してほしいという知事の文書を届けにやってきた。

「典獄殿、刑務所が噂になっています。それも根も葉もないものだと思うのですが、そうではなかったらどうしよう!?　と看守らも心配しています」

「どういうことだ」

椎名はひょっとしたらと、永峰と事務官の顔を思い浮かべた。

「昼の握り飯をいただいているところに、巡査がやってきて『横浜刑務所はこのまま廃止になって、未決監《みけつかん》だけ裁判所の敷地内に新しく建てられるらしいですよ』と言うんです。何のことかさっぱりわからなかったので、誰がそんなことを言っているのかと訊くと、巡査は『内務省警保局保安課の人がさっきやってきて、あの人たちに教えてやってくれと頼まれた』と答えました。まさかとは思いますが」

影山は半信半疑といった様子で言った。

「なんだって⁉」

椎名はもっともらしい言い草に、もしやと思った。しかし、すぐに声を出して笑った。

「文書主任、刑務所は内務省とは無関係だ。悪意のこもったデマだよ。監獄が府県のものだった二十五年以上前の話なら別だが……。まさか、君まで惑わされるとは」

「すみません」

影山は照れくさそうに笑った。

刑務所はかつて、江戸時代各藩の牢獄をルーツとする府県警察監獄署と、国設の大監獄・集治《しゅうち》監があり、いずれも内務省が所管していた。財政規模により処遇に大きな格差があり、その解消が懸案だった。そこで、監獄を府県から切り離すために司法省の所管に移し、財政・人事ともに内務省との関係を絶ったのが明治三十三年のことである。

「とりあえずみなに、そんなことはない、デマだと話してきなさい」

椎名は笑みを崩さなかったが、このことで今日一日の出来事が理解できたような気がした。一般市民に限らず囚人の多くも、刑務所が警察と関係があると思っている。したがって永峰らが、内務省という言葉を入れてばらまいた喧伝工作が、効いたのだ。

典獄を孤立させよ

刑務所は典獄に絶大な権限がある反面、組織としては脆弱《ぜいじゃく》である。それは椎名が経験上よく心得ている。

活かすも殺すも、三つの役職を操作すればいい。ナンバーツーで実務トップの典獄補と囚人の元締であり筆頭主任である戒護主任、それに総務と人事を所管する文書主任である。

横浜に限らず刑務所の組織は単純な一本の線でつながっている。

典獄――典獄補――主任――看守部長――看守

今日は一日、三役がいなかったから典獄は孤立し、報告はまったくと言っていいほど上がってこなかったのである。もっとも、三役が機能していたとしても看守の意見具申や報告が必ず典獄まで届くかというと、そうではない。途中で止まる、あるいは止められることは往々にしてある。

報告を受け、さらに上司に報告する立場になった人間の性格、出世などの欲望、妬《ねた》み、好悪あるいは金品の贈与などがからんだ引き立てなどで、情報は操作されるのだ。

典獄には都合の良い情報しか届かないと思っていたほうがいい。

したがって、典獄が刑務所のどれほどを掌握しているかは自分の足を使って確認しなければ、絶対にわからないのである。椎名は『千葉監獄』と書かれた弓張り提灯に火を灯した。

「典獄どちらへ」

「構内を一回りしてくる」

「自分もお供します」

ランプの灯りで事務をとっていた会計主任・坂上が帳簿を閉じて立ち上がった。千葉刑務所からの二回目の救援船でもランプと提灯、灯油とロウソクが届けられた。初回のランタンだけでは足りないと、千葉刑務所用度主任・鈴木が用意してくれたのだ。ありがたいことである。

影山は大いびきをかいて眠っている。椎名は提灯を坂上に渡し、「では参ろう」と言って天幕を出た。

構内は一〇〇台のランプで明かりをとっている。午後十時を回っているが今夜は騒いだ興奮が冷めないのかランプのそばで車座になって語り合っている受刑者たちが目立つ。

巡回者が典獄だとわかると受刑者たちは「ご苦労様です」と頭を下げた。「先程はご迷惑をお掛けしました」と目を覆うほど瞼《まぶた》を腫らした若者が両手をついた。椎名は無言で若者の肩を二度手のひらで叩いた。何か大きな誤解がとけたのだろうか、構内全体に穏やかな雰囲気が漂っている。

広場ほぼ中央に大きな塊ができていた。一〇人以上が集まってヒソヒソと語り合っている。椎名の姿を認めると、皆立ち上がっていっせいに頭を下げた。

「典獄殿、まことに失礼千万でありますが直訴させていただきます」

「おお山口さん、穴掘りでは世話になったな」

「恐縮です」

山口正一は素早く膝をつき、正座をした。他の者も山口に倣う。ざっと見渡したところ、年配者ばかりの集まりだった。しかも就業する工場はみなバラバラで、独居の山口が仕切っている工場代表集会といった感じがした。

「まず最初にうかがいたいことがあります。これは夕方あちこちで起こった喧嘩の原因です。この刑務所が廃止になり、自分たち囚人は北海道と九州に送られるのですか？」

「んっ？　北海道と九州……」

「典獄殿、私が昨夜刑務所に戻ってくるとき、刑務所まであと少しというところで声をかけられたのです」

山口の隣に座っていた受刑者が言った。

「六工場の佐久間君だな。昨夜《ゆうべ》還ってまいったのか」

「はい、遅れて申し訳ありませんでした」

「無事に用は済ませられたか？　家族に不幸はなかったか」

椎名は優しく佐久間勇に語りかけた。この刑務所が廃止になるのかと聞かれた時点で椎名にはすべてが理解できた。椎名は腰を下ろし胡座《あぐら》をかいた。

「佐久間君、内務省の役人を名乗る若い男が、『横浜刑務所の囚人は北海道の空知《そらち》とか九州の三池で石炭を掘る仕事に就《つ》かせられる』とか言っていなかったか？」

「まったくそのとおりです。本当なんですね」

佐久間の返事にざわめいた。

「いや、根も葉もないデマだ。私の想像だが当たっていたか。その男の顔は覚えているか」

「いいえ、大きなマスクをしていたのでわかりません」

「なるほど……。君たちは試されたのか、馬鹿にされたのかのどちらかだな。悪いいたずらだ。横浜刑務所がなくなることはない。そもそも刑務所は司法省の所管だから内務省は関係ない。それにしても炭坑で働かせるとは酷《ひど》い内容だ。皆、動揺したのも頷ける」

「じゃあ、違うんですね。典獄殿、おそらく昨夜還ってきた者たちは同じデマを聞かされていると思います。私は三池で働いたことがあるので本当にショックでした……。まったくとんでもないやつだ！」

佐久間は徐々に声を大きくし、しまいには怒りを顕《あら》わにした。

「そいつは、俺たちがここから逃げるのを待ち伏せして逮捕し、手柄を上げようと画策している警察の回し者かもしれん」

山口が言った。

「そうかもしれないな」

椎名は冗談とも本気とも取れない真顔で言った。

「典獄殿、本当に僭越《せんえつ》で恐れ多いことを申し上げますが、典獄殿をクビにしようとする噂が伝わってきています。悔しいです」

山口は涙を流した。

「かたじけない。典獄冥利に尽きる言葉をもらってうれしいが、けっして無理はするな。君たちが己を大事にし、無事社会に戻る姿こそが私の喜びだ」

椎名は山口の震える両肩をぎゅっと両手で挟んでから立ち上がった。先導する坂上の背と提灯の灯りがしばらくの間、小刻みに揺れていた。

二人は崩れた塀の瓦礫を乗り越えて官舎地帯と塀の間に下り立った。椎名は意識して大きな声を出して今日の出来事を話した。坂上は椎名の思いを即座に理解し、「典獄殿！　あれは」と大声を上げげた。戒護主任の官舎から灯りが消え、開けてあった障子が静かに閉められるのが見えた。

「おう、戒護主任の官舎は真っ暗だな。休んでいるのだろう。不眠不休を命じた私の責任だ。早く元気になってもらわんと今度は私が倒れそうだ……」

「私もそろそろです。ところで書記官は明日帰ると言っていましたね」

坂上が聞こえよがしに言う。隣は典獄補の官舎である。さしかかると、ロウソクの炎に映し出された人影が徐々に小さくなって障子が開けられた。夫人が顔を出し、

「お勤めご苦労様でございます。主人が勝手して申し訳ありません」

と言った。

「お怪我の具合はどうですか。お見舞い申し上げるとお伝えください」

椎名は丁寧に頭を下げた。そこから先は典獄官舎になる。椎名は「ここからは黙って参ろう」と言って、足音を忍ばせて歩きはじめた。

すると後方で、ぴしゃと障子が閉められる音に続き、男の怒声と女の甲高い叱責の声が聞こえた。

二人が天幕に戻ると、影山はいなかった。

布団は敷かれたままだったので用を足しにでも行っているのだろうと、気には止めなかった。

行刑局長・山岡万之助は永峰からの報告書を前に頭を痛めていた。

永峰が同伴した二人の事務官のうち、市谷刑務所から派遣されていた事務官が、永峰の報告書を携えて帰っていたのだ。永峰は、横浜刑務所の九月三日時点での様子を、

＊解放囚の半分以上は未帰還
＊在野の解放囚による犯罪被害通報多数あり
＊横浜刑務所は無法地帯にして囚人は出入り自由、まったくの放任状態なり
＊近隣の民家に物乞いに行くもの多し
＊かかる状況においても典獄は施設警備に軍隊の出兵要請をするつもりはないと言う。言語道断と言うほかなし

と認《したた》めていた。

山岡は渋面を作って、報告書を封に戻した。これらの状況を把握していながら対策を講じず、何の支援も行わなければ、さらなる事態の悪化を招来することは火を見るよりも明らかである。

そのときの責任は横浜刑務所の典獄ではなく行刑局長である自分と大臣にあるということになる。永峰はどうもそのあたりのことがわかっていないようだ。ならばこうすべきだという意見はどこにも書かれていない。

山岡は刑務所勤務経験のない永峰が筆頭書記官として典獄と対等に意見を交換し、大臣の命令

だと言わんばかりに高飛車な態度を取っている姿を想像した。自分と同じ日本法律学校出身と知って目をかけ面倒を見てきたのだが、永峰は帝大卒の書記官や典獄に対して異常なまでのライバル意識を持っている。今回、永峰の発案・申し出を受け入れて、椎名典獄の特別調査を命じたが、どうやら失敗だった。

山岡は後悔とともに、再調査を考えた。

工作

永峰正造は同伴した事務官の手前、顔にも口にも出していないが、正直なところ横浜刑務所には驚かされてばかりだった。

惨状は想像をはるかに超えていた。死者が数百人出たと言われても納得できるような瓦礫の山だった。これでよくみな無事でいたものだと驚いたのだ。横浜刑務所が囚人を解放していなければ、絶賛の言葉を連ねてわが日本行刑界の誇りであると、大いに喧伝したいところだ。

しかし、横浜刑務所はこの永峰を嘘つき官僚にした。絶対に許せないのだ。

九月一日、重罪犯ばかりを収容する小菅刑務所が外塀のかなりの部分が倒壊したにもかかわらず一人の逃走者も出していないという報告を受けていたので、翌二日組閣される第二次山本権兵衛内閣の司法大臣（農商務大臣との併任）に内定した田健治郎《でんけんじろう》に大見得を切った。

「行刑局長に代わって報告に参りました。市谷、小菅、巣鴨、豊多摩各刑務所並びに近県で被災した刑務所は外塀倒壊、獄舎全半壊などの被害を受けましたが、脱獄者は一人も出しておりません。局長以下われらは日頃から刑務所に天変地異等非常時の対策を講じておくように厳命し各種の訓練をさせて参りました。死傷者もわずか、その成果ありと安堵しております」

田は「そうか、ご苦労、よろしく頼む」と言った。

その直後、やってきたのが坂上看守長だった。横浜刑務所解放の報告には、奈落の底に突き落とされたような衝撃を受けたのだ。

田は近く併任を解かれ、司法大臣には大審院長・平沼騏一郎が就任するという情報が入った。永峰は震え上がった。平沼には省議で酷《ひど》く叱られ、退席を命じられたことがあったからだ。囚人脱獄に神経を尖らせている平沼に横浜刑務所一千名の囚人解放を報告したらどうなるか、善後策を講じなければ自分も局長も左遷だけではすまないだろう。

解放を断行した横浜刑務所典獄・椎名通蔵に懈怠《けたい》による報告遅延などの理由をつけて職責を問えば、助かるかもしれない。

永峰は局長の指示どおり報告伝令要員として行刑局の事務官・友重公靖《ともしげきみやす》を同伴した。表向きは刑務所から派遣された友重と二人である。もう一人同伴した事務官は、内務省警保局保安課で特高の調査官として暗躍していた梅崎源治《うめざきげんじ》であった。

いまは内務省から出向していて、席は司法省刑事局にある。有能な男だから職員の思想調査に当たっているというのがもっぱらの噂である。司法省と内務省では事務官にとっては出世の差が大きい。内務省に戻ることができてうまく立ち回れば、府県の知事、市長、警察部長への道もある。年長の永峰は梅崎に、手柄を立てたら、自分が口を利《き》いて内務省に帰らせてやるなどと、甘言をもって連れてきたのだ。

永峰は本省を立つ前に典獄補と主任六人の人事記録を取り出して経歴などを罫紙《けいし》に抜書した。野村典獄補、影山文書主任、茅場戒護主任の三人については、ほぼ丸写しして持ってきた。典獄の責任を追及するには、この三人の供述書または本人作成の報告書が不可欠だと判断したからである。

永峰は九月三日に到着するとすぐに行動をおこす。

三人それぞれ別行動をとった。永峰は野村と茅場の面接、友重は看守と受刑者の面接、梅崎は市中に出掛けた。

人払いをした天幕の中で永峰は野村と向き合うと、ズック製のリュックから人事記録を写した罫紙を取り出した。

「野村さん、あなたは局長の厚い信頼を受けていた。局長はあなたがいらっしゃるから若い椎名典獄を配置換えしたのです。野村さんならば何があろうと立派に、若輩の典獄を補佐し引っ張ってくれるだろうと思っておられたのですよ」

「…………」

野村は何を言われているのかよくわからない。

〈だから何だ！　きちんと間違いのないように補佐しているではないか〉

首を傾げ、いかにも不愉快という表情を作った。

「横浜刑務所の囚人解放がどれほど社会に不安と恐怖を与えたか、いえ、現に与え続けているかわかっておられぬようですな。隣接する住宅から出火したものの、火災は刑務所で食い止めた。

これは立派です。おそらく囚人たちにも協力させて延焼を防いだのだと思います。しかし、その後です。

近隣を見てください、田畑もあるし学校もある。囚人を避難させる場所はあったんじゃないですか？　そのことを野村さんは典獄に言ったんでしょう？　解放は地域住民に迷惑を掛けるから、まずは避難しましょうと……。あなたの三十年もの監獄官としての経験は非常時の判断も典獄より優《まさ》っているはずです。それなのに椎名さんはあなたを無視して、解放してしまった……。わたしはそう思っています」

「それは……。そうですが……」

野村は悪い気はしなかった。いやむしろ典獄補としてなすべきことはしっかりやったと評価してもらったのだから永峰に好感を持った。

「そうでしょう。私はあなたを一目見て感心した。重傷を負いながらも未熟な若い典獄のそばにいる。実に立派だと、局長にはしっかり報告するつもりです。ただし、野村さん……」

永峰は意味ありげな薄ら笑いをして野村を見た。

「あなたが当局の期待に応えられなかったというほうが実は大きな問題なのです。一〇〇〇人の囚人を阿鼻叫喚の巷に放すことがどういうことか、あなたは十分承知していた。だが典獄の解放決断を阻止できなかった。

三十六歳の典獄をしっかり監視し、間違った判断をしたときはただちに諫言《かんげん》する。それをも聞き入れようとしないときは身を挺して止めさせる。それが老練な典獄補・野村さんに課せられた使命であり、局長の期待だったのです。ですからこの責任はあなたにあると言ってもいいかもしれない」

〈何という言いがかりだ〉

野村は青くなった。

「腹を切るべきは、典獄か野村さんあなたか……。あるいはお二方になるか」

永峰は腕組みをして野村をじっと見つめた。野村は永峰の顔色をうかがった。

「ところで野村さん、定年も近くなったので郷里の熊本に帰りたいと転勤願を出しておられますね」

話題を変えた永峰の本心を測りかねたが、野村は「はい」と返事をした。

「私に考えがあります。確かな約束はできませんが……」

永峰はいっそう真剣な顔をして野村を見た。

「野村さんが助かる道はただひとつ。事実を正直に報告してもらうことです。今私が申したように、『解放はこれこれしかじかで、なりません』と諫言したけれども、典獄は聞き入れてくれなかったという報告書を書いてください」

「典獄に腹を切らせるということですか！　それは」

野村は絶句した。潑剌《はつらつ》とした若年典獄に反旗を翻したのは、いかにも偉そうな帝大学士典獄という肩書から、こちらが勝手に想像した傲慢さへの挑戦であった。さらに若い典獄を鍛えるという意味もあった。だが、それと足を引っ張ること、腹を切らせるための材料にする文書を書くこととは本質的に違う。野村は永峰から目を逸《そら》した。

「大きな怪我をされているし無理せずに、今日はこれから官舎に帰って考えてみてください。私は明後日の朝帰ります。それまでに報告書を書いてください。ただし、くれぐれも他言は無用ですよ」

茅場は友重事務官に付き添って、重傷者が横になっているバラックにいた。

茅場にとって、本省からやってきた永峰書記官と事務官二名は実に不可解で空恐ろしい存在だった。構内巡回で三人を連れてひと回りしたときはまったくの無言だった。被災当時の状況を説明しても一言の言葉も発せられなかったのだ。

茅場は、解放をしたことが当局で問題になっていて、その調査で三人がやってきたのだろうと思っていた。一日の夕刻には、横浜刑務所の囚人が拳銃や刀を看守から強奪し避難民を襲いに来るといった噂が震災で荒廃した巷間に飛び交っていたのを、承知していたからだ。

茅場は拳銃や刀を云々と聞いて事実無根と一笑に付したのだが、その噂は帝都まで駆け巡っていたらしい。

「昨日の昼前には、横浜刑務所の囚人が大挙して六郷川を渡ってくるという話が伝わり帝都は大混乱した……」

と、友重がポツリと言った。間違いなく解放の責任を取らせるべく調査に来たのだ。茅場は天幕の中の野村が永峰に、解放のことでさまざまな追及を受けているのだろうと想像を逞《たくま》しくした。

救護所と書いた紙が貼られたバラックは倒壊した建物から取り出した柱や梁、あるいは窓枠などを用いて組み立てられていた。七名の営繕工場就業の大工や左官といった技能を持った受刑者が、たびたび襲ってくる余震にも耐えられるようにと補強材を入れ、屋根にトタンを張る作業をしている。

医務主任、保健助手、それに女囚六人が負傷者の看病に当たっていた。また、そこには和服姿の二人の中年女性と白いブラウスにグレーのプリーツスカート姿の若い女性がいた。

「あの女たちは？」

友重が茅場に訊いた。

「受刑者の関係者ですが、手伝わせてほしいと願い出たので、典獄が、『ありがたい申し出だ』とその善意を受けて、救護所の手伝いをお願いしました。洋服を着ているのは高等女学校の学生です」

「そうですか。囚人たちの心を和《なご》ませてくれているようですね」

友重は笑みを浮かべて福田サキを見た。友重は患者一人ずつから被災の状況、救護と治療の経過などを聞き取っている。大腿部を骨折したという受刑者は、

「私が居た場所が三尺ずれていたら、梁の直撃を受けておそらく即死でした。気を失っていた私は担当さんと同僚に担がれて外に出たのです。轟音《ごうおん》と痛みで気が付くと、工場は再び襲ってきた大きな地震でぺしゃんこになるところでした」

と言った。

「解放が言い渡され、動ける者たちはみな自由の身になったね。そのときはどう思った？」

と友重が質問すると、

「うらやましいと思いましたが、それより、動けない自分の運命、つまり因果応報の罪深さを痛

感し、初めて悔い改めなければという思いに至りました」

さらに茅場を見て、

「ここに残った私たちは握り飯をいただくことができました。ご覧のとおり何もかも無くなってしまったのに、この米は誰からもらったものだろうと考えました。ただありがたい思いでいっぱいでした。主任さん本当にありがとうございます」

と言った。

「そうか。握り飯が配られたのか」

友重は茅場を見た。ごく普通の顔である。茅場はほっとして、

「はい。二日朝の在所囚人は二五〇名ほど、官舎の夫人の炊き出しにより朝食を配りました」

と、答えた。

〈この事務官だけは、いい人のようだ〉

茅場は松葉杖をついてくる野村を認めた。目が合うと、手招きをされた。急ぎ、小さな瓦礫の山を乗り越えて野村の元に走った。

「足が痛むので官舎に帰ったと典獄に伝えてくれ……」

野村が先に口を開いた。

「どんな話でした？」

「いやあ、無茶苦茶だ。なんでわしが責任を取らねばならんのだ」

野村は吐き捨てるように言うと向きを変え、瓦礫がきれいに取り除かれた表門につながる中央通路に向かった。

友重に同行し、約二時間ほどの聞き取り調査を終えて天幕に戻った茅場は永峰書記官から、

「典獄補から事情を聴きましたが、いろいろ気になることがありました。次は戒護主任のあなたから事情をお聴きします」

と、言われた。表情は穏やかで言葉遣いも丁寧だ。茅場は友重事務官が紳士的で誠意を持った調べを行ったので、永峰書記官も見た目よりいい人かもしれないと、

「わかりました。どうぞお始めください」

と、答えた。すると、永峰は表情を変えた。まさに豹変というのはこういうことかと思うほど厳しい顔つきになった。

「あなたの場合はちょっと込み入ったことがあるので場所を変えましょう」

「…………」

茅場は震え上がって、永峰の後についてきた。刑務所から五〇メートルほど北にある大きな農家の大広間に通された。そこには梅崎が、これもまた厳しい表情で待っていた。

ここは梅崎が内務省警保局保安課の身分証でしばらくの逗留を願い出て確保したものである。

茶が一杯出されると、すぐに事情聴取が始まった。

「茅場さん、あなたは前任地の市谷刑務所で非常にまずいことをしていますね」

「…………」

何のことかさっぱり見当がつかない。

「わかりませんか。あなたは会計主任をしていましたね」

「はい……」

茅場は大正十年四月に市谷刑務所会計主任から横浜刑務所戒護主任に配置換えになった。市谷での二年間を振り返る。典獄と典獄補、そして部下の顔も次々浮かんできたが何の心当たりもない。無言で見つめる二人の鋭い視線を痛いほど感じる。

〈んっ……。ひょっとして、出た後に何か不正が発覚したのかもしれない〉

茅場の表情がわずかに動いた。

梅崎がそれを見逃さなかった。

「私が調べているのです」

梅崎の声を初めて聴いた。ゾクッとした。低音で残響が効いている薄気味悪い声に沈黙が保てなかった。

「会計処理で何かあったのですか？」

心の中に起こった疑惑が返事として引き出されてしまった。茅場の頭に浮かんだのは金銭処理である。一三〇〇人の未決囚を収容する施設の会計責任者として、国の歳出予算と被告人の所持金や差入れ金といった大きな金を扱っていたからだ。

永峰と梅崎は、顔を見合わせ口元を緩めた。

茅場は〈しまった！　罠《わな》に引っかかった〉と思った。故意に陥れようと思えば不正経理を持ち出すのがいちばんだ。それは大量の事務量だから嘘でも「不正があった」と言われれば、本当にあったのだろうと信じてしまう。打ち消すことができないのだ。そこをまんまと利用されたと思い、あわてて言葉を足した。

「私の在職中は断じて不正はなかったと確信しています。疑われているのなら、それが何なのかはっきり示してください」

「茅場さん、調査中と言ったでしょう。まだ明らかにできません」

梅崎はそれだけ言うと、永峰を見て後をどうぞという手振りをした。

「さて、ここからは本題に入りましょう」

永峰は無表情で書類に目を落とした。

「解放をして社会に大きな混乱を与えた戒護主任の責任は大きいですよ。典獄以上と言ってもいいかもしれないですな。会計だけでなく受刑者処遇の責任者としても問題があったとなると茅場さん……」

「…………」

永峰は茅場を睨んだ。

茅場はうつむいた。そして野村の言葉を思い出した。野村に責任を取らせると言った永峰が自分にも同じことを言っている。懐柔と脅しは囚人を屈服させるために刑務官が使い慣れている手段だ。そんなものに屈するか！　と闘志が湧いてきた。

「お言葉ですが書記官殿、会計主任のときの監督責任は確かな証拠を取り揃えられて問われるのなら、仕方ないので受けましょう。しかし、解放は私の権限ではありません。すべて典獄の責任であると思います。それはわが身では受けられません」

茅場は背筋を伸ばし毅然とした態度を示すつもりで言った。

「戒護主任！　あなたは典獄を売るつもりですか。筆頭主任が典獄を売るとあっては、刑務所の組織は崩壊です。あなたには幹部としての資質がないと認めざるを得ませんね」

永峰は語気を強めた。

「…………」

ああ言えばこう言うという問答に、茅場は言葉を失った。闘争心は一気になくなり、頭の中では辞めさせられた後のことを考えていた。この年では、まともな職にはつけないだろう。返す返すも若輩典獄・椎名通蔵に仕えた不運を嘆きたくなった。

永峰は茅場の心の変化を読み取り話しかけた。

「戒護主任、あなたは典獄に対し解放は思いとどまるようにさかんに意見したのでしょう。私はそう思います。なにしろ、あなたは市谷を除けばすべて戒護部門での職歴。そのキャリアがおめおめと一〇〇〇人の囚人解放に賛成したとは思えません。典獄補はあなたが典獄の解放決断を後押ししたと言いましたが、私はそうではないと思っています」

永峰は、さも同情しているといった態度で穏やかに言った。

こうやって典獄補に対する不信感を植えつけておけば二人は連絡をとりあわないであろうとの読みである。

茅場はうなだれた。

「茅場さん、私に任せてください。悪いようにはしません。ひとつだけ条件があります。今私が申したようなこと、つまり、あなたの経歴、戒護主任としての職務上の信条・信念から、典獄の解放決断に対して猛烈に反対したことを報告書にしてください」

「…………」

茅場は永峰の顔を凝視する。頭の中は市谷刑務所の話もあって混乱している。報告書がどのように使われるのか、その意味がわからないのだ。

「どうしました」

永峰の表情はまた変わった。今度は柔和な表情だ。茅場は堪《たま》らず、

「……わかりました。よろしくお願いします」

と、答えると、頭を下げた。

「戒護主任、明日は無断欠勤をしてください。官舎に籠もって外には一歩も出ないでください。これだけは絶対に守ってください。重圧と心労で勤務に就けないほどの体調不良に襲われたという設定が必要なのです」

梅崎が無表情のまま言った。


さらに、影山もターゲットになった。

四日の夜のことである。椎名と坂上会計主任が構内での受刑者との対話の後に官舎地帯を回った二時間以上にわたる深夜の巡回中に、荷役奉仕に出て疲れ果て天幕の中で寝ていた影山文書主任は、梅崎に揺すり起こされた。

そして、茅場と同じように農家の大広間に連れ出され事情聴取を受けたのだ。影山も追い詰められた。

第四章　典獄の条件

看守と女学生

九月三日、福田サキは山下信成に連れられて構内のほぼ中央に急造された診療室にやってきた。広さ一〇畳ほどのバラックである。白衣を着た医師が列を作っている囚人たちの治療に当たっていた。山下は医師が手を休めたのを見計らって声を掛けた。

「医務主任殿、小職の工場の者の妹さんです。なにか手伝いたいとの申し出がありましたので、典獄の許可を得て連れて参りました」

「それはありがたい。助かります」

白髪の医務主任は優しい笑顔をサキに向けた。

「福田サキと申します。いつも兄がお世話になっております。よろしくお願いいたします」

サキの丁寧な挨拶に医務主任と山下は顔を見合わせて微笑した。

「添田《そえだ》です。こちらこそよろしく。女学校の生徒さんですね。あなたのことか……。お兄さんの身代わりに二〇里の道を歩いてやってきた美しい娘さんがいたと噂になっておったが」

医務主任が言った。

「二〇里なら私ではありません。相模の溝村から来たのですから……。それに、美しくないですから」

サキはまじめな顔で頭《かぶり》を振った。添田と山下は、また顔を見合わせて微笑《ほほえ》んだ。

「話は大きくなるものだが、それだけ囚人たちの心を打ったということだ」

添田は独り言のように言う。

「夕点検終了までお願いします。では、私は」

と、言って山下が敬礼をした。

「山下君、ちょっと待て……」

添田は席を立ち、山下の元に歩み寄り、ふたことみこと言葉を交わした。

サキには何を話しているのか内容はまったく聞き取れなかったが、ただ事でない話題であることは、雰囲気で感じられた。

バラック内は診察台の他、手術用の器具、薬品、衛生資材がきれいに整頓されて置かれていた。目を見張っているサキに中年の男が、

「今日一日、手伝いをしてくれるのですね」

と、声をかけた。

「はい」

白衣の下に柿色の囚衣を着ていたので、サキはこの男の身分がわからなかった。戸惑いが伝わったのか、男は、

「私はあなたのお兄さんと同じ受刑者です。看病夫《かんびょうふ》という仕事を任されています」

サキは、ただ大きく頷いた。

「驚いたでしょう？　地震が起こったときに医務主任殿がいたので、このとおり必要な物を取り出すことができたのです。火から守るのも大変でした。大勢の仲間たちが協力してくれました。命懸けで火の手を避けて守り通してくれたから、ここにあるのです」

焼け尽くされた周囲の情景を見ると、それがどれだけ大変だったか容易に想像できる。

看病夫の謙虚な態度と言葉遣いにも、サキの心には驚きと感謝の気持ち、それに好意が生じていた。まだ子どもの自分を対等の者として話をしてくれることが嬉しかった。サキは兄よりも十歳以上年長であろう受刑者の顔を見つめ、次の言葉を待った。

「ここには私と同じ看病夫と昨日から手伝いをお願いしている女の受刑者、それに今朝早くからお嬢さんと同じ身代わりのご婦人お二人も手伝いにきてもらっています」

「身代わりの女性ですか？」

「はい。ひどい被害に遭ってしまい、どうしても男手が必要というので、お母様と奥様がそれぞれ遅延のお願いに参上したと聞いています。その上で、ここの惨状を見て何かできることはないかと申し出て留まった、と聞きました」

「そうですか。私の他にもいらっしゃったんですね、身代わりの方が」

サキはほっとした。

気持ちがずいぶん楽になった。兄の代わりに出頭すること自体が、お国を侮辱するような、とんでもない行為だと思っていたからである。

診療室の隣は、大きな天幕といってもいい造りだった。多くの柱が立てられていて、柱と柱を結ぶ縄に布が乗せられている。揺れが続く中、雨露と日差しを防げば十分という簡易な造りにしているのだ。地面には布団が敷かれ、怪我人と、もともと病人として休養させていた患者五〇人ほどが横になっていた。

骨折や火傷で、重篤になっている四人と重傷患者八人のそばには、柿色の着物の上に白い割烹着を着た女囚が付き添っていた。サキは身代わりで出頭した二人の婦人とともに包帯や三角巾、敷布などの洗濯と食事の介助の役割を与えられた。

患者は全員男の受刑者だった。看病夫のリーダーが患者たちにサキを紹介すると、歓声が上がった。囚人たちは襷掛《たすきが》けをした二人の婦人の色鮮やかな着物に心和ませていたところだったが、それ以上に、高等女学校の制服を着た少女・サキはまぶしい存在だった。

何といってもサキはすでに有名になっていた。

『二〇里の道のりを歩いて兄の身代わりで出頭した美少女』

という噂でもちきりだったからである。野外病床は一気に明るくなった。

陽が頭上に昇るころ、構内が慌ただしくなった。司法省から視察団の一行が来たことに関係があるらしい。戒護主任がやってきて医務主任と言い合いをはじめた。

身代わりになったサキたち三人は桶を囲んで包帯の汚れを水で洗い落としていたが、医務主任と戒護主任は話の途中、何度かこちらに視線を向けた。こちらを見るので気になって、サキたちは遠目に成り行きを注目していた。

サキには、なんのことだか、見当はつかなかったが、婦人たちは「やっぱり。私たちのことだよ」と言って頷いた。

サキは時計を見た。十一時四十五分を指していた。激震から二日が経とうとしている。

「サキちゃん、時計を持っているのかい。こんな高価なものを……」

小田原から来たという、北村《きたむら》カナが時計をのぞきこんだ。

「兄が、絶対に遅れるなと申しますので、母が仏壇から取り出して持たせてくれたのです」

「仏壇から⁉」

「はい、父の形見だそうです。私が生まれる前に戦争で……」

「そうだったのかい、悲しいことを訊いて申し訳なかったね」

「いいえ、大丈夫です。七つ違いの兄が私にとっては父のようなもので……、だから兄の代わりに、ここに来たのです」

サキは笑顔で言った。地鳴りがして大きく大地が揺れた。余震には、すっかり馴れっこになっていた。屋外なので、かなり大きな揺れでも「また来たか」と思う程度である。

医務主任が何やら大きな声を出し、戒護主任が立ち去った。司法省からの視察が始まるので、身代わりで出頭した三人を敷地内から外に出すよう戒護主任が医務主任に指示したのだ。

しかし、医務主任・添田は断じて応じなかった。

そもそも、刑務所の衛生全般を任されている医務主任は医師である。戒護主任の部下でも同列でもない。典獄直属の職員だから典獄の命令なら従うと強く言い放った。

戒護主任・茅場が自己の保身と出世のために、典獄が許した部外者の立ち入りを好ましくないと判断し阻止したという手柄を立てようとしているのだ、と添田は思った。

添田は椎名典獄の人となりをよく知っている。囚人の家族と言っても部外者に変わりはない。その部外者の願いを聞き入れて敷地内に入れ、奉仕作業まで許したのは、椎名の典獄としての深い洞察があってのことだ。突然やってきた司法省の役人が視察するからといって、自ら下した決定を変更するような人間ではない。

北村カナは小田原で蒲鉾《かまぼこ》を製造販売している店の女主人である。服役中の放蕩息子の次男坊が二日早朝、倒壊した自宅に駆けつけ殊勝な態度を示し、家屋の補修をしたいと言ったのには驚いた。これは立ち直りの絶好の機会と思い定め、身代わりになって刑務所にやってきたのだ。

震源に最も近い湘南方面の被害は甚大だった。

走行中の東海道線上下二本の列車は大磯、小田原間で脱線転覆した。大磯海岸は鎌倉から一五キロほど。日本で最初に海水浴場が開かれたところである。ここには、伊藤博文《いとうひろぶみ》、梨本宮《なしもとのみや》など著名人の別荘が二百余りあった。それらのすべてが倒壊し、多数の死傷者を出したのだ。

小田原は総戸数五一〇一戸すべてが倒壊、火災によって焼失した家屋は三四〇〇戸に上り、実に市街地の三分の一が焦土と化した。カナの店がある商店街は、ことごとく倒壊し焼き尽くされた。蒲鉾工場まで失って途方にくれているところに、服役中の次男が現れ励ましてくれたのでカナは精神的に救われた。

カナは間もなく還暦を迎える。健康だといっても刑務所までの六〇キロを歩いてはとても行けない。そこで選んだのが漁船だった。

九月二日午後三時過ぎに小田原を出港、途中鎌倉に寄って見舞いの品・食料を調達しようとしたが、ここの被害は津波の追い打ちもあって惨憺《さんたん》たるもので、何も手に入れることができなかった。

家族や他人のことなど一切お構いなしの次男が、「刑務所は食する米麦一粒もないから、食料を届けてほしい」と言った。次男の変わりように、カナはさらに驚き、何とか願いを叶えようとしたのだ。

結局、その先三浦半島を周回する航路を取ったが、どこにも寄港できずに浦賀水道から横須賀沖を航行し磯子にやってきた。

カナは看守に身元を告げて典獄と面接、小田原の被災状況と実際に目にした鎌倉の有り様を伝えた。

古都・鎌倉の浜は地震発生から数分後に海水がまたたく間に沖合に引いた。

伝え聞かされた津波の襲来！　と、古老らが必死に避難を呼びかけたが、およそ五分後の十二時十分には大きく隆起した波に襲われた。

一〇メートル弱の大津波が二度も押し寄せ、江の島を眺める海岸沿いの別荘八四戸が呑み込まれ流失。犠牲者の中には、作家の谷崎潤一郎の兄夫人と子息二人がいた。

皇室の鎌倉御用邸、山階宮《やましなのみや》別邸、伏見宮《ふしみのみや》別邸が全壊。円覚寺、東慶寺、建長寺など神社仏閣も軒並み倒壊した。鶴岡八幡宮は本殿が半壊、大鳥居、朱の楼門、拝殿、神楽殿などが倒壊。長谷の大仏は台座ごと五〇センチ沈下し、前方に四〇センチほどせり出した。

総戸数四三一〇戸のうち三九五四戸が倒壊し焼失、死者三九五人を数えた。


「典獄様に、次男が立派な心根になって帰ってきたことを報告し、お礼を申し上げ、小田原の被災状況と鎌倉の様子を話しました。典獄様は息子に存分に復旧のために励むよう伝えてください、と申されました。ありがたいことです。被災の状況にお心を傷められたのでしょう」

カナがしみじみとした口調で言った。

「私にも同じようなお言葉をかけていただきました」

夫の代わりに横須賀から来たという中田彩《なかたあや》が言った。彩は夫の親戚が経営する横須賀駅前の食堂に勤めていた。そこは横須賀鎮守府の軍港見学に来た人たちがよく訪れる食堂だった。

午前十一時五十分ちょうどに横須賀駅に到着した列車から見学者約五〇〇人が降りた。軍港に向かった人々は、修学旅行の女学生が山すそで昼食の弁当を広げ、歓談している横を通ったそのとき突如、激震に襲われた。

道が裂けた。

激しい揺れにみな、投げ飛ばされるように転倒した。転がされるので大地をつかもうと必死になった。そこに轟音とともに大小の岩石が降り注いだのだ。この鎮守府給品部横の山崩れによって、女学生と見学者は全員生き埋めとなった。一瞬のうちに六〇〇名の命が奪われた。

横須賀は総戸数一万四三〇〇戸のほとんどが倒壊。そのうち四七〇〇戸を焼失した。鎮守府では海兵団、海軍大学校、海軍病院にも火の手が上がった。また、八万トンの重油が港外にも流れ出し、まさに一面火の海となり鎮火までに十日を要することになるのだった。

「夫はここで工場の責任者をしているとかで、『看守様と典獄様には特別な信頼をいただいている。だから何としても定刻までに帰らなければならない』と申していましたが、山崩れの現場を見てお前が代わりに行って典獄様に事情を話してくれと、頼まれたのです。夫は埋まった人たちを何とかして助け出したいと思ったのでしょう。

私は、その旨典獄様に申しました。すると、『帰ったら、中田君に九月半ばまでなら存分に救命救急に尽くすようにという私の言葉を伝えてください』と、おっしゃられたのです。でも、夫からは自分が帰るまで留まるように厳命されていたので、せめて二、三日は留まってお手伝いしたいとお願いしました」

彩の夫が横須賀に留まろうとしたのは、それだけではなかった。その場で一夜を明かしていた一人の女学生と出会ったからである。余震で二次災害が起こる危険性があるため、発掘がためらわれていた現場で、同級生を助けたいとばかり半狂乱で石を取り除こうとしていた生徒を放っておけなかったのだ。

彼女は修学旅行生のうち、唯一の生き残りだった。横須賀駅に置き忘れた洋傘を取りに戻っていたので助かったのである。

サキは中田彩が言った「生き埋め」という言葉で、なぜか山下看守の顔を思い浮かべた。それも、医務主任と話をしていたときの暗い表情をした山下だった。

〈いつどこで誰が山下さんの話をしたのだろう。そして私は何を聴いたのだろう〉

「サキさん、あなたのお兄さんは山下さんの工場よね」

重篤患者の介助を担当している女囚が話しかけてきた。

「刑務所の中がどうなっているのかよく知りませんが、兄の担当刑務官は山下さんです」

「山下さんの奥様、崩れた裁判所に埋まったままらしいですよ。工場の担当という責任から、顔には出さず勤務されているけれど、おつらいでしょうね」

「えっ!?」

サキは、はっきり思い出した。

ここに着いたとき、取り次ぎを頼んだ刑務所敷地入り口にいた二人の看守が、山下と聞いて、「裁判所で」「生き埋め」と小声で話をしていたのだ。昨夜も今朝も山下は親切に対応してくれた。

〈そんな、悲しいことがあるのに、あんなに良くしてくれた……〉

サキは胸が熱くなり涙がこみ上げてきた。

「奥様は医務主任様の遠縁に当たるお方で、山下さんとは幼馴染みだそうです」

「…………」

サキは泣きじゃくった。

「お慰めする言葉も見つからないから、心の中でお祈りするしかないのです」

女囚は母親のような仕草で抱きしめてくれた。サキは肩を上下させて女囚の胸で声を出して泣いた。

サキは山下を探した。天幕にも、受刑者たちが車座になっている広場周辺にも、山下はいなかった。敷地の四隅に看守が一人ずつ立っている。もしや山下では、と近づいてみたがいずれも山下ではなかった。

〈今日は帰宅されたのだろうか〉

サキは切ない気持ちになった。

刑務所敷地を出て堀割川沿いに南に歩いた。

「あっ！」

サキは思わず声を出した。

通りから二メートルばかり下がった川沿いの遊歩道に山下の姿を見つけたのだ。サキは隠れるようにして、しばらく見ていた。山下は立ったまま、じっと川面を見つめている。

〈奥様のことを考えておられるのだろう〉

サキはこのままそっと典獄官舎に戻ろうと頭の中では考えるのだが、足が動かなかった。どれほどの時間が経過したのだろうか、サキも遊歩道に下りていた。サキは勇気を出して山下の傍らに立った。

「サキちゃん……」

山下は名前を呼んだだけで、何も訊かなかった。

「ここにいて、いいですか？」

サキは自分でも不思議なほど落ち着いていた。

「お疲れ様……」

「山下さん、もう無理して私に気を遣わないでください。奥様のこと伺いました」

山下は頷いた。

二人は無言で長い時間寄り添うように立っていた。

立ち上がる囚人

九月三日午後、二十四時間の期限を大きく超過したこの日も、次々に解放囚が帰還していた。

梅崎源治は、特高のなかでも目的を達成するためには手段を選ばないことを売りにしている男で、いったん動き出すと、永峰でさえ制御できない行動力を持っている。刑務所看守と囚人は騙《だま》しやすいと思ったのだろう、夕刻から動きが激しくなった。

梅崎は横浜刑務所を混乱させ、囚人に暴動に近い騒擾《そうじょう》を引き起こさせようとしていた。刑務所が荒れて手がつけられなくなれば、軍隊が制圧に来る。そうなれば、永峰の希望どおり、典獄を懲戒に追い込むことができる。囚人十数人に内容の異なる、もっともらしい嘘の情報を流せば、その目的は容易に遂げられる。梅崎はそう思っていた。

彼は永峰の同行を求め、刑務所の正門に近い物陰に身を潜めた。そこで帰還する囚人を見定めていた。元気あふれる若者と、前科者で、いかにも押しが強そうな囚人がターゲットだった。若者への喧伝は容易に済んだが、前科者はなかなか該当者が現れない。

午後七時を回り、そろそろ引き上げようかと思っていたところに、これはという男がやってきた。佐久間勇だった。ハイカラなズボンとシャツ姿だったが、ハットを取り団扇がわりにしたので丸刈りが見えた。人相から囚人に間違いない。梅崎は腕をつかんだ。

「遅いじゃないか」

「誰だ、てめえは」

佐久間は、ドスの利いた声を出した。

「今日は何日だ？　三日だぞ。定刻に帰れなかったんだから今は逃走中の犯罪者じゃねえか。偉そうにぬかすな」

梅崎は凄む。

「すみません。手を離してくれませんか」

佐久間は、態度を改めた。

「どうせ遅れたんだ、ちょっとこっちに来な」

梅崎は佐久間を住宅の陰に連れて行き、タバコを取り出した。

「おう、ありがたい」

佐久間はタバコをくわえると胸いっぱいに煙を吸い込んだ。

「わしはこういう者だ」

梅崎は身分証を見せた。

「内務省のお偉いさんか。それで何か俺に用があるのか？」

「いや、君が刑務所《ムショ》慣れしているようだから、あの方の厚意で、めでたくない話を教えておこうと思ったから呼び止めた」

「あの方!?」

「ああ、司法省行刑局の書記官殿だ」
二、三メートル離れたところに立っている背広姿の男を指差した。男はニタッと笑った。
「…………」

佐久間は首をすくめ、ペコッと頭を下げた。

「めでたくない話というのはな……」梅崎はもったいぶった。

「ムショがどこかに移るということですか」

「なかなか察しがいいじゃないか。横浜のほかに、どこの刑務所経験があるんだ？」

「そんなことが関係あるんですか？」

「いや、なかなか刑務所のことがわかっているようだから聞いたのだ」

佐久間は、「失礼！」と言って、しゃがみこんだ。

「どうした？」

「タバコが効き過ぎました。目眩《めまい》がして倒れそうです」

「そうか、では話をしよう。刑務所を建てるには七、八年はかかる。東京と横浜でもこれだけの被害だ。刑務所建築の予算も小出しになるからな。ここの受刑者はどこかに移送される。しかし、一〇〇〇人の受刑者の送り先となると遠方になる。今考えられているのが、廃止になった刑務所の復活だ。北海道の空知《そらち》と樺戸《かばと》という閉鎖された監獄がある。どちらかというと空知の炭坑が有力かな……」

「炭坑ですか⁉」

「そうなるな。明日は、君たちを取りまとめている戒護主任がこのことで司法省に行くことになっている。心の準備をしておくように皆に伝えてやりなさい。私も後で刑務所に行く。中で会っても知らん顔をしてくれ」

梅崎はポケットから飴玉をひとつ取り出して、

「疲れただろう、これを舐めればいい」

と渡した。佐久間は飴玉を口に放り込んだ。

佐久間の他にもう一人呼び止めたが、その男には三池刑務所に炭坑夫として五〇〇人が送られる予定だと話した。

その夜はまだ一部の囚人たちの間で移送先のことが話題になっただけだったが、翌四日午後には異様な雰囲気になった。永峰書記官がいて戒護主任を見ないのだから、梅崎が言ったとおり、戒護主任は司法省に行って自分たちの移送先の話をしていると信じ込んだのだ。

それが夕方の点検集合の際に騒動になった。

囚人たちは北海道だ！　いや三池炭鉱だ！　と、実につまらないことで争った。自分たちが、どこに送られるのかという不安と、まともな食事を摂ることができないイライラがあって、抑えていた感情が一気に爆発して暴力沙汰にまで発展したのだろう。夜、斎藤看守に付き添っていた山口正一らが集まる場所に典獄がやってきて、それは悪質なデマだとはっきり言ってくれたことで、囚人たちの不信と不安は一気に晴れた。

椎名が立ち去ると第七工場の若い囚人がやってきた。

「みなさん、どうしても聞いてもらいたいことがあって来ました。いいですか」

「ああ、若いの、何でも言ってみろ」

と、山口が先を促した。

「夕方、夕点検の混乱のときです。僕は瓦礫の隙間に隠れて菓子を食べていました。昼間民家の片付けを手伝ったお礼にともらった菓子です。頭の上で話し声がしました。はっきり聞きました。『あと、もう一人だ。重鎮三人の報告書がそろえば典獄を処分できる。うまくいけばクビだ』と。びっくりしました。

息を殺してじっとしていました。見つかったらただではすまなかったでしょう。幸い二人には気づかれずに済みました。この話、僕の胸に収めておくのは辛くて、早く頼れる先輩に話したくてウズウズしていました。よかったです。こうしてみなさんに聞いていただけて……」

「そうかい。ありがとうよ。もっと早く来てもよかったんだぜ」

「みなさんが怖くて……」

「まあ、そうだな、そろいもそろって人相悪いもんな。その話はほかの者からも聞いていたので、典獄殿には、ご注意いただくように話をしたところだが、お前さんの話もしっかりお伝えする。よく話してくれた、ありがとう」

「僕も解放してもらって家族の無事を確認できて、本当に感謝しています。また、ここから近所の民家の片付けなどに行くことも昼間は許されている。今日もその手伝いに行って菓子をもらって帰ってきたのです。こんなにいい典獄がクビだなんてそんな道理はないと思っていました。さきほど典獄がいらしていてみなさんと親しく話すのを遠目で見ていました。笑顔と歓声を聞いたのでみなさんはいい人たちだと信じることにして勇気を出してやってきたのです」

若者らしく、はにかみ頭をかいた。山口らは奮い立った。

「今こそ典獄に恩返しをしよう！」

佐久間がひときわ大きな声を出した。

「炭坑で働いた人はいるかい？」

誰も手を上げなかった。

「わしは三池監獄で一年余り働いた。囚人はここよりも多い一四〇〇人ぐらいいたな。三井鉱山の炭坑だから食い物も賃金もよかった。地の底一〇町、横穴は有明海まで伸びていると言われていた。地底労働だから辛いが一般の鉱夫と一緒に作業をする。掘った石炭分けてやれば酒やタバコと交換だ。旦那を事故で亡くした寡婦《やもめ》も大勢いたしな……」

佐久間の語りに囚人たちが集まってきた。酒とタバコと女の話を聞きたいと、繰り返し質問が飛び出した。想像をたくましくして盛り上がった後で佐久間が言った。

「わしは無事にシャバに戻れたが、刑務所の墓地は何千という犠牲者が合葬されていた。地底の労働は辛い。昼夜なしの交代制の長時間重労働だ。炭坑に送られると聞いたときには逃げ出そうと思ったよ。

幸いデマだと典獄殿に言ってもらったから安心した。落盤の事故死もあるが肺をやられて病死も多い。とにかくよかった……」

「そうか！」

山口が手をパシッと叩いた。

「佐久間さん、いい話をしてくれた。そいつはそれを狙っていたんだよ。炭坑を知っている囚人、つまり、刑務所経験が他にもありそうな年配を選んだ。やつの勘はたいしたもんだ。三池にいた佐久間さんを当てたんだからな。こうして囚人同士で炭坑の話をすれば、わざわざ命を捨てに行くようなところに誰が行くか！　と逃げ出す者が出る。一人二人じゃない。集団脱走もありと睨《にら》んだというわけだ。大量の脱獄者を出したら、その責任は典獄殿が被《かぶ》らなければならない。クビにするには恰好《かっこう》の材料だ。とにかく挑発と工作には乗らないということも徹底して伝達しよう」

佐久間の話でさらに結束を高めた囚人たちだった。

九月五日午前六時起床、いっせいに布団が片付けられ、点検用意の号令が掛けられた。囚人たちは全員小走りで移動する。まるで兵学校の朝礼のようにキビキビした動作が美しかった。椎名はじめ刑務官たちは何があったのかと、驚きをもってながめていた。何しろ、前日は夕点検さえとれなかったのだから、気味が悪いほどの変化だ。

この日は、典獄補も戒護主任もいた。前日無断欠勤しただけに、この二人はいつにも増して、どこか不貞腐《ふてくさ》れているような感じを与えていた。しかし、囚人たちは幹部が揃っているということに満足している。

幹部にはしっかりと典獄殿を補佐し護ってほしいと思っているのだ。壇上には椎名が上がった。看守部長が点検人員を報告し、椎名が答礼する。

その直後、驚くべきことが起こった。

山口が「おはようございます」と大声を上げると、ひと呼吸置いて全員が、

「おはようございます」

と唱和したのだ。

典獄補、戒護主任、文書主任は永峰に頼まれた報告書のことで頭がいっぱいだったが、この全員挨拶には度肝を抜かれた。

驚きはこれだけではなかった。この日も、救援物資荷揚げ奉仕は第四工場、第五工場、第六工場の中から一四五名を選定し、それに海軍船員班五名を加えた一五〇人を出役させる。

受刑者の選定と戒護に当たる看守の指定は当然、戒護主任が行うものと思っていたが、茅場は体調不良を決め込んで天幕内に着席し素知らぬ顔をしている。

椎名が今朝は誰に命じるかと思案したときに、点検官を務めた看守部長が、

「典獄殿、本朝は奉仕作業の人選は受刑者間で済ませておるとのこと、自主の精神を尊重し願意《がんい》取り計らいたいと思いますがいかがでしょうか」

と言った。椎名は、

「願ってもないこと、それこそが最善の人選なり」

と言下に許可した。

囚人たちは朝の慌ただしい短時間に担当看守と相談の上、自分たちで出役者を選定したのだった。看守と看守部長も自ら手を挙げ、わざわざ主任の手を煩わすことはなかったのである。


官舎の夫人たちのところにも、本省の書記官らの調査は、解放を決断した典獄の責任を問うためのものらしいという噂が流れていた。野村典獄補夫人らは典獄夫人・節子の心中を気遣ってあえて話題にすることは避けていたが、明るく振る舞う節子の胸中は痛いほどわかっていた。

囚人たちの港での荷役がさらなる試練を夫に強《し》いるのではないか、という典獄夫人の不安を、サキは身近で感じていた。

〈今日は港に行ってこよう〉

弁当を作り終わったときに決意した。身軽な自分が状況を見に行こう。それが、お世話になっている自分のやるべきことではないか、と思いついたのだ。

午前九時、サキは刑務所官舎の夫人たちの朝の手伝いが終わると、野村夫人に、

「わたしこれから、兄や囚人《おじさん》たちが働いている桟橋に行って、お仕事の様子を見てこようと思い

ます」

「うん、それはいいこと。おばさんたちも気になっていたから、よく見てきておくれ」

野村夫人は笑顔で送り出してくれた。

大桟橋へ向かう途中、サキは、初老の婦人に呼び止められた。

「若い娘さんが、ひとりでどこへ行くの」

サキは、「大桟橋です」と答えたが、婦人はその言葉が終わる前に、「あぶないから、やめなさい」と親が子を諭《さと》すように言った。

「あなたは知らないと思うけれど……」とその婦人はサキの手を取って、まだ、瓦礫の整理も終わらぬ道の端へ移動した。

「横浜刑務所の塀や何もかもが地震で壊れてね。囚人がみんな逃げているの。横浜の刑務所には、朝鮮人の囚人がいっぱいいたんだって。いま、食べ物があるのは、港なの。だから、そこに囚人も集まっているの。港には行っちゃだめだよ」

「わたし、その刑務所から来たんです。みなさん、知事さんとかお役所に頼まれて、一生懸命お仕事をしに行っているんです。囚人だからこそ、みんなの役に立とう、お助けしようって頑張っているんですよ」

サキはくやしかった。婦人の親切は十分わかるが、ついムキになってしまった。

「そうだったのかい」

「わたしみなさんを応援してきます」

サキはペコリとお辞儀をして立ち去った。

〈朝鮮人の囚人がいっぱいいるって、本当だろうか……。刑務所に帰ってこない囚人たちが、悪いことをしているのだろうか〉

サキの頭の中をさまざまな思いが駆け巡った。

桟橋に着いたサキが見たものは、救援物資を倉庫に運ぶ囚人を取り巻く一般市民の群れだった。群衆と働く囚人たちの間には、巡査と兵隊が散開し規制はしているが、実際に物資を目の当たりにすると群衆は塊のまま近づくのだ。その群衆から囚人たちを護っているのは看守だった。サキは目ざとく山下看守の姿を遠くに認めた。今日は山下看守が受け持つ工場の受刑者が出ているのだ。サキは群衆の隙間をくぐって前に出た。

ひとりの男が、看守に大声で詰め寄っていた。

「俺は警察署長の命令で、ここへ米をとりに来たのだ。なぜ、渡せんのだ」

看守は言った。

「本官らは、知事閣下と警察部長殿の要請を受けた横浜刑務所典獄から救援物資の陸揚げを命じられております。いかなることがあろうとも、途中で物資を渡すことはできません」

群衆は、叫んだ。

「ここで渡せ」「米をよこせ」

艀船《はしけぶね》から陸上げされた、米俵や味噌樽が次々とリヤカーに積み込まれ、囚人たちがそれを保管所に運搬するのだが、群衆の一部が暴徒化してその車列に襲いかかった。サキは、それを見ていた。リヤカーを押す囚人たちは、群衆の暴力にほとんど反撃しなかった。ただ、荷物を守り、進んでいく。看守たちは、暴徒と囚人の間に入って荷と囚人を守った。

看守がピッ、ピッ、ピーッと吹いた呼子笛を聞きつけた巡査三人が、笛を鳴らして駆けつけ暴徒を押し戻した。

大変な仕事をしている。サキの目から自然に涙が溢れてきた。サキは、囚人《おじさん》たちが襲われないようにと祈りながら、荷物の搬入を見ていた。サキは山下看守の姿を追っている自分にも気づいていた。今朝も裁判所の前の道を通ってここに来たのだろう。奥様がいまだに下敷きになっているその場所をどういう思いで通ったのかと想像すると切なくなった。

昼の休憩時間には艀船をつないだ岸壁でみんなと昼の弁当を食べた。官舎の夫人たちと作った握り飯に、船から差し入れられた豚汁がこの日の昼食だった。サキは山下と達也から一個ずつ握り飯をもらった。

囚人たちが次々に握り飯を差し出してくれたが、サキはいちいち「ありがとうございます。もうお腹がいっぱいです」と言って断った。お腹だけでなく胸もいっぱいだった。

サキは山下看守と二人の囚人に護られて帰途についた。暴漢に狙われるかもしれないからと、廃墟になった街の中を抜けるまで護衛がついたのだ。

「かえって、お気遣いいただいて申し訳ありません」

「いや、サキちゃんに来てもらって、皆よろこんでいる。典獄夫人とご婦人方に見たこと聞いたこと、昼食の様子を詳しく伝えてください」

山下が言った。女学生を護る看守と囚人たちに、市民のあたたかい視線が注がれた。

サキは無事に典獄官舎に帰った。そして、いまや、自分の姉とも慕うようになっている典獄夫人・節子に、自分が見聞きし、経験したことを伝えた。途中、優しそうな婦人に港に行くなと言われた話をすると、表情を曇らせた。

「横浜刑務所の囚人はみんな逃げている、朝鮮人の囚人がいっぱいいた、食べ物がある港に逃げた囚人が集まっている——と、おっしゃったのね。サキちゃん、流言蜚語《りゅうげんひご》というのよ。ありもしない無責任な噂は、広がるにしたがって酷《ひど》い内容になっていく……」

節子は悲しそうな顔をした。


節子夫人も寒河江の人である。

大地主・武田健《たけだたけし》の次女で椎名家とは古くからの付き合いがあり、二人は幼いころから顔見知りであった。武田家と椎名家との距離はわずか三キロ余り。親同士の決めた結婚だった。

明治四十五年（一九一二）三月二十四日、椎名家で挙式をして椎名の任地・東京市谷の東京監獄（のちに市谷刑務所と名称変更）の官舎に向かった。椎名通蔵二十五歳、節子二十歳だった。

椎名は東京監獄典獄・木名瀬禮助《きなせれいすけ》の薫陶を受けることになった。

木名瀬は同じ東北秋田の出身で、前年の明治四十四年一月二十四日と二十五日に大逆事件の死刑囚一二人の死刑執行に立ち会った典獄である。

明治天皇暗殺を企てたという大逆事件裁判は地裁、控訴院なしの大審院のみの裁判で死刑が確定した。木名瀬は判決言い渡しからほどなく死刑執行命令を受け取った。

一日で一二人の死刑を執行せよというものだった。そして十八日の判決から一週間も経たない二十四日午前八時にまず主犯である幸徳秋水《こうとくしゅうすい》を刑場に連行、幸徳は木名瀬に、

「急の呼び出し、これほど早く死刑の執行とは思いもよらず、独房には書きかけの原稿を未整理のまま放置しております。整理の時間をほんの十分ほどでよいからいただきたい」

と願い出た。木名瀬は立会の大審院検事の反対を、

「ここは監獄、検事殿のご指示は及ばぬところでござる」

と押し切って、幸徳を独房に戻した。およそ半時遅れた死刑執行は日没によって一人を残してしまった。木名瀬はこれも奇縁と、一人残った女囚・管野《かんの》スガの恩赦を即刻上申したが、司法大臣から「馬鹿者！」と面罵《めんば》され、「速やかに執行せよ！」と却下された。

翌二十五日、執行やむなきに至ったが、看守から典獄・木名瀬の恩情を聞かされた女傑・管野スガは感涙にむせび、深く頭を垂れたという。

木名瀬は谷田三郎監獄局長から絶大な信頼を受けていた。谷田はわが国初の帝大学士典獄誕生に夢を抱き、椎名を木名瀬に託したのである。木名瀬は新婚の椎名夫妻を官舎に呼び馳走をして、自身の数奇な運命を熱く語った。

「余は西南の役の翌年、秋田監獄の吏員に勧められ監獄官吏になった。

ところが、勤務先は秋田市内の監獄ではない。院内《いんない》の外役場《がいえきじょう》だった。鉱山地下労働だ。久保田藩の財政を豊かにした院内銀山を知っているだろう。明治になって工部省の所管になっておった。数年後には古河市兵衛の手に渡った。あの古河財閥を作った男だ。古河が買い取った足尾銅山では、鉱毒の害でえらい騒ぎになっていただろう。

当時、院内には受刑者一〇〇人を泊まり込ませていて、職員は七、八人だった。佐賀の乱や西南の役の国賊と呼ばれた受刑者もおった。地底に入るのがいやでな。辞めよう辞めようと思って

いた矢先に暴動が起こった。脱走もあったが、暴動を鎮め脱走者も逮捕したことで、褒美をもらい辞められなくなった」

椎名は木名瀬の重厚な迫力に圧倒された。獄丁《ごくてい》という看守の補助をする最下層の獄吏から典獄にまで上りつめた、現場叩き上げの努力の人である。

大学出で、いきなり幹部になってやってきた自分を大事にしてくれるのは、単に懐の深さだけではなさそうだ。国事犯処遇の最前線で奈落の底を見た木名瀬は、実はヒューマンな教育刑主義者で死刑反対論者でもあった。

「明治二十七年（一八九四）には、内務省監獄局に入った。その後、兵庫県の監獄課長、富山県監獄署長、新潟県監獄署長を経て京都監獄に赴任した。明治三十三年だ。この年四月から監獄はすべて国・司法省の所管になったので、『典獄』と呼ばれるようになった。

余は兵庫でも富山でも新潟でも知事とやり合った。囚人の処遇を良くしたいから監獄に予算をつけろ！　とな。どうも黙っていられない。言いたいことをはっきり言うので、後でしまったと思うことがある。明治四十年（一九〇七）だった。刑法を改正するというので、死刑を止めよ！　と物申した。刑罰は報復ではなかろう。人を改心させ訓育を施し、手に職をつけさせることだろう。殺す刑罰は時代遅れだと論文まで書いた。

そのおかげで、このざまだ。わが国で最も死刑執行が多いこの東京監獄の典獄に配置替えになった。本省の報復人事だと思っているよ。当時の監獄局長は大審院検事の小山温《おやまあつし》だ。もう何人やったか数えられん」

木名瀬は妻の文《ふみ》を同席させ、今後しばらくの間、節子に典獄夫人としての心構えなどを教えるようにと言ったのである。

節子夫人の市谷での思い出は、官舎に帰宅後も勉学に励む夫の背中であり、節子自身のものは典獄官舎に日参して木名瀬夫人・文にいろいろ教えを請うたことである。実のところは娘のように節子を可愛がってくれる夫人に甘えていたのだが、二十一歳で典獄夫人になった節子が官舎生活のさまざまなしきたりを無難にこなせたのは、この時の経験による。

大正二年（一九一三）一月、椎名通蔵は滋賀県大津市の膳所《ぜぜ》監獄典獄として赴任するが、挨拶に訪れた際、節子は文から木名瀬典獄直筆の墨書を手づからもらった。

監獄は一大家族なり
典獄は囚人の父なり
典獄は看守夫婦の父なり
典獄の妻は囚人の母なり
典獄の妻は看守夫婦の母なり
典獄の妻は典獄補なりと心得よ
東京監獄典獄　木名瀬禮助

これを見て節子は、典獄になるには、「典獄補」たる妻女の同伴が条件なのだと、あわただしく執り行われた婚礼を納得したのだった。そして、ニコリと微笑んで肩をすくめた。

「なにを思い出されたのですか」

文も微笑んだ。

「私が椎名に嫁ぐ際、『もうしばらく、半年でもいいですからお待ちください』と両親に願ったにもかかわらず、『お急ぎじゃ』と無理やりの婚礼となったのです。それが、膳所行きのためだったと、いまわかりました」

と打ち明けた。まったくそのとおりだった。

木名瀬は椎名を典獄見習いとして受け入れた後、しばらくしてから司法省を訪ね、監獄局長・谷田に会った。

「典獄はまったくもって孤独なもの。家を守る典獄補の支えがなければ務まらぬものゆえ、閣下が椎名通蔵を早々に典獄に任じたいのなら嫁を娶《めと》らせなさい」

と長老の立場で助言した。谷田はもっとも至極と、椎名を呼びつけた。

「どうじゃ、典獄になる気は変わらぬか？」

「はい」

と答える椎名に谷田は厳《いかめ》しい顔をして、

「ならば嫁をとれ、心当たりがないのなら余が世話をしよう」

と言った。これに対し椎名は平然と、

「局長のお世話になると、迷惑を掛けられない、失敗はできぬ、と……。思うとおりの働きができないと思いますので、早々に寒河江の郷《さと》より嫁を連れて参ります」

と、答えたのだった。

看守の反乱

夜間は倒壊した外塀の四隅に看守を一人ずつ配置し立哨《りっしょう》警備に当たらせている。

九月四日の深夜、北西の角で腰を下ろし居眠りをしていた看守・立花一郎は瓦礫を踏み近づいてくる足音で目を覚ました。立ち上がると四方を見回した。二日から今夜で三日目、今までだれも深夜の巡回には来ていない。誰か怪しいものかと、帯剣の柄を握った。

「立哨勤務お疲れ様」

声が掛けられた。

瓦礫を上ってきたのは、本省の永峰とともに来た梅崎だった。

「毎晩ここですか？」

「はい、今夜で三日目です」

「昼は自宅に戻れるのですか？」

「まだ帰っていません」

「なんということだ。看守は不眠不休。一方、囚人たちは解放されたし、夜は十時間以上ぐっすり眠れる。しかも、昼は適当に出入りが自由と結構ずくめなのに、看守はつらいですね」

「いえ、仕事ですから」

「そうですか、この仕事は座って居眠りしてもいいのですか？」

居眠りしていたのを見られたのかと思うと、立花は返答に窮した。

「不眠不休で疲れているんですね。若い看守さんを塀の上に立たせ、典獄はじめ幹部職員は高鼾《たかいびき》というわけか……」

梅崎はポケットから焼酎の入った小瓶を取り出した。

「お若いから酒はやらないですか？」

「そんなことありませんが、勤務中ですので……」

「まあいいじゃないですか、刑務所の敷地に入る者はいないだろうし、囚人が逃げてもどうしようもないのですから。大体おかしいでしょう。塀もない鉄条網も張っていない。こんなところで警備に立つこと自体が無駄というものです。さあ、やりましょう」

梅崎は瓶のキャップに焼酎を注ぎ自分で一杯飲んでから、次の一杯を立花に差し出した。立花は「じゃあ景気付けに」と言って舐めるように口をつけた。

梅崎は「まじめだな。それじゃ景気付けにはならんでしょ」と言って笑った。

「今日、囚人たちがもめたでしょう。知っていますか」

「ええ」

「あれは私が仕掛けたんです」

「なんですって！」

立花は驚いた。語気は強くなったが怒りはまったく含まれていなかった。立花たち看守の中でも囚人たちの処遇に深く関わることのない若手には、そもそも本省の調査がなんのために来たのかまったくもって不可解だった。昨日、来たときは、塀もない刑務所にどのような支援応援をすべきか調査に来たと好意的に考える者が多かった。

日が変われば、どこかから応援職員が大挙やってくる！　不眠不休の自分たちは家に帰れるかもしれないと期待したのだが、裏切られたのだ。

〈何も変わらず、何も起こらず、本省の職員は相変わらず留まっている〉

そう思うと、梅崎との会話が煩わしくなった。

「飲めませんでした」

立花はキャップに入った焼酎を撒《ま》いてから梅崎に返した。

「あんた名前は」

「看守の立花」

「立花君、私が仕掛けたのは、典獄が応援職員を呼ぼうとしないからです」

「…………」

「立花君、このままだったらいつ帰れます？　その予定はちゃんと立っているのですか。私たちはね、典獄の一言があれば、全国の刑務所にお布令《ふれ》を回して横浜刑務所に応援職員を出せと言います。そうしたら、連日連夜刑務所での泊まり込み勤務なんてなくなるのです。刑務官の人たちだって中には被災者がいるんでしょう？　家族や親族を亡くしたり、怪我人を出したり。あるいは、新婚さんもいれば、生まれたばかりの子を持つ親もいるでしょう。私は泊まりこみ勤務をなくそうと、囚人を煽ったのです。囚人を抑えきれなくなれば、看守の応援を求めざるを得ません。私は典獄に『看守の応援を請う』と言わせたかったのです」

「そうですか……」

立花はすっかり話に引き込まれた。もっともな話だと思った。

「明日にでも、若い諸君がひとつになって『休みを下さい』と典獄に要求しなさい。若い諸君が起てば、私たち本省の人間は味方に付きますよ」

「考えてみます」

「まずは同志を集めることです。ひとり、一人ずつ同志を募れば、あっという間に十人二十人集まります」

まったくそのとおりだ、ひとりが一人連れてくればいいのだ。立花は簡単にできそうだと思った。そう思うと、こうして意味のない立哨勤務に就いていること自体が馬鹿馬鹿しくなる。官舎に帰って新妻に会いたいと思うと、いてもたってもいられなくなった。

五日早暁、白々と夜が明けると立花たち夜間立哨組はしばしの仮眠に入る。瓦礫の陰で四人の若い看守が横になるのだ。立花が仮眠場所に到着すると、すでに他の三人が居て何やらヒソヒソと話し込んでいる。

「おお立花、昨夜梅崎さんが行かなかったか?」

この中では最も先輩の木村が言った。

「はい来ました」

「それでどんな話だった?」

「みんなで典獄に休みをくれと談判しろと……」

「俺たちもだ。そこで聞くがどう思った? やるか、見送るかだ」

「梅崎さんと話をしているときは、やれそうな気持ちになりましたが、一夜明けると夢物語みたいで……」

「やっぱりそうか。こいつらも同じことを言うんだ」

木村の言葉に他の二人は首をすくめた。

「お前は新婚だし、こいつらとは違うと思ったが、つまらんやつだ」

木村は不貞腐れた。

「先輩、俺たちより休みが欲しい人はたくさんいるんじゃないですか？　家を焼かれてご家族の安否がまだわからない人とかいるでしょう。そういう人を仲間に入れて典獄に話してもらえばいいんじゃないですか。別に悪いことをするわけじゃないから」

立花は、いろいろ考えたことを話した。

「おお、いいこと言うじゃないか。天利看守部長は確か家を焼かれ、どなたかを亡くしておられると聞いた。それから、六工場の山下さんは奥さんが行方不明らしい。この人たちに話してみるか……」

木村は名案とばかりに満面の笑みを三人に投げた。

五日の朝は囚人たちの態度が前日と一変していた。その変貌ぶりを、仮眠中で見ることができなかった四人は、目を覚ますと天利看守部長と山下看守を探した。山下は荷揚げ奉仕に行っていて不在だと知ると、バラック建築の指揮に当たっていた天利を訪ねた。

「揃って何しに来た？」

天利は四人を一瞥して言った。

階級が違うと、まるで大人と子どもの雰囲気になる。

「天利部長にお願いがあって来ました。実は昨日、囚人たちが暴れましたね。あれは本省から来た梅崎さんが仕掛けたらしいんです」

天利は梅崎という名を聞いた瞬間に合点がいった。

〈こいつら、不寝番の立哨組じゃないか。囚人をかき回した梅崎が今度は看守を標的にして、夜中に何か焚《た》きつけたのだろう〉

「うん、それで……」

と、とぼけた。四人は口々に自分たちが言われたことを話した。話は、ほぼ同じだった。

「俺に典獄殿に休みを下さいと言ってほしいということか。その際、よその施設から職員の応援を要請して下さいと意見具申せよと言うんだな」

天利は笑顔を作って言った。

「そうです。部長お願いします」

木村も立花も飛び上がらんばかりに喜んだ。

「お前ら、典獄殿こそが不眠不休でおられることを知っているのか。その典獄に休みを下さいとは反逆だぞ。おまけに意見が通らなかったら出勤拒否をしろと梅崎は言ったそうだな。これは反乱だ。覚悟はできているんだろうな」

今度は厳しい顔で睨みつけた。四人は一転、震え上がった。

「まあ、いい。お前らに休みをもらってやる。その代わり今からいうことをやれ」

「…………」

皆声が出なかった。

「それとも何か、反逆・反乱を謀議していると公表してもいいのか。どうなんだ」

「やります」

木村が言った。

「他の者は……」

「やります」

三人が声を揃えた。

若い看守四人は天利から手渡された紐でつないだ前後二枚の看板を首に掛け街を歩いていた。

看守の背中には、

君たちの帰りを待っている
何も心配しなくていい
典獄・椎名

胸には、

解放囚に伝えてください
まだ間に合うから
帰ってきなさい

この日、四人は保土ケ谷、山手、神奈川を二手に分かれ、二人一組になって歩いた。思わぬ反響だった。市民からは励ましの声を掛けられるし、名乗り出る解放囚もいた。手持ちのビラを商店にも貼らせてもらった。四人が刑務所に戻ってきたのは、とっぷりと日が暮れた午後八時。一緒に戻ってきた解放囚も三人いた。

運良く、この日は大阪刑務所からの応援職員が到着したので、四人は久々に配置を外され自宅に帰ることができたのである。

天利ら看守部長たちは、囚人が心をひとつにして典獄を護ろうと立ち上がったのにわれわれが知らん顔はできないと、話し合った。その結果、未帰還解放囚を全員戻すことこそわれらの使命と決議し、考えついたのが、看板とビラまき作戦だった。四人のほかにも看守部長五人がそれぞれ単独で街を歩いた一日だった。

この看板作戦を椎名は知らなかった。典獄の名を無断で使ったことでお叱りを受けると思った天利看守部長は椎名の前に額《ぬか》ずいた。椎名は大きく頷いただけだった。

典獄の手紙

九月五日午後三時過ぎ、名古屋刑務所・佐藤乙二典獄の信書を携えた看守部長がやってきた。鉄道で焼津まで上り、焼津港からは漁船を借り上げて磯子の港にやってきたと言った。名古屋市郊外の千種《ちくさ》の丘陵に名古屋刑務所はあった。現在の千種区である。収容定員は一六〇〇人。ほぼ定員に近い一五〇〇人余りを収容していた。

椎名は信書を開いて驚いた。

　貴所在監の受刑者三百人をお引き取り申す

と書かれていたからだ。

佐藤典獄はこの春、四月一日付で大阪地裁の判事から名古屋刑務所典獄に異動になった。刑務所勤務の見習い期間も研修期間もない、いきなりの典獄勤務である。その素人典獄が一度も会ったことのない椎名に救いの手を差し伸べている。謎は最後の数行でようやく解けた。

　さるお方から、横浜の椎名典獄を助けよ、との命を賜った故の申し入れ。どうぞ無条件でお聞き入れ願いたい。お預かりする貴下の大切な囚徒は責任を持って早期に社会にお返しできるよう遇する故、ご安心願いたい。

さるお方とは元監獄局長で現在の大阪控訴院長・谷田三郎であろう。おそらく佐藤典獄も裁判官時代に谷田を師と仰いだに違いない。「一度監獄を見て参れ」と肩を叩かれ、典獄への異動を甘受したのだ。

元判事だけあって文章はうまい。語呂がいいし、流れるような文面である。

全体から察すると、受刑者引き取りの申し出は谷田控訴院長の命とか頼みというより、佐藤典獄の人となりのような気がする。

「義を見てせざるは勇無きなり」

と立ち上がってくれたのだろう。

椎名は使者の看守部長を正視した。なかなかの面構えである。

「遠路ご苦労でした。お名前をお聞かせください」

「これは大変失礼いたしました。私も佐藤、佐藤真治と申す看守部長です」

「佐藤部長殿、佐藤典獄は当所の受刑者三〇〇名を受け入れると申されているが、ご存じですか」

「はい、もちろんですが、何か」

佐藤は怪訝《けげん》な顔をした。

「佐藤部長殿は典獄の特命を受けた秘密裏の行動ではありませんか」

椎名の質問に佐藤は、

「えっ……、いいえ」

と、うそぶいた。

「今でもほぼ満杯の収容状況でしょう。そこに三〇〇人は到底無理と、幹部職員のみなさんはおっしゃる。刑務所勤務経験が一切ない新米で新参者の典獄が何を申すか！　とたいへんな状況になっているのではないかと想像しますが……」

椎名は努めて穏やかに言った。佐藤は赤面した。

「ご慧眼《けいがん》恐れ入りました。そのとおりです」

佐藤はがっくりと、うなだれた。

その場には野村典獄補と茅場戒護主任らがいた。二人は複雑な表情を浮かべた。

「佐藤部長殿、ご心配は無用。横浜刑務所は塀がなくとも、雨露を凌ぐバラックを建てている最中で、一〇〇〇人の囚人たちと至極平穏にしておると復命されるがよい。私以外の幹部職員を見ていただきたい。そういった決意の表情をしているでしょう。彼らは生命《いのち》に代えてこの窮状を乗り越える覚悟です。それに、関東の横浜刑務所が中部の名古屋刑務所にお世話になったら、横浜の囚人たちは肩身の狭い思いをする。

今日も一五〇人の受刑者が壊れた桟橋で命懸けの救援物資荷揚げの奉仕作業に出ております。無報酬の重労働なので毎日交代で出役させており、負傷者以外は全員がその作業に従事することになります。県民のために働いている彼らに、みすみす辛い服役生活をさせるわけには参りません」

それは本心だった。手の届かぬところに自分を信頼してくれている受刑者を送ることが辛いのだ。

できれば、この手で全員の仮出獄上申書を書いて早期の釈放につなげたいと思っている。

「典獄殿、子どもの使いにはなりたくありません。正直に申し上げます。実は反対の急先鋒はこの私、中間管理職の一看守部長・佐藤でした。しかし今、当所の佐藤典獄は余計な世話を焼いているわけではないし、けっして無理難題を申しているわけではないということを理解いたしました。

佐藤典獄が話された横浜刑務所の実情は、まさに今見せていただいているとおりでした。食事も露天の炊飯では握り飯とせいぜい一汁。それなのに囚徒たちは不平不満を申さずと聞き及びました。さらにただいま荷役の奉仕作業にまで出ていると聞いては、この道二十五年の佐藤、役立たずにはおれません。われら名古屋の者が責任をもって、お預かりする囚徒を大事にいたします。どうぞ、移送手段の軍艦をご手配ください。まことに恥ずかしい限りですが、名古屋では佐藤典獄がお一人で県当局などを相手に段取りをなされております。

私が承ったところでは、熱田の港に入港いただくこと。そこからは貸切の電車で千種の停留所まで護送する計画であります。停留所から刑務所までは徒歩で七、八分ほどの距離です。熱田で私以下名古屋の職員多数で出迎えることをお約束いたします。どうぞ佐藤典獄の申し入れをお受けください」

名古屋刑務所の看守部長・佐藤真治は椎名に頭を下げ、さらに向きを変えて野村典獄補と茅場戒護主任にも頭を下げた。

椎名は返書を十分ほどで書き上げ、封印して佐藤看守部長に手渡した。

「万事よろしくお願いいたしますと、椎名が申していたと佐藤典獄にお伝えください。おそらく数日のうちには三〇〇人を送ることになりますが、くれぐれも大事にお取り扱い願います。佐藤殿のおかげで私も目が覚めました。一人では何もできぬということがよくわかりました。どうぞ、行刑の専門家として佐藤典獄の手足になってください」

椎名の言葉に佐藤は落涙した。

天幕を出て佐藤を見送る椎名のかたわらに典獄補・野村が松葉杖をついてやってきた。

「私も刑務官生活三十二年、典獄は別格だというのがよくわかりました」

しみじみとした雰囲気で言う。

「………」

椎名は何を言いだすのかと野村を見た。

「所詮は、私ら刑務所の幹部も本省の書記官も塀の中のことばかり気にしている。実に狭い。できる、できない、前例がない、均衡が取れないなどなど……。しかし、今の話には目から鱗《うろこ》が落ちましたよ。佐藤典獄も椎名さんも視野が広い。塀の中なんかにありはしない。その点あの永峰も名典獄にはなれませんな。まかり間違って私が典獄になってもしかりです。ワハハ……」

野村は椎名に寄り添うように立っている。

佐藤は刑務所敷地を離れるときに振り返って敬礼をした。椎名が答礼した後も、二《ふた》呼吸ほど敬礼を保持してから手を下ろした。

「いい職員だ……」

野村はぼそりと言うと、囚人たちが働くバラック建築の現場に向かった。

瓦礫が散乱する中、松葉杖がぎこちなく揺れている。

茅場が椎名に近づき、自分と永峰書記官のやりとりを可能な限り正確に再現して報告した。そして永峰に言われるままに書いた報告書を取り出すと、おもむろに椎名の目の前で引き裂いた。

「ほんとうに申し訳ありませんでした」

椎名は無言で頷いた。

名古屋刑務所の佐藤は会計主任の坂上義一に送られて港まで来た。

二人はここまでほとんど無言でやってきた。佐藤は、典獄という存在は飾り物で、刑務所を動かしているのは現場を預かっている自分たち看守部長だと思い上がっていたのだが、飾り物でない典獄がいることを知った。自分が口角泡《こうかく》を飛ばして楯突《たて》いた佐藤典獄もその一人で、ただの一度も怒ったことも大声を出したこともない器の大きさに気づかされたのだった。

典獄から横浜への使者を頼まれたときは、願ってもないと思った。

〈典獄が言うように、一〇〇〇人の囚人が塀もない建物もない刑務所でおめおめと看守の指示に従っているはずがない。無法地帯になった横浜刑務所をこの目で見てきてやる！〉

と意気込んできたのだ。

それが、磯子の港から川沿いに歩くこと二十分余り、煉瓦塀は見るも無惨《むざん》に崩れて帯のように横たわる刑務所に来てみると、囚人たち全員が動いていた。しばらく佇んで見ていると、みな何かしらの仕事をしているのがわかった。座り込んだ囚人も、ものの二、三十秒で立ち上がると再び作業に取り掛かっている。一目見ただけでも途方に暮れるような瓦礫の廃墟の片付けを、思い思いの判断で自発的に行っていることが分かった。

性善の思想で囚人たちを助けようと熱く語った佐藤典獄を自分たち古参の刑務官は、「半年前まで裁判官だった素人典獄」という烙印を押して馬鹿にしていた。

囚人と看守との関係は所詮は騙《だま》し合い、それを悟ったときに一人前の刑務官になると先輩から教えられ、自分も経験を積むと「なるほど」と思っていたのだが、そうではないことだはっきりわかった。

〈信頼し信じ切ることだ〉

佐藤は名古屋に帰ったら、横浜刑務所の囚人たちを受け入れるために何をすべきかを考え始めていた。

「佐藤部長、私が護送主任になって御地に参るつもりです。よろしく」

乗船に当たって坂上が声をかけた。坂上にも先ほどの典獄とのやり取りの興奮が残っていたのだ。

「準備を整えてお待ちしています」

二人は固い握手をした。

佐藤の乗った船が出港すると、すれ違いに入港する漁船があった。甲板には見慣れた制服姿の男たちが大勢いるではないか。

「横浜刑務所の方ですか？」

ポンポンという蒸気船の音に負けない大声が届いた。

「はい、横浜の会計主任です」

「大阪刑務所から応援に来ました。南浦《みなみうら》看守部長以下一〇名です。見舞いの品もありますので受刑者の出役を願います」

「了解しました。こちらでお待ちください」

「了解！」

大声が響き合った。坂上は駆け足で戻る。息を切らして天幕の前に来ると、転倒した。足がぎこちなくもつれたのを見ていた椎名は、〈何があったのか!〉と驚き、席を立った。

「ただいま、大阪刑務所の南浦看守部長以下一〇名が応援に参り、救援の物資を荷揚げしたいと申しております。受刑者五〇人ほどを物資運搬に出役願います」

「大阪からの救援か……。ありがたいことだ。戒護主任ただちに出役させよ」

椎名は大阪と聞いて、谷田控訴院長の話を聞いた坪井直彦典獄が差し向けてくれたものと直感した。坪井は典獄会議で言葉少ない挨拶を交わす程度の雲の上の人といえる長老だから、椎名の感動と感謝の気持ちは特別なものだった。

「行刑界は大家族」と教えてくれた行刑界の父ともいえる今は亡き木名瀬禮助典獄を思い出した。木名瀬は大正五年(一九一六)四月に市谷刑務所典獄在職中に病没した。大逆事件はじめ多数の死刑執行に当たった心労からだろうという同情の声が行刑界からあがった。

坪井はその木名瀬と親友であり良きライバルであったと聞いたことがあった。大阪刑務所の刑務官たちは実に規律正しく振る舞う。人格的にも優れているようだ。指揮官の南浦看守部長から椎名に手渡された坪井の信書には、

柔道剣道で鍛錬を積んでいる高潔な職員を応援に差し向けます。不眠不休で戒護に当たっている貴所職員も疲労の極に達していると思われますので、どうぞ休暇交代要員として存分にお使いください。

と認《したた》められてあった。

椎名は看守、看守部長を一〇人ずつ順次休ませるように典獄補に指示をした。

一方、文書主任・影山は、桜木町中央職業紹介所に移った県と市の合同仮庁舎内の災害対策本部に向かっていた。典獄の県知事あての文書を携えていた。受刑者護送のために軍艦を使いたいので海軍との仲介の労をとっていただきたい、という内容のものである。

影山は名古屋刑務所の佐藤看守部長とのやりとりに感動し、深い自己嫌悪に陥っていた。永峰書記官の言に一度は惑わされて典獄を裏切った自分が許せなかったのだ。

ここに向かう前に、「報告書をよこせ」と手を出した梅崎には、はっきりと、「昨夜約束した報告書はしかるべきときに書いて典獄に提出するから、貴殿には渡さない」と断った。

梅崎は「お前もか。一通もなしで帰らせるのか……」と言って立ち去った。ほかに誰が書くように脅されたのかは知らないが、一通もないという言葉が心に残った。実に爽快だった。影山は梅崎の後ろ姿を目で追いながら、たとえ看守に格下げになったとしても刑務官を続けると、心に誓った。

中村川にはいまだ引き上げられていない遺体がいくつもあった。目を背けたくなる光景である。影山は刑務所でのうのうと権力を振り回している自分よりも、被災地、被災者のために働いている囚人たちのほうがよっぽど偉いと思った。災害対策本部に行くと、口々に感謝の言葉が述べられた。荷役奉仕がいかに役立っているかという証だった。

〈よし、典獄のため、囚人のために、いい仕事をしよう。それが悔い改めだ！〉

典獄からの使いと聞いた警察部長・森岡二朗が直々《じきじき》に自分が話を伺おうと言って影山を迎え

た。森岡からも深甚の謝意を表され、恐縮しながらも横浜刑務所職員としての誇りを感じた影山は自信を取り戻していた。

この日、昼前に横浜港の荷役出役の囚人たちを視察してから本省に帰ると言って横浜刑務所を出た永峰書記官は、警察官僚の同期を訪ねて県市仮庁舎を訪ねていた。

典獄補、戒護主任、文書主任という重要ポスト三人から報告書を出させる確約を取った。報告書はでき次第残してある梅崎に厳封をして手渡すようにと言ってきたので、思ったとおりの成果があったと感じ、意気揚々とやってきたのである。

ここに来たのは、横浜刑務所典獄・椎名通蔵に再起不能の責任を取らせるためには解放囚人の極悪犯罪の記録があれば万全だと思ったからだ。仮庁舎内の対策本部には同期もいなければ、顔見知りもいなかった。

しかし安河内知事は、司法省行刑局に出向《しゅっこう》している元警察官僚の書記官が挨拶に来たと聞いて、自ら迎え入れた。

「この度は、横浜刑務所が囚人を解放して多大のご迷惑をおかけしました」

永峰が頭を下げた。

「何を言うか永峰君」

安河内は名刺を手にとって氏名を確認してから言った。

「囚人たちが商店や倉庫を荒らしたとか噂になっていますが……」

「ああ、それは自警団の暴走だ。おたくの囚人たちに何ひとつ悪いことはしておらん。それどころか、解放中にさまざまな善行を施してくれたという報告が後を絶たないそうだ。今も救援物資の荷揚げで大変な苦労をかけておる。衷心より感謝申し上げる」

「…………」

永峰はポカンとした。

自分のような警察官僚の出世半ばの人間から見れば神奈川県知事は、はるか雲の上の人である。その知事に礼を言われているのだから、自分の立ち位置がわからなくなった。

「この事態が落ち着いたら、司法大臣に報告しようと思っている」

「いえいえ、それには及びません。私が帰ったら報告いたします。お気づかいなさらず事実を申し述べていただかないと私も行刑局長に復命できません。囚人たちが税関倉庫を襲って酒をあおったとも聞きましたが……」

「それは今申したとおり、自警団の仕業じゃ」

安河内は表情を険しくした。永峰の訪問の趣旨がどこにあるのかと訝《いぶか》ったのだ。

なお、何やら聞きたそうにしている永峰に、

「内務省に戻りたかったら、司法省で手柄をあげようなどと焦らぬことだ。警察と刑務所は根本的なものが大きく異なっている。余も今回の災禍でそれに気づいた」

と言って、席を立った。

永峰は半ば放心状態で対策本部を後にした。

黄金の繭

九月六日、救援物資の荷役作業は本日をもって終わる。官舎の夫人たちは弁当作りもこれで最後だからと、張り切っていた。荷役出役班の弁当は典獄官舎で夫人たちの手によってずっと作られていたのだ。

「サキちゃん、あんた今日帰るんだろう。朝の点呼に行って、囚人《おじさん》たちとお別れをしてこなけりゃね」

戒護主任・茅場の夫人が声をかけた。

「昨日までは本省のお偉いさんがいたからだろうね、私たちも中には行けなかったけれど、今朝はみんなで行ってみましょうか。ねえ茅場さん」

典獄補・野村の夫人が握り飯に海苔《のり》を巻き、竹皮の上に並べながら言った。

「それはいい考えだこと。急いでお弁当を作りましょう」

茅場夫人が答える。

一人当たり握り飯五個に漬物、佃煮などを添え竹皮に包む。

出役初日の三日は、夫人たちが構内に持ち込んだ。解放中に居残った囚人たちは二日の朝食を彼女たちに作ってもらっていたので、口々に礼を述べ大変な歓迎を受けた。その後の二日間は看守が受刑者二人を連れて典獄官舎に取りに来ていた。

おそらく、行刑局・永峰書記官と事務官がいるから立ち入りを遠慮するようにということだったのだろう。塀がなくなったといっても刑務所の構内に変わりはないので、一般人の立ち入りはまずいということだ。そのへんのことは、夫人たちも刑務官の妻だから言われなくても理解できた。

再び囚人たちと触れ合う機会をつくろうという野村夫人の呼びかけに、婦人たちは諸手を挙げた。

「奥様はだめです。典獄殿の奥方は顔をお見せにならないほうがいいのです」

野村夫人は真顔で節子に言った。

「今日もだめですか」

節子は苦笑した。三日の日も同じようなやり取りがあった。

他の夫人たちも「そうです。私たちにお任せください」と言って笑った。口も回るが手も早くなった。さすがは専業主婦たちのここ一番の集中力である。

午前六時五十分、野村夫人の引率で一二人の刑務官の妻とサキが構内に入った。

朝の点呼が始まった。工場ごとに縦列に並び番号を掛ける。各担当看守は人員の報告を点検指揮官の看守部長に行う。看守部長が集計中に壇上に立ったのは、茅場戒護主任だった。

「現在員八三一名、未帰還者二五二名、死者四八名です。未帰還者数は他の刑務所または警察に出頭したと思われる者を含めた人員です。なお、現在人員は前日比三五人増です」

報告をうけた茅場は囚人たちに、

「おはよう」

と、大きな声で挨拶をした。初めてのことだ。囚人たちは「おはようございます」といっせいに唱和して返した。

「いろいろなデマが飛び交ったらしいが、今決まっていることは何もない。いつまでも空を天井にして、握り飯と一汁だけの一日二食の生活を続けるわけにはいかないので、いずれどこかに行ってもらうことになる。しかし、炭坑の仕事は断じてさせない……」

ドッと声が上がった。

「私は心配かけた責任を感じておる。申し訳なかった」茅場は帽子をとって、頭を下げた。

「主任、みずくさいぞ！」

山口正一が大声を出した。それにつられ囚人たちは歓声を上げ、指笛を鳴らし、誰からともなく起こった拍手で締《し》められた。

茅場夫人は両頬に涙がこぼれおちるのを抑えきれず、野村夫人の肩に顔を埋めた。


松葉杖をついて野村典獄補が夫人たちのかたわらに来た。

「夫人たちに丁重に礼を述べよと、典獄のご指示があって参った。囚人たちが無事に荷役の仕事を果たせたのも、みなさんのおかげだ。ありがとう」

「まだ二五〇人も帰ってきていないのですね」

夫人たちの心配も解放囚の帰還である。未帰還者があれば典獄はじめ幹部職員が何らかの責任を取らされると噂になっていたからだ。

「いや、これだけ多くが還ってくるとは実は想像していなかった。ありがたいことだ、まだ還ってくる……」

典獄を非難し続けていた夫の変わりように野村夫人は驚いた。震災前は若い典獄に対する異常なまでの敵愾心《てきがいしん》を示し、震災後は、この解放によって自分も出世もできなくなったと、さかんに愚痴をこぼしていたのだ。

それが昨夜からぴたりと愚痴が止んだ。何がそうさせたのかわからないが、夫人はほっとした。あと何年もない刑務官生活だから、穏やかに仕事をしてほしいと思っていた。あまりにも愚痴が多くなった昨今は、一緒にいることさえ辛くなっていたのだ。

「旦那様、ほんとうにご苦労さまです」

夫人は笑顔で言った。夫に対して屈託のない笑顔を示したのは本当に久しい。自分の仕草に夫人はおかしくなってクスッと声を出して笑った。

「第七工場と第八工場及び洗濯工場の出役者、ならびに海軍船員特別出役班はその場で待機、ほかは別れ！」

看守部長が号令をかけた。

夫人たちが両手に提げた買い物籠には戒護職員一〇人分を入れて一六〇の竹皮に包まれた弁当が入っている。毎日出ている海軍船員班の囚人五人が行李《こうり》を持って取りに来た。

サキの兄・達也と青山もいる。すっかり顔見知りになった囚人と夫人たちは弁当を行李に移す数分間、談笑を楽しむ。それを見ている典獄補・野村も柔和な顔を作っていた。

サキは達也に出立を告げ、会話を交わした。

「気をつけ！　右へ～ならえ」

大声で号令がかけられた。

「なおれ！」

荷役奉仕作業の出役者が整列したのだ。

典獄補・野村が松葉杖をつきながら、四列の横隊に並んだ受刑者の前に出て訓示をはじめた。

「去る九月三日より、県知事からの要請にもとづき行ってきた救援物資の陸揚げの奉仕作業もいよいよ本日が最後である。引き続き負傷等の事故がないように集中力を切らさず任務を遂行されたい……」

野村夫人は隣に寄り添うように立っているサキの肩を抱いた。

「見直したよ。うちの亭主……」

耳元でささやいた。

残留する囚人たちが集まってきて瓦礫が取り除かれた通路の両側約五〇メートルにわたって人垣を作りはじめている。

夫人たちは野村の訓示が終わると、正門があった根岸橋停留所前に移動した。出役初日の三日と同じように公道に出て見送るのだ。

「右向け右！　前へ～、進め！」

ひときわ気合の入った看守の号令が響いた。一五〇人の足が揃って大地を踏んで近づいてきた。囚人たちは笑顔を見せて通り過ぎた。兄の顔があった。凜々しいと思った。

サキは達也たちの後ろ姿をしばらく見つめていた。

〈これでみなさんとお別れなんだ……〉

そう思うと胸が熱くなった。夫人たちの後を追い典獄官舎に向かうサキに、山下が声をかけた。

「サキちゃん待って、戻ってくれないか」

振り返ると、山下が一人の囚人とともに停留所の前に立っていた。サキの目には四、五十メートル先の山下の顔が不思議なほどはっきり見えた。互いに距離を詰める。近づくとサキは山下から目を逸らし、囚人を見た。

初めて見る中年の男が優しそうな笑顔でサキを見ている。サキも笑顔で応えようとしたが自分の顔が強ばっていてうまく作れなかった。

「サキさん、これを受け取ってくれないか」

男の手のひらには、金色に光る木の葉のような物が乗っていた。囚衣の襟に縫い付けられた白い布には城田《しろた》と書かれていた。

「これはね、受刑者の間ではゲソと呼ばれているそれは値打ちがある手作りの豆草履《ぞうり》だ」

山下の説明にサキは目を大きく見開いて「えっ?」と声を出した。さっぱり意味がわからない。

「サキちゃんはわからないよな。幸運を呼ぶ女性のお守りだからもらってあげなさい」

山下が命令口調で言った。サキは手をひらいた。城田はサキの方に先端を向けて丁寧に置いた。

「クメールの天蚕《やままゆ》だからこんなにきれいな黄金色をしているんだよ」

城田は子どもに言い聞かせるような優しい笑顔を湛《たた》え、温《あたた》かい丸みを帯びた声音《こわね》で言った。

サキは何とも言いようのない懐かしさと切なさの混じった感動に胸を熱くした。父親を知らないサキが、幼いころから頭の中で思い描いていた想像の父親に似ていたのかもしれない。

城田は達也と同じ工場で働く餝職《かざりしょく》で、簪《かんざし》などを作っていた名工だった。サキは繭と聞いて合点がいった。相模原は養蚕が盛んである。養蚕農家の友人から信州安曇野《あずみの》あたりで採れる黄金色の天然の繭の話を聞いたことがあったからだ。

「オヤジさん、今だからバラしてしまうが、従兄弟がベトナムで手に入れた生糸を差し入れ品に仕込んで送ってくれたんだ。船乗り仲間にムショを出たやつがいてゲソの話を聞いたらしい。ゲソを作れる囚人は楽なムショ生活ができるし、いい金儲けにもなると聞いた、という手紙とゲソの作り方を書いたものまで入っていた」

「…………」

山下は笑っただけだった。まともに聞いたら重大な反則行為なのでゲソを取り上げなければならない。受刑者の作る豆草履のゲソは糸くずを拾い集めて作ったような普通の物でも、遊郭に持って行けば、二晩は座敷に上がって遊べるほどの値打ちがあった。いい旦那と巡り合って身請けされたいと望む女たちの最高のお守りとして人気があったのだ。

山下はサキの手のひらからゲソを取り、うなった。それは見事な出来だった。まさに名工が作る芸術品である。この黄金の繭だけで作られたゲソならば、どれほどの値がつけられるか想像もつかなかった。

「お守りだ、大事にしなさい。きっとサキちゃんの望みを叶えてくれるはずだ」

山下はサキの左手の甲を持った。

サキの手に力がピクリと入った。初めて触れる山下の手は大きくて温かかった。山下は黄金の繭製のゲソを手のひらに置くと、両手で包むようにしてサキの手を閉じた。

「ありがとうございます。遠慮なくいただきます」

サキは小さく震えながら礼を言った。

「サキさん、出所したら女房に頭を下げて、もう極道はしませんとあやまるよ。そして家に入れてもらう。あんたを見ていて可愛い娘を思い出していたんだ。ありがとう。気をつけて帰るんだよ」

城田はサキの頭をそっと撫でた。

「サキちゃん、山道は避けたほうがいいよ」

山下が言った。誰に言われるよりも山下の言葉が嬉しかった。サキは頰から耳が熱くなるのを感じた。

「はい、そのつもりです」

「火もおさまったし、市内を抜けて八王子街道に出なさい」

「はい」

二人は目を合わせた。山下の目尻が少し下がった。サキはうつむきながら目を閉じた。

山下が自分のために無理に作ってくれた微笑みが悲しかったのだ。サキは目にした無惨《むざん》な裁判所の光景をまざまざと思い出した。山下の妻が、あの人力では取り除けそうにない煉瓦と花崗岩の瓦礫に押しつぶされたままなのだ。

「山下さん、奥様のことがあるのに……。私と兄のために……」

サキの目から涙が溢れた。山下は歯を食いしばり、首を横に二、三度振った。ひと呼吸置いて、サキの両肩に手を置いた。

「サキちゃん、市内に向かって大きな川を渡ったら、町田を目指して八王子街道を行くんだ。くれぐれも間道や山道は通らないように。わかったね」

「はい。帰ったら……」

サキは言いかけて口をつぐんだ。「手紙を出します」という言葉を飲み込んだのだ。


典獄官舎では、椎名家の三人の女の子たちが待っていた。

「おねえちゃん、これお母様が……」

幼い姉妹がブラウスと靴下を持ってきてくれた。

何よりもサキが驚いたのは真っ白に洗濯されて、きれいに鏝《こて》が当てられていたことだった。そう言えば、椎名典獄の白い麻製の夏服は、いつ見ても白くて清潔だった。ずっと刑務所敷地内に泊まり込んでいるのに、どうしてだろうと不思議だったのだ。

ようやく、その謎が解けた。節子夫人が洗濯上手だったのだ。

「サキちゃん、気をつけて帰るのよ。また遊びにきてね」

節子は水筒とおにぎりの包みを差し出した。

「ありがとうございます。こんなに綺麗に洗濯していただいて、とても驚いています。いつも自分で洗うのですが……」

長いようで短い四昼夜だった。典獄の官舎で節子夫人がなぜあれほど親切にしてくれたのか、その理由をサキが知るのはずっと後になる。

サキは典獄官舎を出ると、野村典獄補と茅場戒護主任の官舎を訪ねた。二人の夫人には、どうしても一言礼を述べてから出立したいと思っていた。囚人の妹がなぜここにいるのかと、あからさまに除《の》け者扱いしようとした若い幹部夫人たちを前に野村夫人が、

「なぜ官舎がこんなにも塀の近くにあるか、ご存じですか」

と語りかけた。首を傾げるだけで、何も答えられない夫人たちに向かって、

「刑務所は一家という意味だそうです」

と、茅場夫人が言った。しかし、誰も意味がわからないようだった。

再び、野村夫人が口を開いた。

「官舎にいる家族に危害が加えられるかもしれないと思えば、夫たち刑務官は家族愛に似た公明正大な取り扱いと思いやりを持って囚われた人たちと接するでしょう。よその国の刑務所には、こんなにたくさん官舎はないそうですよ。一〇〇マイルも離れた町に職を隠して住んでいるのが普通だと、聞いたことがあります」

若い夫人たちは顔を見合わせ、崩れた塀を見た。これだけの災禍にもかかわらず、官舎は襲われていない。それどころか、囚人たちは火の手が回るかもしれないと、家財を運び出してくれたではないか。しかも、延焼を食い止めた後は、運び出した家財を元に戻してくれた。

「考え違いをしていました。私には兄や父の代わりにたとえ一日でも身代わりになって刑務所に来ることなどできないでしょう」

若い主任夫人二人が揃って頭を下げた。

「このとおりです」


官舎の夫人らの見送りを受けて出立してから一時間余り、サキは焦土と化した市内を抜けようとしていた。焼け跡には多くの人たちが出ていた。片付けをする者、何かめぼしい物はないかと、瓦礫や残骸を掘り起こしている男たち、木刀などを提げて巡回する自警団、子どもの手を引いた女たちもいた。

サキはたびたび振り返った。被災の様子と復旧のために立ち上がった人々の姿を母に伝えるために目に焼き付けておこうと思ったのだ。

サキの後をつけてくる男がいたのだが、同じ方向に向かっているのだろうと特別意に介していなかった。

一方、山下はなぜかサキのことが気になっていた。

次第に高まるいやな予感に山下は、ついに意を決した。天幕の本部で直属の上司・茅場戒護主任に、

「昼間は受刑者たちもほぼ自由にさせているので、この間に未帰還受刑者を探しに外出したいのですが……」

と、外出を願い出た。囚人の妹を護りたいからとは言えないので公務を理由にしたのだ。

「君の工場は。まだ……」

茅場はそう言うと人員掲示板を見た。

「未帰還者が六人いるんだな」

「はい」

「わかった。それもそうだが、山下君大丈夫か？　奥さんのこともあるので典獄殿は心配されておられた。休んでもいいぞ」

　茅場が言った。

「裁判所の状況を昨日、港への往き帰りで見てきましたが、まったくの手つかずでした。近々、司法省から当所の受刑者をもって発掘せよとの命がくだされるのではないかと聞いています。その際は発掘現場戒護を願い出るつもりです」

「わかった。夕点検までの外出を許可する」

「では、山下看守外出させていただきます」

　山下は気をつけの姿勢を取り、挙手の敬礼をすると、早足で構内を横切った。

　公道に出るや、帯剣に手を添え走り出す。焼け尽くされた市内に入ると行き交う人に制服を着た高等女学校の女子を見なかったか？　どの方向に行ったか？　と、何度も立ち止まって聞いた。

　山下は不思議な気持ちになった。

〈明らかに、何か見えない力によって急かされている〉

　そう思ったときに、女性の悲鳴らしきものを聞いた。

九月六日午前十一時、椎名は単身刑務所を出た。

震災以来一歩も横浜刑務所の敷地から出たことがなかったので、足取りは軽かった。

中村川を渡ると焦土と化した横浜市内が横たわっていた。これでは家族や住居を失った囚人も多数いることだろう。未帰還者の多くはそうした者たちかもしれない。

このことに気づかず、未帰還者の数字のみを気にしていた自身の狭量さを責めた。

初音町《はつねちょう》に近い広場には多数の屍が折り重なっていた。後に作られた記録には二四五人焼死という記述がある。広場だから安全と思い避難した市民だろう。火に包囲され逃げ場を失い焼死したのだ。残暑の時期に五日も経てば臓器まで腐敗が進む。何とも表現のしようのない腐敗の臭気が強烈だった。

市の職員だろうか、一〇人ぐらいずつ一ヵ所に積み上げ焼け残った木材を燃やし、遺体の上にトタン板を覆って火葬をはじめた。

野毛坂を下る脇の道にはいたるところに死体が横たわっていた。いずれも黒く焼けて消し炭のようになった遺体は炭酸ガスで膨張し、性別もわからない。

椎名は大桟橋に立ち寄った。

受刑者たちが荷揚げと運搬に汗を流していた。救援物資を扱う港の警備は県もひとしお力を入れているようだ。軍隊一個小隊と巡査一〇名ばかりが市民を遠ざけている。初日、二日目と多数の怪我人を出して引き上げてきた囚人たちの姿を思い出し、あらためてその苦労に報いてやりたいと思った。

午後二時、県から指定された時刻に対策本部を訪ねた。

県知事・安河内麻吉が待っていた。五月の着任挨拶以来の対面であった。その際、安河内は椎名が帝大の後輩であることを知り、さらに社会的にも尊敬の目で見られる判事、検事の道を選ばず、あえて職業として疎んじられている獄吏を選んだことを知って驚いた。

「知事御自《おんみずか》らの対応に心より感謝致します」

椎名は挨拶をした。

「いやいや、こちらこそ囚人諸君の活躍と、彼らを取りまとめて見事な勤務を続ける刑務官には頭が下がります。余は各地で知事を務めてまいったが、この度の災禍ではじめて刑務所とのつながりを持ちました。囚人護送の件、しかと承り新造巡洋艦・夕張の杉浦艦長に頼んだところ、快諾してもらえました。出港日時は明後日の朝になります」

安河内は笑顔で言った。

「早々にご配慮いただき真にありがとうございます。明後日とは願ってもないことです。疲れている囚人たちを一日でも早く建物の中で眠らせてやりたいと思っていたところです」

椎名は頭を下げた。

「はて、何と申した。監獄建物は焼失したのか？」

「はい、ことごとく。塀も崩れました」

椎名は答えた。知事は刑務所の全壊焼失を知らなかったのだ。

「それは難儀なことだな」

安河内はペンで几帳面に書かれた罫紙を椎名に差し出した。

「そこに書いてあるとおり、艦長は愛知県出身の杉浦正雄大佐だ。明治十五年生まれだから、椎名殿より若干年長か？　名古屋と言ったら二つ返事で了解と言った。艦長も典獄も一国一城の主《あるじ》ゆえ、何でも好きなようにできて羨ましい限りだ」

椎名は罫紙に目を落とした。

軽巡洋艦夕張・大正十二年七月竣工
佐世保鎮守府在籍の最新鋭艦

と、書かれてあった。

囚人の護送だからと旧艦が充《あ》てがわれるのではないかと思っていた椎名はいたく感激した。思わず「まことにありがたいことです」と口にした。

「詳細の打ち合わせをするいとまも、方法もございませんが、磯子の沖に停泊願い、小さな港ゆえ、舟艇《しゅうてい》を差し向けていただきたいとお伝え願えますか」

「午前八時過ぎには出港したいと申している。食事はすべて任せてほしいと言っているので安心されたい」

「ありがとうございます。護送人員は三〇〇名。囚人といっても救援物資の荷揚げをしている者たちですから、逃走のおそれはありませんが、軍人や名古屋市民に不安を抱かせないように、五名ずつ縄でつなぐことにします。護送職員は七名で当たる予定です。大変恐縮ですが、当方には通信手段がなにもございません。無線電信で名古屋と連絡が取れましたら、名古屋刑務所に護送日程と護送人員のご連絡をお願いしたいのですが」

「了解した。典獄殿の申されたこと、記録したか？」

安河内は傍らで記録を取る秘書官に言った。

「はい。明日艦長に伝えます」

秘書官が答えた。

軽巡洋艦夕張は横須賀港停泊中に大地震に遭遇。横浜市上空に立ち上る黒煙を認めるや、艦長の判断で、横浜港に急行。猛火に追われ大破した横浜港桟橋に逃げてきた多数の市民を民間の船舶とともに救助した。その後も避難民の移送業務を引き受け、休む間もなくピストン輸送を行っていた。

帰路、椎名は大江橋を渡り、元町を経由する道を選んだ。

川面には無数の遺体が浮かんでいる。川岸に一家族と思われる遺体を見た。白髪の老婆が小学生の女児と並び、その傍らに二、三歳の幼児を抱いた婦人が横たわり、父と思われる男子が水面に顔をつけて死んでいた。何とも哀れである。

やがて重厚な建物が見えてきた。花崗岩でできた横浜正金銀行は屋内で出火、建物内に逃げ込んできた多数の避難民全員が焼死したという。正面前の石段の上だけでも二、三十人の焦げた遺体が横たわり、建物の周囲を取り囲む三メートルほどの石垣との間には、数え切れない黒焦げの遺体が重なっていた。

九月六日午後、典獄・佐藤乙二は佐藤看守部長の還りを典獄室で今や遅しと待っていた。必ずや佐藤は気持ちを入れ替えて戻ってくる。そんな自信に満ちていたのは自分でも不思議だった。何の根拠もないが、谷田控訴院長が認めた典獄中の典獄、椎名通蔵だから、自分のような、〝にわか典獄〟にない人徳で、佐藤を感化するに違いないと思っていたのだ。

佐藤典獄は佐藤看守部長の帰庁の挨拶を受け、椎名典獄からの信書を開いた。便箋五枚にペン字のきれいな楷書が並んでいた。そこには、まず、謹んで恩情に甘えさせていただくと認《したた》められ、次に使者・佐藤看守部長の徳が褒めたたえられていた。

佐藤典獄はそこを声に出して読み上げた。

褒められた佐藤は恐縮して、椎名の人となりを思うまま伝えた。

「佐藤部長、文書主任に至急会議の準備を整えよと伝えてくれ。戒護部門の看守部長も同席させよと申せ。その席で君の忌憚のない意見を述べよ。その上で余は名古屋刑務所が横浜刑務所の受刑者を引き受けるか否かの決を取る。よいな。もっとも、決が反対であっても引き取りは行うが……」

典獄は便箋に目を落としたまま言った。

「わかりました」

佐藤は椎名典獄に自分の内なるすべてを読み取られていたことを知って驚いた。

佐藤典獄の提案に猛反対したのは部下の看守と、囚人たちを思ってのことだった。看守の負担が増え、囚人の生活環境が悪化するのは目に見えているからだ。そこを椎名典獄に見破られた上に、佐藤部長は典獄思いのいい部下だと持ち上げられたのだ。

いずれにしても、横浜を発つときに佐藤の腹は決まっていた。みなを説得する語り口まで考えてきたのだから自信はある。

佐藤は会議が始まる前に戒護部門の看守部長一〇人を集め横浜の窮状を伝え、名古屋の刑務官の本領を発揮しようと心をひとつにしていた。会議は三十分ほどで終わった。反対を唱える者、引き受けの条件をあげる者はいなかった。

佐藤看守部長の説明が終わると、ただちに引き受け準備が語られたのだ。そして、万全の受け入れ態勢を一両日中に整えることが決議されたのである。

たちまちしなければならないことが山ほどある。三〇〇人分の居室を空け、寝具に衣類に備品や消耗品を取り揃える。収容事務をどうするか。熱田の港から当所までの警備をどうするか。市民に対する告知はどうするか。

ざっと数えても一両日で仕上げるには仕事を分担して、ただちに取り掛かる必要がある。反対の狼煙《のろし》を上げた責任上、塀の中のことについては佐藤看守部長が指揮をとって看守部長たちが分担することとされた。主任たちは港湾、鉄道、警察との調整、近隣の岐阜刑務所及び三重刑務所への応援要請など対外的な任務につくことにした。

受刑者たちもまた二つ返事で被災地・横浜刑務所の囚人受け入れに協力を誓った。

今まで六人で使っていた雑居房は一一人で使い、それでも足りなければ独房も二人部屋になることを覚悟した。それだけではない。一五〇〇名の囚人たちは全員、東京と横浜の被災者への募金を申し出たのだ。それは月々計算される作業賞与金からの醵出《きょしゅつ》であった。

佐藤典獄は椎名の手紙を主任らに回覧し、後日、横浜から送られてきた囚人たちに読み聞かせようと思っている。

善良なる心をもって、被災者を助け、県民のために命を掛けて荷役の奉仕作業を行った受刑者を名古屋刑務所にお預けすることにしました。

家を焼かれ、家族が圧死・焼死した者も多数おります。

どうぞ、名古屋の職員と受刑者の皆様、横浜の受刑者と仲良くしてやってください。

なお、釈放の際には官の都合で移送したのですから、帰住の旅費を下付されんことを切にお願いする次第です。

大正十二年九月五日

横浜刑務所典獄　椎名通蔵

名古屋刑務所典獄殿

同　職員各位

同　受刑者の皆様

同じころ、横浜刑務所では椎名が主任と看守部長を集め、明後日八日に名古屋刑務所に移送する受刑者三〇〇名の人選をするように指示をした。

解放も移送も椎名が独断で決めた。一典獄が勝手にやったことは放っておけぬと、司法省行刑局長らが懲戒処分の断を下すかもしれない。それは十分承知の上だ。最も重い懲戒免職も考えられる。

椎名は、覚悟の上で、今は受刑者のために全力を尽くそうと決断したのだった。

椎名は看守部長らに向かって、

「未帰還者に帰還を促す看守たちの自発的な活動には衷心より感謝している。本日只今から典獄の命令とし、勤務時間内の活動を許す。受刑者の同行も認める」

と訓示した。

囚人を連れて回ることを許したのには訳がある。椎名は今日、桟橋で解放囚に会った。県知事との会談の後、なぜか遠回りになる桟橋に再度足が向いたのだ。

そこで囚人たちの荷揚げを見物する市民の中に解放囚を見つけた。服装は囚衣ではなかったが、顔も名前も覚えていた。しばらく遠目に見ていたが、彼は囚人たちが荷役の作業に汗を流す姿をじっと見ている。

そのとき、椎名は思った。

還りたくても刑が増えると思って還れない者なのかもしれない。そういった者がほかにもたくさんいるとしたら、安心して還らせる工夫が必要だ。そして、彼らのために、一目でわかる囚衣を着た囚人を同行させ呼びかけさせたらいいのではないかと思いついたのだ。

看守が違法を合法と言えば職責を問われかねない。ならば、同じ身の上の囚人に言わせればいい。彼らが言うのなら問題にならない。今のままでは解放囚は逃走者という犯罪者だ。とにかく刑務所に戻して自分の責任で逃走ではないと決めてやればいい。理由はどうにでもなる。

椎名は腹を決めて、解放囚に近づいた。

「木工場の佐々木君じゃないか」

椎名は笑顔で言った。逃げ出すかと思ったが「あっ、典獄殿」と言って土下座をした。見物していた市民は驚いて飛び退いた。

椎名はしゃがんで佐々木の肩に手を置いた。椎名と佐々木は市民が取り囲む輪の中にいる。しかし二人の目には周囲の人だかりは入っていない。

「申し訳ありません……」

オロオロする佐々木に椎名は、

「あそこで荷役をやって一緒に還ってきたらいい。大きな顔をして還ってこられるだろう。今日は戒護主任がいるからうまくやってくれる」

と言った。

「ありがとうございます。実は焼け出された家族を探していて今日になってしまいました」

「そうか、家族は見つかったのか」

「はい、おかげさまで」

「それはよかった。今日はいい日だな」

椎名は佐々木を立たせ、兵隊と巡査に典獄であることを告げて警備の境界を通り抜け、茅場に佐々木を引き渡した。茅場は一目《ひとめ》で万事を理解して、「一名増員確かに引き受けました」と椎名に敬礼をした。

六日は夕刻から、七日は終日、看守一人と囚人二人が一組になり、帰還を促す喧伝に出た。横浜市内、鶴見、川崎、町田まで二〇組が足を伸ばした。

七日は思い思いの看板を作り、それを持って歩いた。効果は抜群だった。

看守らと一緒に帰還した者も含めると七日の深夜までに一五二名が帰還し、翌九月八日の早朝にも一七名が帰還した。看板を見た市民たちの噂は東京まで広がっていたのだ。

九月七日金曜日の夕点検終了後、全受刑者をその場にしゃがませて、名古屋刑務所に移送する三〇〇名を発表すると告知した。一時騒然となったが、茅場が両手を大きく開いて静粛にという合図を送ると、潮が引くように静かになった。

書類を広げ目を落とす。

「これから選定に当たって用いた基準を示す。その前にひとつ言っておくことがある。基準に該当していてもあえて外した者がいる。それは営繕工場就業者と、他の工場就業者でも大工、左官、電工、鳶職、土木などの建築関係の経験がある者、並びに炊事と洗濯の就業者である。この者たちはこの横浜刑務所に留まって働いてもらう」

茅場はいったん話を切って、全体を見回し、納得する様子を確認してから再び目を書類に戻した。

「さて、名古屋刑務所に送る者の基準は……。残刑期一年半以上の者。心身ともに健康な者。これでおおむね四〇〇名になる。その中から年齢の高いほうから三〇〇名までしぼった。これから工場ごとに該当者を発表するので、呼ばれた者は前に出てきなさい」

名前が呼ばれると喜ぶ者、反対に落胆する者、どちらとも感情を表さない者がほぼ同数だった。少なくとも、名古屋に行けば建物の中で生活ができて食事もここよりはずっと良くなる。幹部職員の多くが受刑者たちは名古屋に行きたいのだろうと思っていたが、そうとばかりは言えなかったようだ。受刑者たちの心情はまさにさまざまだった。

茅場が壇を下り、椎名が壇上に立った。椎名は護送職員を発表してから訓示を始めた。指揮官は会計主任・坂上義一。以下、看守部長三名、看守三名も前に出して護送する三〇〇名の前に立たせた。

「あの悪夢から一週間、諸君たちがいかに立派で心優しい人間であるかを教えてくれた天災だった。残念ながら受刑者四八名、職員三名が犠牲になった。重傷者も五〇名を数える。また、家族を亡くした者、家を焼かれた者も多数いることを聞いている。亡くなった方々には心から冥福を祈るとともに、負傷者については一日も早く快癒することを祈りたい。

さて、解放という一時釈放と荷役奉仕を経験された諸君。これらはこれから先、諸君が歩む人生において貴重な財産になるはずだ。今こうして私たちは生かされていることを深く自覚している。この命を大事に使い、世のため人のためになるように、これから努力をしようではないか。

塀のない横浜刑務所の記録は、将来必ず活かされる。いつの日にか塀のない刑務所ができるだろう。君たちが秩序を守ってくれたからだ。私たちにも方々《ほうぼう》から救援の手が差し伸べられた。明日はここにいる三〇〇名が名古屋刑務所に向かう。最新鋭の軍艦が送ってくれることになっている。名古屋では受刑者たちが部屋を空けてくれている。六人部屋にさらに五人が移るといった方法で部屋を空けてくれているのだ。

おそらく歓待を受けることになるだろう。それは君たちが自ら築いた信用と信頼によって得たものである。

ひとつお願いがある。君たちは今日まで手錠や捕縄には無縁だったが、護送中は縄をかけさせてもらう。それだけは堪忍してもらいたい。

明朝七時にここを出て、磯子の港に行く。そこに軍艦から舟艇がくる。それに乗って沖の軍艦に乗り移る。おそらく翌朝、名古屋の港に上陸して、刑務所に向かうことになる。今夜はぐっすり休んで体調を整えてほしい。次に、ここに残ってなお不自由な生活を送ってもらう諸君。明朝は快くこの三〇〇名を送り出してほしい」

椎名は全体を見回してから一礼して壇を降りた。

九月八日、この日は午前六時に起床の号令がかけられた。

相変わらずの青空天井だが、雨が降らなかったから布団で寝ることができたのだ。午前六時四十五分、名古屋刑務所に移送する三〇〇人を集合させ点呼を取った。残念ながら五人は下痢をしていたので移送を取り止めた。

「総勢二九五人をこれから名古屋刑務所に護送します」

と、指揮官・坂上会計主任が気合を込めて典獄に報告をした。

椎名が壇上に立つと、囚人たちは列を崩して椎名の周囲を取り囲んだ。椎名は囚人たちを二度三度と見回す。なかなか声が出なかった。解放のときとは明らかに異なる情感がただよっている。囚人たちの微動だにしない視線を受け、椎名は心を込めて感謝と前途の幸せを願う言葉をもって訓示に代えた。

再び、坂上の号令が発せられた。

受刑者を五人ずつ縦に並ばせて腰を縛る。間隔は約一・五メートル取った。一昼夜の船旅になるはずだから十分な余裕を作ったのだ。用を足すときも寝るときも五人は繋がれたままで行動しなければならない。

午前七時、二九五人は刑務所を出発した。見送る囚人たちから拍手が起こった。「頑張れよ!」という声も上がる。同じ釜の飯を食った囚人たちの連帯感なのだろう。

椎名は隊列の後からついていった。杉浦艦長を表敬のため訪ねるという名目で、囚人たちが置かれる環境を確かめたいと思ったからだ。

磯子の港が見えてきた。そこには早朝にもかかわらず大勢の人が出ていた。囚人たちを見世物にはしたくないと思ったのだろう、坂上が行進を止め、

「典獄、どうしましょう。少し様子を見ますか?」

と伺いを立てにやってきた。人だかりは、みなこちらを見ている。よく見ると、そこに県知事・安河内の姿があるではないか。

なんと、知事が県職員や市民を連れて見送りに来てくれていたのだ。椎名は知事に礼を述べ、整列した囚人たちに一言声をかけていただきたいと頼んだところ、安河内は快く、荷役の礼と更生を願う希望を述べてくれた。囚人たちの感激はひとしおだった。

椎名は舟艇の第一便で夕張に乗船、杉浦艦長に挨拶をした。

杉浦は、

「私も囚人たちが一所懸命荷揚げの作業をしているのを見ました。思わず兵に、囚人に負けるな! と活を入れましたよ。知事から護送を引き受けてくれないかという要請を受けたときは縁

があったのだと思った次第です」

と言って、船内を案内してくれた。

「囚人の中にも海軍出身者が一人いて、最も危険な船からの積み替えと壊れた岸壁での荷揚げを担当して、三日間無事にやり遂げてくれました」

「そうですか。その男は何をしでかしたのですか？」

「冤罪《えんざい》だと思います」

「それは気の毒だ。しかし裁判も人のやること。間違いはあるんですな。その男は乗船するのですか」

「いえ、刑務所整備に重宝するので残しております」

「その男をよろしく頼みます。お預かりした囚人たちを、この夕張が歓待します。夕食には本艦特製の海軍カレーを食させる予定です」

「それは皆喜びます。ありがたいことです」

「名古屋刑務所には熱田港湾事務所を通して明朝到着の予定を連絡済みです」

「種々のご高配衷心より感謝申し上げます」

杉浦のきめ細かい気の使いようと親しみやすい人柄に、椎名は敬服した。

夕張は九時半、錨を上げた。囚人たちは甲板から手を振り続けた。

二十一時に熱田に入港。船中泊して翌九日午前七時半に上陸を開始した。岸壁には名古屋刑務所職員が迎えに来ていた。貸切の客車三両に乗車し午前八時半出発。千種停留所で下車し、隊列を整えて公道を約一キロほど行進。午前九時十分、名古屋刑務所に無事入監した。通りには警察官が多数警戒に出ていた。

物珍しさに沿道につめかけた市民は、

「これが囚人か！」

と驚きの声をあげた。歩調を取り、軍人のように隊列を崩さず行進する囚人部隊に、警察官の多くは敬礼をもって歓迎と労《ねぎら》いの気持ちを示した。

二九五人全員の入所手続きが完了したのは午後二時だった。

護送任務を無事終了した坂上義一ら七人の刑務官は、官舎地帯にある職員待機所で一晩世話になった。

夕食は佐藤典獄主催の酒宴が設けられ、佐藤看守部長はじめ名古屋刑務所の幹部職員一〇名が同席して労ってくれた。

九月十日焼津駅で列車を降り、借り上げた船で横浜刑務所に帰還した坂上らはただちに典獄に護送任務完了を申告し、居並ぶ幹部を目の前にして船内での出来事を報告した。

「出港後間もなく、甲板に敷かれたマットに受刑者を座らせ船内での注意事項などを告知していたところ、艦長がやってきて『ここは海上だ。その縄は必要なかろう』と言うと、すぐに立ち去られました。ありがたいことでした。受刑者らは厚意を肝に銘じたのでしょう、普段以上に静粛に節度ある態度を取り続けました。上陸に際し受刑者ともども訓示まで賜りました。兵学校の生徒のようで感服したと仰せられ一同感激したところであります。食事は四食、実に美味しくいただきました」

坂上は一礼した。

「海軍カレーはどうだった？」

椎名が訊いた。

「報告するのを忘れていました。うまかったです。格別でした」

どっと笑いが起こった。

「受刑者の給食に出してみるか」

典獄補が真顔で言った。

「はい。私もそう思って炊事兵から作り方を聞いてきました」

坂上は上衣の胸のポケットから手帳を取り出した。椎名は杉浦艦長の顔を思い浮かべた。安河内知事の言葉が蘇《よみがえ》ってきた。

「艦長も典獄も一国一城の主ゆえ、何でも好きなようにできて羨ましい」

司法省大臣室

九月九日日曜日午前七時、典獄・椎名通蔵は看守・山下信成を伴い司法省に向かって刑務所を出た。六日に就任した司法大臣・平沼騏一郎に呼び出されたからである。八日夕刻、司法省から官房秘書課係官が来た。

「典獄殿、新大臣・平沼閣下の口頭による指示を伝達申し上げます。文書にすると差し支えるとのことですので、ご理解ください」

と、前置きし、

「大臣が早急に横浜刑務所典獄と接見したいと申されております。諸事予定が詰まっていて明日・日曜日の午後のみ時間が取れます。急な話で申し訳ありませんが、どうか、万障お繰り合わせの上、大臣室にお越しください」

と頭を下げた。

八月二十四日に加藤友三郎首相が急逝。内田康哉《やすや》外務大臣が内閣総理大臣臨時代理を務めたが、二十八日、海軍大将・山本権兵衛に組閣の大命が下った。

組閣準備中の九月一日に大震災が発生。

摂政宮（後の昭和天皇）は新内閣の組閣を急ぐように指示。九月二日、第二次山本権兵衛内閣が誕生、親任式が執り行われた。

司法大臣は地方の警察畑出身で農商務大臣と兼務の田健治郎《でんけんじろう》が任命されたが、四日後の六日に内閣改造が行われ、平沼が就任したのだ。

検事総長、大審院長を歴任した平沼が司法大臣に就いたことについて、椎名はこれ以上の適任はないと思った。司法界のトップ・平沼の訓示は何度か受けていた。秋霜烈日を説く平沼。天下国家を考える熱い思いを語る平沼。官吏や司法官は公明正大こそが第一と心得よ！　と説く平沼には心の底から共感し敬服した。

その思いとは裏腹に、椎名は腹をくくっていた。

就任早々、行刑局長を飛び越して現場の長である自分を直接呼びつけたのだから、囚人解放が重大な政治問題になっていると思ったのだ。

横浜港から海路、芝浦に向かうことにした。海運各社は避難民と救援物資搬送のために横浜、芝浦、千葉、清水などを結ぶ臨時航路を設け、多数の中小の船舶を就航させていた。二人は三〇〇トンの客船に乗船した。

誘導に当たっていた船員に身分を明かすと、それがまたたく間に船内に伝わり、船乗りだけでなく、避難民たちからも歓待を受けた。囚人たちの活躍のおかげだった。

二人は客室の最後部に立った。

「山下君、また受刑者たちに助けられたな」

椎名は徐々に遠ざかる横浜市内を見ながら言った。山下は返事をしない。椎名は山下の横顔を見てから、「山下君」と言って、肩に手を置いた。山下はビクッと上体を強張らせた。

「君を連れてきたのは裁判所の発掘を提案しようと思ったからだ」

「はい」

山下は姿勢を正し椎名に正対した。

山下は焦土と化した市内を望み、妻の今を想像していたのだ。

「君の工場だったな、海軍出身の福田達也と船乗りだったという青山敏郎は……」

「はい。両名とも一日遅れの帰還でしたが」

「彼らを含め、毎日荷揚げに出てくれた受刑者たちのおかげで、大きな怪我もなく無事に役目を果たせたのだと思う。みな立派な日本男児だ」

「ありがとうございます。典獄殿のお気持ちは彼らに伝えたいと思います」

「そうか。そうしてくれ。それから、多くの囚人たちの心を和ませてくれたのは、身代わりで出頭してきた女学校の生徒と二人の婦人だったと、私は感じたのだが……。みな、無事に家に帰ることができただろうか」

「…………」

山下は空を見上げた。全員無事に自宅に帰ったことは知っている。

しかし、山下は返事をしなかった。

「なぜわかる？」と、訊かれたときに、自分が勤務を離れ女学生を危険な目から救い出し送り届けました、とは言えなかったからである。


あの日、サキのことが気になり、四、五十分してから後を追った。女性の悲鳴を聞いたのは瓦礫と焼け跡の残骸がそろそろ尽きかけた場所だった。

山下は「どこだ？　どこにいる」と大声を出して、瓦礫の山を上り、走り回った。間もなく、物陰に男の背中らしきものを見つけた。駆け寄ると猿轡《さるぐつわ》をかませた女性を二人の男が押さえつけている。

「貴様ら！」

山下は一喝すると、男たちは悲鳴を上げ、半裸の姿で逃げ出した。

山下は女性が着物の乱れを直したのを見計らって、「一人にならないように気をつけなさい」と言って、再びサキの後を追った。

山下が若い男の前を歩いているサキを数百メートル先に見つけたのは、八王子街道に入ってしばらく行ったところだった。姿を見た安心感で、やれやれと思うと、ドッと襲ってきた疲労感に足が止まった。

サキは三叉路の右の道に消えた。並木と家屋の陰で見えなくなったのだ。後を歩いていた男もサキの行った道を行き、その後に続いていた男女と家財を積んだ台車は、曲がらず真っ直ぐ行った。次なる通行人は、二〇〇メートルばかり後になる。

人の目がなくなる、そう思うと、なぜか胸騒ぎを感じた。山下は「まずい!」と口に出すと、次の瞬間、走り出していた。全速で走っても追いつくには二、三分かかる。

三叉路を曲がっても先はさらに左に折れていた。そして少しずつ細くなっているようだ。どこまで走れば見通しがきくのか。山下は走った。蛇行した道だった。これは八王子街道の旧道か間道だ。サキは道を間違ったのだ。

悲鳴が聞こえた。

今度はサキに間違いない。全力で走った。ついに見つけた。サキは田畑の中にある鎮守の杜《もり》に抱えられるようにして引きずられていった。距離は一〇〇メートル弱あった。

「コラッ! 貴様何をするか!」

山下は叫んだ。制服姿で刀を抜いて走ってくる山下を巡査と思ったのだろう、男はサキを放し一目散に森に向かって逃げ出した。

「山下さん……」

走り寄ってきたサキを山下は抱きとめた。

「よかった。無事で……」

山下はサキを自宅まで送った。お世話になったことを母親に告げたいので少しでも寄ってください、というサキの願いを聞かずに、サキが自宅に入るのを遠目に見届けてから帰路についた。

しばらく歩くと、「山下さ〜ん」と呼ぶサキの声に足を止め、振り返った。

着物姿の母とサキが追いかけてきたのだった。二人は道の真ん中に立ち止まって丁寧に頭を下げた。

「ありがとうございました」
四、五十メートル離れていたが、静の落ち着いた声がしっかりと届いた。
山下は敬礼をした。サキの唇も動いたが、それは声にならなかった。


椎名と山下は竹芝桟橋から焦土と化した帝都を歩いた。有楽町から日比谷までの惨状は凄まじいものだった。日比谷の警視庁も焼き尽くされていた。日比谷公園と皇居前広場は陸軍の天幕が多数運び込まれている。避難民用のテント村になっていた。

司法省はまったく被害がなかったかのように堂々と座していた。

日曜日とあってか二階部分に設けられた玄関は閉じられている。椎名は一階の守衛室に行って、大臣室への通行を届け出た。事前に秘書課からの連絡があったのか、守衛長が先導し丁重に案内された。山下は廊下中央に敷かれた赤い絨毯を避けて歩く。恐れ多いと思ったのだろう。

「山下君、絨毯の上を歩きたまえ、大臣室に通じる廊下は音と埃を立てずに歩くものだ」

椎名は穏やかに言った。典獄でも司法省二階の廊下を歩き大臣室に入った者は数少ない。看守の山下が緊張するのも無理はない。

「横浜刑務所典獄・椎名通蔵、命により参上いたしました。同伴した者は当職の部下の山下信成看守であります」

椎名は入り口で名乗ると机の前まで進み出た。小声で「気をつけ、礼」と唱え、山下と共に揃って礼をした。司法大臣・平沼騏一郎は驚きを隠さず目を見張った。

「そなたが典獄か。お若いので驚いた。余が知っているのは市ケ谷監獄の木名瀬典獄だけだが、存じておるか」

「はい、任官したときにお教えをいただいた私の師であります」

「あれは、明治四十四年の一月だった。大任を果たしてもらったので労いを述べに行ったことがあってな。立派な男だったが残念なことをした」

椎名は黙って頷いた。

大正五年（一九一六）、在職中に急逝した木名瀬典獄の顔が浮かんできた。あるとき木名瀬は椎名にこんな話をした。

「大逆事件の死刑を執行したときだった。大審院検事局次席検事がやってこられて労いの言葉をいただいた。検事にとっては死刑を求刑し、その判決を勝ち取ることはけっして勝利ではない、というようなことをおっしゃった……」

衝撃的な内容だったので昨日のことのように、はっきりと覚えている。木名瀬が言った次席検事とは、この平沼司法大臣だったのだ。

平沼は二人だけで話したいと言って、会議テーブルに移った。

秘書課長と山下が退出したのを見届けてから、平沼は、

「横浜刑務所の現況を報告されたい。なお、あまたの解放囚が帰還したことも、囚人たちが横浜

港で危険な荷揚げ作業に従事したことも、聞いておる。何を聞いても驚かぬから正直に申してくれ」

と言った。

「本日の朝の時点で、解放囚九三四名のうち八五一名が帰還。未帰還者は八三名です。昨日のことですが、当局に諮《はか》ることなく私の独断で受刑者二九五名を名古屋刑務所に軍艦で移送しました。なお、私が解放を言い渡した際、帰還に間に合わないときは他の刑務所に出頭せよ、と申しておりますので、未帰還者のうち何人かはすでに出頭しているかもしれません」

椎名は報告した。

「典獄も知っておられるだろうが、朝鮮人狩りが各地で行われ殺害されている。数は定かではないが、流言蜚語《りゅうげんひご》は恐ろしいものだ。その被害は関東一円に広がり、避難列車でも朝鮮人探しが行われている。

この件につき、摂政宮はことのほか、お心を痛めておられる。

実は、司法大臣に余が就任したのも、また、外務大臣には、外交官で大韓帝国領事を務めた経歴がある伊集院彦吉《いじゅういんひこきち》氏の名が上がっているのも、この問題を憂慮してのことだ。今、多くを語ることはできないが、朝鮮人問題は横浜刑務所の囚人解放によって起こった惨劇とせねばならぬと考えておる。この国のために余に、貴殿の運命を預からせてくれぬか……」

平沼は椎名の目を正面から凝視する。

朝鮮人狩りの惨劇は実に深刻なのだろう。椎名もそれを受けて、目を逸らさず言葉の意味を考えた。

しばしの沈黙のあと、先に口を開いたのは平沼だった。

「囚人解放と流言蜚語の悲劇は避けられぬものなのかもしれぬ。明暦もしかりだった。しかし、明暦の『焼死』と今次の民衆が引き起こした『殺傷』の違いは深刻だ。しかも今次の被害者が朝鮮人ゆえ、国内だけの問題ではない……」

「…………」

椎名は解放を決断するに当たって、明暦の大火の惨劇を少なからず気にかけたことを思い出した。

この度も解放したことによって、どこからともなく起こった流言蜚語は避けられなかった。おそらく出処はひとつではない。しかも流言が流言を生んだのだろう。解放そのものが悲劇の原因であるとすれば、それを断行した横浜刑務所典獄の自分に責任の一端はある。

椎名は「わかりました」と頭を下げた。

「解放が先か、囚人が白刃を振りかざし、大挙六郷川を渡る！　といった噂が先かについて争うつもりはありません。しかし、解放囚による掠奪、強奪あるいは暴行といった犯罪行為ですが、私の知る限りでは一件も犯していません。囚人解放によって起こった流言蜚語による惨劇の責任は取らせていただきます。ただひとつだけ、お願いがあります」

「何だ？」

「帰還した受刑者たちは皆、善行に励んでおります。これが真実です。どうぞ特別な恩赦なり、十分な仮出獄の許可をお願い致します」

椎名は一段と深く頭を下げた。

「承知した。典獄！　これは、貴殿と余だけの密約じゃ。時が来たときに余が明らかにするかもしれぬが、おそらくあの世まで持って行ってもらうことになる」

「万事心得ております」

「小菅の有馬典獄は賞賛され、横浜の典獄である貴殿は、対照的に非難されることになるだろうが……」

平沼は立ち上がると、ゆっくりと桜田門を目の前に望む窓辺に立った。

「すでに小菅のことは特派員によって欧州各国と米国に伝えられ、賞賛されていると聞く。

——外塀ほぼ倒壊。凶悪犯およそ一三〇〇人は典獄・有馬四郎助の愛に報いるため、ひとりの逃走者も出さなかった。これは奇跡と言うべき偉業なり。

有馬は二十二歳で看守長になり、北見から網走までの北海道中央道路敷設工事を指揮。囚人一〇〇〇人を酷使し、二〇〇人余を過労と栄養失調等によって死亡させた。『鬼の分監長』と呼ばれた有馬が、洗礼を受けキリスト教を信奉。帰依したのちには『愛の典獄』に変身した。小菅刑務所では重罪犯の身体から鉄鎖と鉄球の重りを取り去り、囚人自治制を試行。成績優秀者には看守をつけず独歩を許すなど欧州の先をいく独歩制度を取り入れた。

今般の危機に当たり、典獄の愛に報いよう！　と、独歩組の囚人たちは自警団を編成。崩れ落ちた外塀の代わりに立哨に立ち、一人の逃走者も出していない——という内容だ。

一方貴殿は、一〇〇〇人の囚人を解き放ち、帝都だけでなく関東一円を混乱に陥れた典獄ということになるやもしれぬ……」

椎名は黙って聞いていた。覚悟はできている。平沼は席に戻ってから話を続けた。

「外塀倒壊だけなら、横浜も小菅と同じように解放していなかったであろう。火の手が迫り、悲劇を抑えられなかった官憲にとっては、横浜刑務所の解放が幸いにも唯一の責任転嫁の材料だったのだ。そこでだ……。気の毒な貴殿に対して余のできることを考えた。殉職した看守と囚人の慰霊祭を行うつもりがあるならば、余は協力したいと思っている」

「ありがとうございます。その際はよろしくお願い致します。せっかくの機会ですので、ひとつ提案させていただきます」

「何だ、申してみよ」

「横浜地方裁判所が全館倒壊・壊滅し、大法廷や事務室にいた判事、検事、弁護人、原告、被告、傍聴人並びに、裁判所職員が一〇〇人以上埋まったままと聞いております。同行した看守の内儀も裁判所職員で下敷きのままです。当所には五〇〇人以上の受刑者がまだおりますので、外塀並びに舎房建築など刑務所復旧作業要員の他、裁判所の遺体発掘にも必要な人員を出役させることができます。

司法省からの命令が下りるのを待っているところですので、ご検討ください」

「承知した。追って下命することになろう。この暑さだ、酸鼻を極める発掘収容になると思うがよろしく頼む」

今度は、平沼が頭を下げた。

別れ際、平沼は、

「薩摩出身の有馬が英雄で徳川幕府直轄領・寒河江出身の貴殿が貧乏くじを引かされた。まるで維新だな。申し訳ない」

と、冗談のように言って笑った。

椎名も笑顔で応えた。

「横浜港荷役奉仕に出役した受刑者についてはとくに早期仮出獄許可申請を行いたいと思っております。それが認められれば、『横浜から破獄の囚人数百名が白刃を提げて六郷川に向かっていた。横浜市中はもとより沿道到るところに掠奪殺傷などが行われている』という記録が残ることを甘んじて受けいれます」

と申し述べて、大臣室を後にした。

終章　解放囚の奇跡

二人の典獄

九月二十一日、名古屋刑務所に第二回目の囚人移送を行った。

この時も軍艦・夕張の杉浦艦長の厚意によるものだった。しかも、摂政宮を乗せ被災地視察に航行した直後だったので、宮と多数の付き人を乗せた余韻が船内に残っていた。そのことを知らされるや、一三五名の受刑者たちの感慨はひとしおで全員が男泣きに泣いたのだった。

九月末までに仮設の獄舎を建て、裁判所の発掘を無事に終了。

そして、十一月一日木曜日、追弔会が挙行された。約束どおり、司法大臣・平沼騏一郎は弔辞を送るとともに、導師として大谷派連枝《れんし》・信正院《しんしょういん》を参向させた。

未帰還解放囚のその後だが、横浜刑務所に帰還した者は一九名。他の刑務所に出頭した者が六四名だった。これらがすべて明らかになったのは、十一月である。椎名自ら各施設の入出所人員の統計報告の詳細を分析し、該当の刑務所に照会状を出し、氏名を確認したのだ。

椎名は各刑務所典獄あてに当該受刑者の取り扱い並びに仮出獄の審査について特段の配慮をいただきたいと、封書を送った。大半が関東地方の刑務所への出頭だったが、遠方では函館刑務所、鹿児島刑務所、朝鮮・平壌刑務所にまで及んでいた。

出頭遅延理由は被災家族の追跡のためというものだった。確認できなかった解放囚の安否が気がかりだっただけに、九三四人全員の無事を確認できたことが至上の喜びだった。

もっとも、逃走者ゼロという奇跡は平沼司法大臣との約束で椎名通蔵の胸に収められ、公表は見送られた。司法省は未帰還人員二四〇人の報告を記録。実際にはその後、日々帰還者が増えたにもかかわらず、それらの報告は採用しなかったようだ。平沼の政策的な判断と考えるほかない。公式発表、内外からの問い合わせなどに司法省は未帰還人員二四〇人で通し、結果的に今日までその数字が独り歩きしている。

九月九日、小菅刑務所典獄・有馬四郎助は司法省行刑局の永峰書記官の二回目の訪問を受け、横浜刑務所の解放と横浜港への無戒具出役の事実を告げられた。司法省に諮らず独断で重大事項を断行した典獄の職責はいかに、と意見を求められたのだ。

永峰にしてみれば、行刑界の慣習から許されることではない、という意見を長老である大典獄・有馬から得ようとしたのだが、有馬の不興を買った。

「現場は生きてごわす。刑務所の不始末の責任をすべて司法省が負うのなら、いちいち伺いを立て申そう。そうではなかろう。本日、書記官が何をしに、この有馬の元に参ったのか理解しかねる」

と一喝されたのだった。

永峰の話を聞くまでもなく、有馬は椎名が行った解放と荷揚げ奉仕を聞いていた。行刑人としてまことに立派な業績と高く評価していた。たとえ、未帰還解放囚があったとしても、それは人の命を護った立派な判断であったと賛辞を送るつもりでいる。

実は有馬は、若い椎名が羨《うらや》ましくて仕方なかった。

有馬も囚人を連れて奉仕作業、たとえば遺体の発掘や埋葬、倒壊や焼失した家屋の瓦礫整理などに出たいのはやまやまだが、軍隊の警備応援をもらっている都合上、言い出せないのだ。

司法省からの要請で小菅刑務所に松戸工兵学校工兵三五名が派遣されたのは、九月二日午前二時だった。その後九月七日に、警備力強化のため陸軍一個中隊と交替。外周警備を依頼しているが、自主的に看守とともに脱獄防止の見張りに立つ受刑者とのトラブルがたびたび発生した。逃走者と間違われたり、挨拶がないなど些細なことで、銃を突き付けられたのである。受刑者からは軍隊の引き上げを切に求められたが、こちらから頼んだ手前、断れないでいた。

小菅刑務所では有馬の指示で、震災翌日から受刑者たちに文書教誨《きょうかい》を行っていた。ガリ版刷りで作成した『教誨新聞』と称した紙面の掲示と回覧で、受刑者たちに情報を提供するのだ。身動きできない囚人にとって、外の情報は非常にありがたい。

幹部職員からは、

「情報提供によって、不安が高じることもある。脱獄を考える者も出るだろう。内容は十分吟味する必要がある」

という意見があったが、有馬は真実を伝えることこそ教誨の効果が上がるものと断言し、職員二人を毎日川向こうの被災地に取材記者として送り込み、教誨新聞を作らせた。

刑務所に隣接する千住新橋を渡れば一時間ほどで吉原に着く。吉原公園池は逃げ込んだ娼妓たちの遺体で埋め尽くされていた。

吉原からさらに二時間余り下ると、両国に行き着く。

陸軍省用地であった本所被服廠《ひふくしょう》跡地二万坪の空き地と隣接する安田財閥の大邸宅に、地震発生直後から続々と避難民が集まった。

人だけでなく大量の荷車が家財道具などを満載してやってくる。人の波は絶え間なく、わずか三時間ほどで四万の人たちが身動きできないほどの状態になっていた。

九月一日午後四時ごろ、三方から火焔が迫ってきた。すでに下町は火の海。大火災につきものの旋風が方々で発生し、吹き抜けた。

火災旋風は荷物だけでなく幼い子どもから大人まで巻き上げた。この日、非常登庁で自宅から刑務所に向かっていた小菅刑務所の看守部長がたまたま通りかかり、無惨《むざん》な被災状況を目の当りにしている。

教誨新聞に連載される被災情報は受刑者たちに衝撃を与えた。ほとんど全員が、朝夕、帝都の空に手を合わせるようになった。受刑者たちは空を焦がす紅蓮《ぐれん》の炎と黒煙を三日間も見せられ、囚われの身の不遇と罪深さを嘆くのだった。被服廠跡地は遺体の火葬場になり、八日には重油を使用する火葬炉が設置された。

関東大震災は、近代化に邁進する日本に未曾有の被害をもたらした。東京府、神奈川、千葉、埼玉、静岡、山梨、茨城各県の死者・行方不明者は、一〇万五三八五人、住宅の被害は全半焼・焼失あわせ三七万二六五九棟に及んだ。

有馬は横浜刑務所の囚人たちが港湾荷役の奉仕作業に出たことを知り、嘆息した。羨ましかったのだ。受刑者を更生させる最良の処遇は社会への貢献と、それに対する評価であると常々語り、構外作業の導入を提唱していた。

それを見事に、弱冠三十六歳の椎名典獄が実現したのだ。

横浜刑務所は有馬にとってわが子のような存在だった。新築落成した明治三十二年（一八九九）から四十三年までの十二年間にわたって横浜刑務所典獄を務めたからである。しかも戸部にあった旧神奈川県監獄署の移転から指揮を執った。

明治三十二年七月、不平等条約改正の施行期日直後には、治外法権廃止第一号の被告人ロバート・ミューラーを収容した。横浜市内の酒屋で店主の妻と女中を殺害した船員である。横浜地裁は死刑を言い渡した。犯行時刻が数時間前、すなわち改正条約施行の前夜零時零分以前だったら、ミューラーは米国公使館による軽い処罰で本国に帰されていただろう。

有馬は外国人第一号の死刑囚となったミューラーのために、特別に米国人のキリスト教聖職者を呼び、教誨を受けさせた。市谷刑務所への移送当日、ミューラーは典獄・有馬に、

「サンキュウ・ソウマッチ」

と言って握手を求めた。ミューラーの絞首刑が執行されたのは明治三十三年一月だった。

数々の思い出が蘇《よみがえ》る中、有馬は教誨新聞に横浜刑務所受刑者の救援物資荷揚げ奉仕作業の記事を書いた。小菅刑務所の受刑者たちの奉仕作業への意欲は一層高まった。

身をもって奉仕の作業ができないのなら、せめて義援金を送りたいと、作業賞与金寄付の申し出がなされ、集められた現金は東京府に届けられたのである。

添書には、

横浜刑務所受刑者の奉仕の心に倣う也

と、有馬直筆の一文を加えた。

媒酌人

椎名通蔵が豊多摩刑務所典獄への異動の内示を受けた昭和四年(一九二九)四月の日曜日のことである。横浜市上大岡に建築中の横浜刑務所は外塀はじめ舎房や工場も順次建てられ、竣工の目処《めど》も立っていた。庁舎正門前の道路を挟んだ位置に典獄官舎があった。

午前十一時少し前に珍しい男女の来客があった。五月の引っ越し準備もあって、夫婦ともに在宅だった。

「あら、山下さん! そちらの娘さんは⁉」

応対に出た椎名夫人・節子は、元六工場担当・山下信成の後ろに慎ましく立っている若い女性を見て首を傾げた。

「ご無沙汰いたしております。震災のときにお世話になりました……」

挨拶の途中で、節子は、大きな声を上げた。

「サキちゃんね! あなた、福田サキちゃんよ」

関東大震災から五年八ヵ月目のことである。

年賀状の交換だけは、サキと節子の間にあった。サキが女学校から師範学校に進み、尋常小学校の教師になっていることは節子も知っていたが、会うのはあれ以来である。

山下は震災から二十日ほど経った九月下旬に、横浜地方裁判所の遺体発掘に受刑者とともに参加した。余りの惨状に、妻を失った山下に限らず、作業に当たった職員も受刑者も相当な精神的ダメージを受けた。

椎名は山下に数日の休暇を与え、工場担当を外した。

本人は「大丈夫ですから工場担当を続けたい」と言ったが、椎名は文書係に配置替えし、文書主任・影山に山下の教育係を命じた。

有能な幹部となって刑務所の管理と受刑者の更生支援に大いに力を発揮する器と見抜いたのである。

山下は椎名の期待どおり、大正十四年(一九二五)の監獄官練習所の入所試験に合格。卒業後は横浜刑務所の各部署で幹部見習いとして経験を積ませた。

昭和二年四月、椎名の推薦によって、山下は小田原少年刑務所戒護主任に転任になった。

四〇〇人前後の少年受刑者を預かる戒護主任として二年になるが、椎名の見込みどおり、部下をよく掌握し、元気いっぱいで、同囚に対するいじめや官に対する反抗、ときには暴動に発展するような事件事故が頻発していた刑務所を見事に治めている。漁労訓練実習では近海、遠洋とも一般の漁船をはるかに超える成績をあげ、前年は漁獲高第一位で表彰を受けていた。

山下がサキとの縁をつなぐことができたのは、収容少年の中に、上溝《かみみぞ》の出身者がいたからである。

それも、ふつうの受刑者ではなかった。特別やんちゃで、喧嘩ばかり繰り返す問題少年で、彼を諭《さと》すために、福田達也とサキ兄妹の話をしたのである。

すると、少年はサキのことをよく知っていた。小学生の妹の担任教諭だったのだ。

少年は出所後、サキを訪ね、小田原少年刑務所で世話になった戒護主任・山下の話をした。ぷっつり切れていたと思われた赤い糸だったのだが、サキの心は一気に燃え上がった。あのときの、淡いあこがれが恋心であったことに気づいたのだ。

サキは迷わず黄金の繭製のゲソを大事に懐に収め、小田原の山下を訪ねた。

震災当時の山下は三十四歳、サキは十八歳。ちょうど五年経っていた。八月末の猛暑の日にサキは山下の官舎の玄関を叩いた。

玄関を叩いて初めて、

〈結婚されていたらどうしよう〉

と思った。

山下はまったく変わっていなかった。サキの目から涙が溢れた。山下もすぐにわかってくれた。山下は独身だった。

二人はすぐに結婚を意識したのだが、大きな問題があった。

それは、〝幹部刑務官は受刑者の家族親族との結婚は避けるべし〟という不文律があることだった。

再会し、付き合い始めて八ヵ月。ついに結婚の気持ちを固めて、双方の恩人である椎名典獄夫妻のところに媒酌の労をとってほしいと頼みにきたのだった。

夫妻は終始笑顔で二人の話を聞いていた。

典獄が部下の仲人になると、双方で支障が生じるので受けないと言った椎名だが、二人が落胆する前に、

「山下くんは、部下ではないし、サキさんは娘みたいなもの。しかもサキさんの兄上が冤罪であることを認めている節子がサキさんの保証人になるというのだから、何も問題はない」

と、快諾したのである。

昭和四年五月、椎名通蔵夫妻の媒酌で二人は結婚した。

結婚後、サキは椎名節子を見習った。戒護主任の妻として部下からも、その妻や家族からも慕われた。山下を慕い、出所後訪ねてくる者たちをあたたかく迎え馳走をするなど、刑務官の妻として山下が定年退官するまでの二十年余り、しっかりと内助を果たした。

二人の間には二女がいる。その長女が刑務官になった妙子である。

後日談

福田達也は出所後、横須賀海軍砲兵団に入団。

高松宮の砲術訓練に当たり、指導教官的立場で高松宮の信頼を得る。第二次世界大戦では砲兵として軍艦に乗船、フィリピン沖で戦死している。

高松宮は福田達也との縁で、呉鎮守府において広島刑務所典獄になっていた椎名通蔵と親交を持った。昭和八年（一九三三）五月のことである。これを機に宮は、刑務所、少年院等、矯正行政への強力な理解者となり、顧問的な立場で終生、矯正職員顕彰などに関わった。

青山敏郎は解放の際に救助した老人を身元引受人・雇い主として刑務所に申告。早期の仮出獄を許され、老人が創業した商店の社員として迎え入れられた。まじめに奉公に励んだ青山は店主の次女の婿養子となり、暖簾《のれん》分けされて商店の主となった。後に、刑務所出所者の更生に協力する更生保護協力事業者として、横浜刑務所との縁をつないでいる。

安河内麻吉は大正十三年（一九二四）六月まで神奈川県知事として復興に力を注ぐ。昭和二年四月、内務次官に就任したが、七月十五日病没。享年五十四。

森岡二朗は大正十五年九月、島根県知事に就任。以後、青森、茨城、栃木の知事を経て、朝鮮総督府警務局長、内務省警保局長を歴任し、昭和七年五月退任。昭和十六年（一九四一）、日本職業野球連盟会長に就任し、プロ野球の発展に尽くす。昭和二十五年十二月二十日逝去。享年六十四。

有馬四郎助は昭和四年（一九二九）五月、豊多摩刑務所典獄を最後に退官した。退官後も在職中に設立した刑務所出所者の保護施設・横浜家庭学園の運営に携わりながら全国の刑務所を巡回し、受刑者に対する講演活動を行うなど、終生受刑者処遇と関わった。昭和九年（一九三四）二月四日、千葉刑務所で受刑者に対する講演中に壇上で倒れ、その夜逝去した。享年七十。

椎名通蔵は横浜刑務所の移転工事に長期間関わった後、昭和四年、豊多摩刑務所典獄に配置替えされた。以後、広島刑務所、小菅刑務所、府中刑務所、名古屋刑務所、大阪刑務所の各典獄を歴任する。

日中戦争から第二次世界大戦の終戦までは銃後で軍需工場化した刑務所を運営。囚人に対して温情ある処遇を与えるとともに、刑務所の幹部を育てることに特別の力を注いだ。

椎名の薫陶《くんとう》を受けた部下には陸軍の要請によって占領地ジャワの刑務所運営のため、軍属として外地に赴いた看守長もいた。

敗戦後の昭和二十一年（一九四六）三月、大阪刑務所典獄兼初代近畿行刑管区長という要職にあったが、突然、辞職を勧告され、GHQ（連合国軍最高司令官総司令部）に捕虜虐待等の戦犯として三人の部下とともに逮捕された。大阪刑務所で米軍捕虜八名を収容した際、食習慣・文化の違いが虐待とされた。たとえば人参とごぼうのきんぴらを食事に供したところ木の根を食べさせたとされ、これも罪状のひとつに上げられたのである。

司法省はGHQから捕虜虐待、ならびに戦争に加担した刑務作業の責任を負わせる人物を出せと命じられていた。本来ならば行刑局長が名乗り出るのが相当なところ、勅任官（明治憲法下で天皇の勅令によって任用される高等官吏）の椎名に白羽の矢が立った。椎名は、何ひとつ弁解をせず重労働十二年の判決を受け入れ、巣鴨プリズンで服役した。昭和二十一年七月のことであった。奇しくもここで、戦犯として収容されていた元司法大臣・平沼騏一郎と再会した。

昭和二十七年二月に出獄。郷里の山形県寒河江で余生を過ごし、東京オリンピック直後の昭和三十九年（一九六四）十一月に逝去した。享年七十八。

家訓の「小人は己を利せんと欲し、君子は民を利せんと欲す」は西郷隆盛の言葉だが、その西郷と同じように汚名をそそぐこともせず、終生寡黙を通し、書き物も何ひとつ残していない。

あとがき

横浜刑務所解放には人知れぬ謎があると知ったのは、昭和四十六年（一九七一）十二月のことだった。

東京都府中市にある矯正研修所で上級幹部研修を受けている時に、プライベートで横浜刑務所長・倉見慶記《くらみけいき》を訪ねたのだ。倉見と私の父は昭和二十二年の幹部養成研修の同期生で、私は倉見の長女と小学校と中学校で同級になったことがある。私は十八歳の時に父を亡くしていたが、刑務官になった私を倉見は事あるごとに引き立ててくれた。

横浜刑務所に着任して驚いたことが二つあると倉見は言った。

「関東大震災と第二次世界大戦中の記録すべてがなくなっている。戦争関係のものは、本省の行刑局長ら高官が戦犯としてGHQに逮捕されるのを免れるため、全刑務所に焼却等の処分を命じた。戦争協力と見なされる証拠を隠滅したのだ。

戦争の記録がないのは分かるが、関東大震災解放の記録がないのは合点がいかない。古老の話を聞くと、受刑者たちが救援物資の荷揚げに命懸けで当たったというのだが、市民を救った善行の記録がない。それどころか、解放は帝都一帯を大混乱に陥れたとして典獄・椎名通蔵はすっかり悪者にされている。何か隠された理由があるはずだ。

私も君の父上も、縁あって山形に椎名氏を訪ねたことがある。人格高潔——二十代の若年課長だった私が椎名氏に抱いた印象は、その一言だった。

解放の真実を知れば、犯罪者の更生に何が必要なのか本当の答えが分かるような気がする。一人職員を紹介するから話を聞いてみるか」

私は、ぜひその機会を作ってくださいと答えた。矯正研修所で特別に行刑史の教えをいただいていた重松一義教官の顔が浮かんだからだ。

重松教官は常々こう言っていた。

「行刑の歴史は埋もれているものがあまりにも多い。なかには見事に抹殺されたものもある」

後日、私は倉見の所長官舎で横浜拘置支所の刑務官・山岸妙子から話を聞く機会を得た。山岸は本書に登場する山下サキ（旧姓福田）の長女である。そして翌四十七年（一九七二）二月、妙子の母・サキを横浜の自宅に訪ねた。

老齢のサキはもの静かだったが、穏やかな笑みを浮かべて三年前に亡くなった夫・山下信成の思い出と、兄の代わりに刑務所へ駈け込んだ体験を語ってくれた。

この出会いが契機となり、以来三〇年に及ぶ取材と四年の執筆期間を経て本書は成った。


私は広島拘置所を最後に退官するまで、二七年間の刑務官生活を通じて囚人たちのさまざまな人生を知った。死刑執行に何度も立ち会った。私は刑罰の目的について深く考え込まざるを得なかった。囚人のなかには人並み以上にきれいな心の持ち主も数多くいたし、まったくの冤罪と思われる者もいた。さらに横浜刑務所解放の真実を知るにつれ、刑罰の目的は過去の犯罪に対する応報にあるのではなく、教育による更生にあるのだと確信した。

私が倉見と出会った昭和四十年代、囚人に対する開放処遇が盛んに行われていた。多くの刑務所が造船所、工業団地などに塀も鉄格子も持たない寮を借り上げ、模範囚を泊り込ませて通勤させ、一般の従業員とともに仕事をさせたのだ。まさに教育刑主義の理想である塀のない刑務所の誕生だった。その原点が横浜刑務所の解放にあったことに、もはや異論はないだろう。残念ながら今は、塀もフェンスもない開放処遇の大多数は姿を消してしまった。

さて、本書のタイトルに用いた「メロス」は、言うまでもなく太宰治の『走れメロス』から取っている。

日没までには、まだ間がある。私を、待っている人があるのだ。少しも疑わず、静かに期待してくれている人があるのだ。私は、信じられている。私の命なぞは、問題ではない。死んでお詫び、などと気のいい事は言って居られぬ。私は、信頼に報いなければならぬ。いまはただその一事だ。走れ！　メロス。（太宰治『走れメロス』より）

メロスは人の心を失った暴虐の王に対して友との信頼を証明するために走った。サキは兄の信頼を守るために走り、横浜刑務所の解放囚は椎名の信頼に応えるために走った。

一方、私は運命めいた人のつながりによって走った。

私の祖父も刑務官だったから、我が一族は三代七〇年間、刑務所に関係したことになる。そして本書の主人公・椎名通蔵との縁は私の祖父から始まっていた。祖父は大正十年（一九二一）、大阪府巡査を辞職して市谷刑務所（東京監獄）の看守になったが、その際、舎房勤務中に関東大震災に遭っている。看守部長に昇進した時、帝大出の大井久《おおいひさし》（椎名が広島刑務所及び名古屋刑務所でとくに目をかけて育てた、いわば一番弟子）が、任官後まず最初に市谷刑務所に典獄見習いにやってきた。その研修担当になったのが祖父だった。しかも、祖父は後に看守長に任官して小菅刑務所に赴任し、時の典獄・椎名に仕えている。

さらに縁は続く。戦後、当代一の名所長と謳われた大井が豊多摩刑務所長時代に課長として赴任した父と倉見を刑務所長の器に育て上げたのだ。

平成六年（一九九四）三月、私は刑務官を辞職し、小説家になりたいという長年の夢を叶えるため勉強をはじめた。翌七年、中央学院大学教授などをされていた恩師・重松先生と再会。以来、不透明かつ歪曲された明治以降の刑務所研究がライフワークになった。

本書は、汚名を着ることも辞さずに無私を貫いた横浜刑務所・椎名通蔵典獄はじめ、囚人との信頼をもとに困難な職務を遂行した心ある刑務官とその妻たち、そして真に悔い改めた囚人たちの魂が私に有形無形の力を授け、書かせたものと思っている。

なお末尾ながら、取材にご協力いただいた多くの方々、ならびに本書を世に出してくださった出版社と編集各位に対し、あらためて深甚の謝意を表する次第である。

平成二十七年十一月
坂本敏夫

主な参考文献

『名典獄評伝 明治・大正・昭和三代の治蹟』重松一義／日本行刑史研究会
『日本刑事政策史上の人々』日本刑事政策研究会編／日本加除出版
『刑政』(三十六巻十号・十一号・十二号、八十五巻七号・八号)／矯正協会
『全国歴代矯正施設長名簿』／矯正協会
『矯正年譜』／法務省矯正局
『矯正風土記』(上)／矯正協会
『図鑑日本の監獄史』重松一義／雄山閣出版
『日本近世行刑史稿』(下)／矯正協会
『資料・監獄官練習所』／矯正協会
『日本刑罰史年表』重松一義／雄山閣出版
『監獄法講義』小河滋次郎／法律研究社
『有馬四郎助』三吉明／吉川弘文館
『横浜刑務所の偉容』／横浜刑務所

『横浜市震災誌』／横浜市役所
『横浜復興録』小池徳久／横浜復興録編纂所
『大正十二年九月一日 関東大震火災逢難記事』鈴木達治／煙洲会
『80年目の記憶』／神奈川県立歴史博物館
『関東大震災誌・神奈川編』／千秋社
『朝鮮人虐殺関連児童証言史料』／緑蔭書房
『相模原市史』／相模原市
『写真集 関東大震災』北原糸子編／吉川弘文館
『写真記録 関東大震災の時代』日本近代史研究会編／日本ブックエース
『横浜の関東大震災』今井清一／有隣堂
『震災復興 後藤新平の１２０日』後藤新平研究会／藤原書店
『日本大学１００年』／日本大学

坂本敏夫（さかもと・としお）

一九四七年生まれ。法政大学中退。六七年大阪刑務所刑務官に採用される。以後、神戸刑務所、大阪刑務所係長、法務省事務官、東京拘置所、黒羽刑務所などで課長を歴任。九四年広島拘置所総務部長を最後に退官。著書に『死刑執行人の記録』（光人社）、『刑務所のすべて』（文春文庫）、『誰が永山則夫を殺したのか』（幻冬舎）などがある。

典獄《てんごく》と934人《にん》のメロス

二〇一五年一二月二日　第一刷発行
二〇二一年五月一一日　第三刷発行

著者　坂本敏夫《さかもととしお》
発行者　鈴木章一
発行所　株式会社講談社
東京都文京区音羽二丁目一二−二一　郵便番号一一二−八〇〇一
電話　出版　〇三−五三九五−三五二二
　　　販売　〇三−五三九五−四四一五
　　　業務　〇三−五三九五−三六一五
ブックデザイン　鈴木成一デザイン室
印刷所　株式会社新藤慶昌堂
製本所　株式会社若林製本工場

※落丁本、乱丁本は購入書店名を明記のうえ、小社業務あてにお送りください。送料小社負担にてお取り替えいたします。なお、この本の内容についてのお問い合わせは、第一事業局企画部あてにお願いいたします。
※本書のコピー、スキャン、デジタル化等の無断複製は著作権法上での例外を除き禁じられています。本書を代行業者等の第三者に依頼してスキャンやデジタル化することは、たとえ個人や家庭内の利用でも著作権法違反です。
Ⓡ〈日本複製権センター委託出版物〉複写を希望される場合は、日本複製権センター（電話〇三−六八〇九−一二八一）の許諾を得てください。
©Toshio Sakamoto 2015, Printed in Japan N.D.C.913 358p 20cm

定価はカバーに表示してあります。
ISBN978-4-06-219675-8